Anthony Powell

EIN TANZ ZUR MUSIK DER ZEIT

Die neuen Herren

EIN TANZ ZUR MUSIK DER ZEIT

Anthony Powell

Die neuen Herren

Roman

Aus dem Englischen von
Heinz Feldmann

Ehrenwirth

CIP-Kurztitelaufnahme der Deutschen Bibliothek

Powell, Anthony:
Die neuen Herren : Roman / Anthony Powell. Aus d.
Engl. von Heinz Feldmann. – München : Ehrenwirth, 1987.
(Ein Tanz zur Musik der Zeit / Anthony Powell)
Einheitssacht.: The acceptance world ⟨dt.⟩
ISBN 3-431-02895-0

Die Originalausgabe erschien unter dem Titel

A Dance to the Music of Time:
The acceptance World
bei William Heinemann Ltd., London

Umschlagzeichnung von Mark Boxer
(Abdruck mit Genehmigung von Fontana Paperbacks, London)

ISBN 3-431-02895-0

D-8000 München 80, Vilshofener Straße 8
Gesamtherstellung: Kösel, Kempten
Printed in Germany 1987

I

Von Zeit zu Zeit, vielleicht in Abständen von achtzehn Monaten, erreichte mich eine Postkarte in Onkel Giles' klarer, enger Handschrift, die mich für den Sonntagnachmittag zum Tee im Ufford einlud. Diese Hotelpension in Bayswater, wo er während seiner verhältnismäßig seltenen Besuche in London immer wohnte, bestand aus zwei Eckhäusern in einem versteckten, fast unzugänglichen Gebiet westlich der Queen's Road. Nicht nur die schlachtschiffgraue Farbe des Gebäudes, sondern auch etwas Winkliges und gleichzeitig Kopflastiges in seiner Gestaltung insgesamt legte den Gedanken an ein großes, in der Straße vertäutes Schiff nahe. Auch in seinem Inneren, wenigstens im Erdgeschoß, erinnerte das Ufford ein wenig an das Leben auf See – allerdings nicht an einen luxuriös ausgestatteten Ozeandampfer, sondern bestenfalls an einen jener altersschwachen Schoner in den Romanen von Joseph Conrad: vor Jahren vielleicht aufgeputzt als die Yacht eines reichen Mannes, doch jetzt schäbig geworden durch die Zeit und degradiert zu niedrigeren Aufgaben wie der Beförderung von Touristen oder Pilgern oder gar illegalen Einwanderern; durchdrungen – um eine angemessene Conradsche Wendung zu gebrauchen – von unbehaglichen Erinnerungen an die Mühen und Konflikte der Menschen. Das war das Gefühl, das einem das Ufford gab, wie es dort vor Anker lag in dem trägen Gezeitenstrom Bayswaters.

Ohne Zweifel hatte Onkel Giles zu diesem letzteren, nach rückwärts gerichteten und entschieden bedrückenden Wesenszug des Hotels in einem geringen Maße selbst beigetragen. Sicherlich aber hatte er nichts getan, um das Haus von der Atmosphäre geheimer, melancholischer Schuld zu befreien. Die Korridore erschienen wie die Katakomben einer Hölle, bestimmt für das unterdrückte Bedauern all jener, denen im Leben das Einkommen gefehlt hatte, auf das sie selbst einen Anspruch zu haben meinten; und diesen leisen Verdacht, daß die beiden Häuser eine Heimstatt der Toten seien, verstärkte noch die Tatsache, daß man dort nie einen Menschen erblickte, nicht einmal in der Rezeption. Die Stockwerke der ehemals getrennten Gebäude lagen jeweils auf verschiedenen Höhen, waren aber jetzt durch unerwartete Stufen und enge, steil ansteigende Korridore miteinander verbunden. Die Eingangshalle war stets in Schweigen gehüllt; die Briefe hinter den sie überkreuzenden Bändern an dem mit grünem Fries bespannten Brett gilbten dahin, nie abgeholt, auf immer ungelesen, unverändert.

Onkel Giles selbst aber hing an diesem Quartier. »Der alte Kasten ist gerade das Richtige für mich«, hatte ich ihn einmal leise murmeln hören – eine große Anerkennung seitens eines Mannes, der so sparsam mit Lob umging wie er; doch wie jede andere Institution, mit der er in Berührung kam, fiel natürlich auch das Ufford bei ihm von Zeit zu Zeit in Ungnade, gewöhnlich, weil ihm die Geschäftsleitung oder das Personal irgendeine ›Grobheit‹ angetan hatte. Vera, zum Beispiel, eine Kellnerin, war eine alte Feindin von ihm, die oft versuchte, ihm seinen Lieblingstisch nahe der Tür zu verweigern, »wo man etwas frische Luft atmen« konnte. Wenigstens einmal, in einem Anfall von Verärgerung, hatte er sich im De Tabley auf der anderen Seite der Straße einquartiert. Aber früher oder später kehrte er immer wieder zum Ufford zurück, widerwillig eingestehend, daß dieses Hotel, obwohl es mit ihm seit den Tagen, als er es zuerst kennengelernt hatte, ständig bergab ginge, ohne Zweifel praktisch sei für die Zwecke seines ziellosen, unbehaglichen, doch in einem gewissen Sinne auch konzentrierten Lebens.

Konzentriert, so könnte man fragen, auf was? Das wäre nicht leicht zu beantworten. Konzentriert vielleicht auf seine Selbstbezogenheit, auf seine Entschlossenheit, völlig anders zu sein als jeder andere Mensch – ohne aber das dazu angemessene moralische und intellektuelle Rüstzeug zu besitzen. Darin mochte eine Erklärung liegen für sein Verhalten. Wie auch immer, er wurde von einer Macht umhergetrieben, die stärker schien als der bloße Instinkt, sich am Leben zu erhalten; und das Ufford kam dem, was er als ein Zuhause anerkannte, am nächsten. Oft ließ er wochen-, monate-, sogar jahrelang sein Gepäck dort zurück, beschwerte sich aber später, wenn er es auspackte, darüber, daß ein Smoking nicht nur zerknittert, sondern auch von Motten zerfressen sei; daß Öl in seinen Reisekorb hatte eindringen können und dort seine Tropenkleidung ruiniert habe; daß, noch schlimmer – obwohl verläßliche Beweise stets fehlten –, die Anzahl der Gepäckstücke, die er dem Hotel in Verwahrung gegeben hatte, um wenigstens eine Leinwandtasche oder eine lederne Hutschachtel oder einen Uniform-Koffer aus schwarzem Blech vermindert sei.

Bei den meisten meiner Besuche im Ufford waren Halle und Empfangsräume so völlig verlassen, daß es im Innern fast Onkel Giles' Privatresidenz hätte sein können. Wäre er ein reicher Junggeselle gewesen, und nicht ein armer, hätte er wahrscheinlich in einem Haus gelebt, das diesem genau entsprach: spärlich eingerichtet, unpersönlich, altmodisch, zugig, mit schweren Mahagonischränken und Sideboards in weiten Abständen über die Korridore und Treppenabsätze verteilt: nichts, was ihn vielleicht auf irgendeine besondere Meinung hätte festlegen können – außer einer allgemeinen Mißbilligung der Art und Weise, wie die Welt regiert wurde.

Wir nahmen den Tee immer in einem Raum ein, der ›die Lounge‹ hieß: die hintere Hälfte eines großen Doppelsalons, dessen Verbindungstüren permanent geschlossen blieben und so ›die Lounge‹ von dem ›Schreibzimmer‹, der anderen Hälfte, die zur Straße hin lag, abtrennte. (Vielleicht waren diese Türen, wie die Tore des Janustempels, nur in Friedenszeiten geschlossen, denn Jahre später, als ich das Ufford während des Krieges sah, standen sie weit offen.) Die mit

Spitzengardinen behangenen Fenster der Lounge gingen auf einen Lichtschacht hinaus: ein trostloser Ausblick, voll der düsteren Schwermut dauernder Nacht oder eines auf ewig regendunklen Himmels. Selbst im Sommer brauchte man das elektrische Licht während des Tees.

Das in Blau, Grau und Grün gehaltene verschlungene Blumendessin der Tapete führte von einem cremefarbenen Linkrustasockel hoch zu einem Sims aus ebenfalls cremefarbener Linkrusta. Das unendlich verblichene Muster der Blumen entsprach genau dem der Chintzbezüge des Sofas und der Sessel, die geräumig und unerwartet bequem waren. In einer Ecke stand eine Palme in einem Messingtopf mit verzierten Griffen. Kleine Tische in maurischem Stil waren über den Raum verteilt. Auf ihnen standen große, runde Aschenbecher mit Vorrichtungen, auf denen man eine Zigarre oder Zigarette ablegen konnte. An den Wänden hingen mehrere vergoldete runde Spiegel, aber es gab dort nur ein einziges Bild, einen Stich nach Sir Edwin Landseers *Die Abtei von Bolton in alter Zeit,* das über dem offenen Kamin hing. Unter dieser dichtgedrängten Szene mittelalterlicher Fülle – die einen schmerzlichen Kontrast bildete zu der *cuisine* des Ufford – zeigte eine Uhr, deren Pendel und Werk unter ihrer Glaskuppel sichtbar waren, für immer auf zwanzig Minuten nach fünf. Im Winter hielten zwei Heizkörper den Raum annehmbar warm, und die von rosa Kreppapier umgebene Kohle in dem Kamin wurde nie entzündet. Es gab kein einziges Zeichen aktiven Lebens in dem Zimmer, außer vielleicht mehreren zerlesenen Exemplaren der Zeitschrift *Die Dame*, die in einem Stapel auf einem der maurischen Tische lagen.

»Ich glaube, wir werden das Zimmer ganz für uns allein haben«, pflegte Onkel Giles stets zu sagen, so als seien wir dort zufälligerweise an einem besonders glücklichen Tag hingekommen. »Wir werden uns also ohne Störungen über unsere Angelegenheiten unterhalten können. Ich hasse nichts so sehr, wie wenn irgend so ein verdammter Kerl jedes Wort mithört, das ich sage.«

In den letzten Jahren hatten sich seine Verhältnisse, soweit seine Verwandten irgend etwas von ihnen wußten, in gewisser Weise stabilisiert, obwohl Einladungen zum Tee gewöhnlich mit seinen periodischen Anstrengungen zusammenfielen, ein wenig mehr als seinen vereinbarten Anteil aus der ›Stiftung‹ herauszuholen. Entweder ging er jetzt ruhigere Wege als zuvor, oder die Krisen fanden in längeren Abständen statt und waren offensichtlich weniger heftig. Dieser Wandel bedeutete nicht, daß er das Leben selbst in einer versöhnlicheren Haltung anging oder daß er die Überzeugung aufgegeben hätte, weltlicher Erfolg sei eine Frage von ›Beziehungen‹. Englands Aufgabe des Goldstandards zu etwa dieser Zeit – und die Bildung der Allparteienregierung – hatten ihn besonders verärgert. Er vertrat ganz gegensätzliche, weit revolutionärere ökonomische Theorien zu der Frage, wie die europäische monetäre Situation geregelt werden sollte.

Er war jedoch eine Spur weniger schroff in seinem persönlichen Umgang. Die Besorgnisse seiner Verwandten, er könne eines Tages in wirklich ernsthafte finanzielle Verwicklungen geraten, hatten, obwohl sie sich nie völlig legten, im Vergleich zur Vergangenheit beträchtlich abgenommen. Es hatte auch in der letzten Zeit keine dieser früher stets wiederkehrenden Gerüchte gegeben, er treffe Vorbereitungen für eine unpassende Heirat. Er trieb sich immer noch in der weiteren Umgebung Londons herum und war in Abständen in Reading, Aylesbury, Chelmsford oder Dover – und einmal an einem so weit entfernten Ort wie den Kanalinseln – gesehen worden; seine ›Arbeit‹ stand jetzt in Verbindung mit der Administration einer karitativen Hilfsorganisation, die ihm ein kleines Gehalt zahlte und ein annehmbar hohes Spesenkonto einräumte.

Angesichts einer Begegnung während einer meiner Besuche im Ufford war ich mir jedoch nicht sicher, daß Onkel Giles, obwohl er inzwischen etwa Anfang Sechzig war, wirklich jede Absicht zu heiraten völlig aufgegeben hatte. Es gab da Umstände, die auf sein anhaltendes Interesse an einem solchen Plan hindeuteten oder die zumindest vermuten ließen, daß er immer noch gern mit dem Gedanken an eine Ehe spielte, wenn er sich in der Gesellschaft einer Vertreterin des anderen Geschlechts befand.

Bei dieser besonderen Gelegenheit, ich hatte die drei Fischpasten-Sandwiches und das Stück Gewürzkuchen bereits vertilgt, war unser Gespräch gerade im Begriffe gewesen, sich den Geldfragen zuzuwenden. Onkel Giles selbst nahm nie den Nachmittagstee ein, doch pflegte er, wenn serviert war, gewöhnlich den Deckel der Kanne hochzuheben und zu bemerken: »Einen schönen starken Tee hat man dir da gebracht«, ließ aber den Topf manchmal wieder in die Küche zurückgehen, wenn ihm irgend etwas auf der Oberfläche des Getränks besonders mißfiel. Er hatte sich, als eine Einleitung zu der Diskussion über die Finanzen, gerade einige Male die Nase geschneuzt, als sich die Tür der Lounge leise öffnete und eine Dame mit einem großen Hut und einem lila Kleid still in das Zimmer trat.

Sie war zwischen vierzig und fünfzig, vielleicht näher an die Fünfzig, obwohl – in einer Zeit, als es als modern galt, dünn zu sein – ihr voller Busen und der Stil ihres Kleides sie vielleicht einige Jahre älter erscheinen ließen, als sie in Wirklichkeit war. Ihr dunkelrotes Haar, das sie in einer, wie mir schien, altmodischen Frisur hoch aufgetürmt trug, und ihre guten, seltsam verschwommenen Züge, aus denen immens große, verschleierte, haselnußbraune Augen schauten, machten sie zu einer eindrucksvollen Erscheinung. Auch ihre Bewegungen waren ungewöhnlich. Sie schien mehr über den Teppich zu gleiten als zu gehen und gab einem fast den Eindruck, sie sei ein Phantom, ein Wesen aus einer anderen Welt. Diese Illusion wurde zweifellos noch verstärkt durch die geheimnisvolle, düstere *ambience* des Ufford und durch die Tatsache, daß ich außer Onkel Giles selbst oder einem gelegentlichen Mitglied des Personals zuvor kaum jemanden in den Räumen des Hotels erblickt hatte.

»Aber Myra«, sagte Onkel Giles, sich hastig erhebend und das abgetragene Fischgrätenmuster seiner Tweedhose glattstreichend, »ich meinte, Sie hätten gesagt, Sie würden den ganzen Tag aus sein.«

Er klang, als ob er sich insgesamt freute, sie zu sehen, schien jedoch vielleicht ein wenig aus der Fassung gebracht, daß sie gerade in diesem Moment auftauchte. Sonst hatte er nur ganz sporadisch und, nach angemessener Vorwarnung, für ein paar Minuten, nie länger, einen gelegentlichen männlichen Bekannten mitgebracht: gewöhnlich einen älteren Mann, wahrscheinlich ein pensionierter Buchhalter, von dem er sagte, er besäße »einen sehr guten Kopf für Geschäfte«; aber nie zuvor hatte ich ihn in der Gesellschaft einer Frau gesehen, die nicht Mitglied der Familie war. Wie gewöhnlich, so verdeckte wohl auch jetzt sein übliches Gebaren kaum unterdrückter Verärgerung nahezu kosmischen Ausmaßes eine etwaige kleinere Gefühlsaufwallung. Dennoch, schwache rote Flecken, etwas sehr Seltenes bei ihm, zeigten sich einen Moment lang auf seinen Wangen, verschwanden aber fast sogleich wieder, als er, so als wisse er nicht recht, wie er die Situation am besten angehen solle, mit einer mageren, welken Hand seinen Schnurrbart betastete.

»Das ist mein Neffe Nicholas«, sagte er; und an mich gewandt:

»Ich glaube nicht, daß du Mrs. Erdleigh schon begegnet bist.«

Er sprach langsam, so als habe er mich nach langem Nachdenken aus einer immens großen Zahl anderer Neffen ausgewählt, um ihr wenigstens ein gutes Beispiel dafür vorzuführen, was er hinsichtlich seiner Verwandten zu ertragen gezwungen sei. Mrs. Erdleigh sah mich einige Sekunden lang fest an, ehe sie meine Hand ergriff, die sie auch noch weiter umschlossen hielt, als ich den leisen Versuch machte, meinen eigenen Griff zu lockern. Ihre Handfläche war weich und warm und schien ein geheimnisvolles Beben auszustrahlen. Das Parfüm, in dem etwas undefinierbar Orientalisches mitschwang, schlug in großen, atembeklemmenden Wellen zu mir herüber. Ihre riesigen, feucht schimmernden Augen schienen in die Tiefen meiner Seele zu blicken und weit, weit darüber hinaus auf die namenlosen, unerforschten Perspektiven des Unendlichen.

»Aber er gehört zu einer anderen Ordnung«, stellte sie sofort fest.

Sie sagte das ohne Erstaunen und offensichtlich mit großer Entschiedenheit, ja so, als sei diese Feststellung die logische Schlußfolgerung aus dem längeren Kontakt unserer Hände gewesen. Gleichzeitig wandte sie ihren Kopf zu Onkel Giles, der in seiner Kehle einen mißbilligenden Laut erzeugte, ohne jedoch eine Bestätigung oder Ablehnung ihrer Hypothese vorzubringen. Es war augenscheinlich, daß sie in ihrer Vorstellung, oder wohl besser gesagt: in ihrem inneren Bewußtsein ihn und mich in einem heftigen Gegensatz zueinander stehen sah. Ob sie sich dabei auf einen unbestimmten Unterschied der sozialen Klasse oder des Verhaltens bezog oder ob die Unterscheidung unsere moralischen Maßstäbe betraf, war völlig unklar. Und ich wußte ebensowenig, ob der Vergleich zu meinen eigenen oder zu meines Onkels Gunsten ausfiel. Wie auch immer, ich mußte unwillkürlich denken, daß ihre Behauptung, so wahr sie auch sein mochte, als ein Eröffnungszug nach einer Bekanntmachung unpassend sei.

Ich hatte fast erwartet, daß Onkel Giles an ihren Worten Anstoß nehmen würde, aber er schien ganz im Gegenteil überhaupt nicht verärgert oder erstaunt; ihre Anwesenheit war ihm offenbar nun angenehmer als vorher. Es war beinahe so, als wisse er jetzt, daß das Schlimmste vorüber sei, daß sich von nun an die Beziehungen zwischen uns dreien unbefangener entwickeln würden.

»Soll ich schellen und um mehr Tee bitten?« fragte er, ohne diesem Vorschlag durch den Ton seiner Stimme die geringste Dringlichkeit zu verleihen.

Mrs. Erdleigh schüttelte verträumt den Kopf. Sie hatte neben mir auf dem Sofa Platz genommen.

»Ich hatte bereits Tee«, sagte sie leise, als sei diese Mahlzeit für sie ein in der Tat wundervolles Erlebnis gewesen.

»Wirklich?« fragte mein Onkel in einem zweifelnden Ton und bekräftigte durch seine Gesten, daß er ein solches Phänomen für fast unglaublich hielt.

»Bestimmt.«

»Gut, dann schelle ich nicht.«

»Bitte nicht, Captain Jenkins.«

Ich hatte den Eindruck, daß die beiden einander recht gut kannten, sicherlich aber weit besser, als sie bereit waren, in diesem Augenblick vor mir zuzugeben. Nach der ersten Überraschung über ihr Auftauchen nannte Onkel Giles Mrs. Erdleigh nicht länger ›Myra‹, und er machte nun eine Reihe unverbundener konventioneller Bemerkungen, so als wolle er zeigen, wie formell ihre Beziehung in Wirklichkeit sei. Er erklärte zum hundertsten Mal, daß er nie den Nachmittagstee einnehme, wie sehr er auch von denen ermuntert würde, die dieser Gewohnheit verfallen seien; gab einige unzusammenhängende Kommentare zum Wetter und beschrieb ihr in großen Zügen einige der äußeren Unstände meines Lebens und meiner beruflichen Beschäftigung.

»Kunstbücher, nicht wahr?« sagte er. »Das ist es doch, was deine Firma verlegt, oder?«

»Richtig.«

»Er verkauft Kunstbücher«, sagte Onkel Giles, als erkläre er einem Besucher die seltsamen Gewohnheiten der Ureinwohner des Landes, in dem er sich niedergelassen hat.

»Und auch andere Arten von Büchern«, fügte ich hinzu,

denn wie er das gesagt hatte, klang es, als sei das Verlegen von Kunstbüchern ein schimpflicher Beruf.

Ich wandte mich mit dieser Antwort an Mrs. Erdleigh: ein wenig so, wie ein vom Staatsanwalt ins Kreuzverhör genommener Zeuge seine Erwiderungen zum Richter hin spricht. Sie schien diese Trivialitäten kaum in sich aufzunehmen, lächelte jedoch die ganze Zeit still, fast verzückt, so als genieße sie gerade ein warmes Bad nach einem anstrengenden Einkaufstag. Ich bemerkte, daß sie keinen Ehering trug; an seiner Stelle steckte an ihrem Ringfinger ein großer Opal, den eine Schlange aus gediegenem Gold umschloß, die ihren eigenen Schwanz verschluckte.

»Ich sehe, Sie wundern sich über meinen Opal«, sagte sie, als sie plötzlich wahrnahm, wohin ich sah.

»Ich hab' den Ring bewundert.«

»Ich bin natürlich im Oktober geboren.«

»Sonst brächte er Unglück?«

»Aber *nicht,* wenn man eine Waage ist.«

»Ich bin ein Schütze.«

Ich hatte diese Tatsache ein oder zwei Wochen zuvor aus der astrologischen Kolumne einer Sonntagszeitung erfahren, und dies schien mir ein guter Moment, mein Wissen anzuwenden. Mrs. Erdleigh freute sich offensichtlich selbst über dieses Körnchen esoterischen Verständnisses. Sie nahm wieder meine Hand und hielt die offene Innenfläche gegen das Licht.

»Sie interessieren mich«, sagte sie.

»Was sehen Sie?«

»Viele Dinge.«

»Angenehme?«

»Einige gute, einige weniger gute.«

»Sagen Sie sie mir.«

»Soll ich?«

Onkel Giles rutschte nervös auf seinem Sitz hin und her. Zuerst dachte ich, er langweile sich, denn das Gespräch lief für einen Moment an ihm vorbei. In seiner zurückhaltenden, unaufdringlichen Art konnte er es nämlich nie ertragen, nicht im Mittelpunkt des Interesses zu stehen – selbst wenn diese Position vielleicht etwas für ihn Unangenehmes bedeutete, wie das manchmal bei Zusammenkünften unserer Familie der Fall war. Jetzt jedoch hatte er etwas anderes im Sinn.

»Warum legen Sie nicht Karten?« platzte er plötzlich mit gewollter Fröhlichkeit heraus. »Das heißt, wenn Sie dazu in der Stimmung sind.«

Mrs. Erdleigh reagierte nicht sogleich auf diesen Vorschlag. Sie lächelte weiter und fuhr fort mit der Untersuchung der Linien meiner Hand.

»Soll ich?« sagte sie wieder leise, fast zu sich selbst. »Soll ich die Karten über Sie beide befragen?«

Ich schloß mich der Bitte meines Onkels an. Sich die Zukunft voraussagen zu lassen befriedigt ja schließlich die meisten der oberflächlichen Forderungen unseres Egoismus. Die ewig währende Beliebtheit der Wahrsagerei hat nichts Geheimnisvolles. Dennoch, es erstaunte mich, daß Onkel Giles ein solches Treiben billigte. Ich war mir sicher, er hätte seine laute Verachtung zum Ausdruck gebracht, wenn man ihm von irgend jemand anderem berichtet hätte, er lasse sich gern die Zukunft voraussagen. Mrs. Erdleigh dachte einige Sekunden nach, stand dann, immer noch lächelnd, auf und glitt davon. Nachdem sie die Tür hinter sich geschlossen hatte, saßen wir einige Minuten lang schweigend da. Onkel Giles grunzte mehrere Male. Ich vermutete, er schämte sich vielleicht dafür, diese Bitte an sie gerichtet zu haben. Ich erkundigte mich über seine Freundin.

»Myra Erdleigh?« sagte er, als sei es sonderbar, jemandem zu begegnen, dem die Lebensumstände von Mrs. Erdleigh nicht vertraut waren. »Sie ist Witwe, natürlich. Ihr Mann hatte irgendeine Stellung im Fernen Osten. Beim chinesischen Zoll, glaube ich, oder bei der Polizei in Birma. Etwas dieser Art.«

»Und sie wohnt hier?«

»Sie ist eine wundervolle Wahrsagerin«, sagte Onkel Giles, die letzte Frage überhörend. »Wirklich wundervoll. Ich laß mir von ihr hin und wieder die Karten legen. Es macht ihr Freude, weißt du, und es interessiert mich zu sehen, wie oft sie recht behält. Nicht daß ich erwartete, sie werde mir viel zu versprechen haben, bei meinem Alter.«

Er seufzte, jedoch, so dachte ich, nicht ohne eine gewisse Selbstzufriedenheit. Ich fragte mich, wie lange die beiden einander wohl schon kannten. Offensichtlich schon so lange, daß das Thema der Wahrsagerei häufig zwischen ihnen aufgetaucht war.

»Übt sie das Wahrsagen professionell aus?«

»Das hat sie, glaube ich, in der Vergangenheit getan«, gab Onkel Giles zu. »Aber natürlich besteht nicht die geringste Gefahr, daß wir heute abend fünf Guineen Honorar für die Sitzung bezahlen müssen.«

Er stieß ein kurzes, ärgerliches Lachen aus, um zu zeigen, daß er scherze, und fügte ein wenig schuldbewußt hinzu: »Es ist wohl unwahrscheinlich, daß jemand hier hereinkommt. Doch selbst wenn, können wir immer so tun, als spielten wir eine Partie Drei-Personen-Bridge.«

Ich fragte mich, ob Mrs. Erdleigh Tarockkarten benütze. Wenn ja, würde unser Bridge zu dritt auf einen Hereinkommenden wohl kaum sehr überzeugend wirken, wenn zum Beispiel einer von uns den ›ertrunkenen phönizischen Seemann‹ mit dem ›Gehenkten‹ trumpfen würde. Wie dem auch sei, ich sah keinen Grund, warum wir uns nicht in der Lounge die Karten legen lassen sollten. Das Zimmer würde so wenigstens einem gewissen Nutzen zugeführt. Die Art, wie Onkel Giles gesprochen hatte, ließ vermuten, daß er dem Kartenlegen mehr abgewann, als er zuzugeben bereit war.

Mrs. Erdleigh kam nicht sofort zurück. Wir erwarteten sie in einer Atmosphäre der Spannung, die durch die unverhohlene Erregung meines Onkels erzeugt wurde. Ich hatte ihn noch nie zuvor in einem solchen Zustand gesehen. Er atmete schwer. Mrs. Erdleigh erschien noch immer nicht. Sie mußte wenigstens schon zehn Minuten oder eine Viertelstunde fort sein. Onkel Giles begann, vor sich hin zu summen. Ich nahm eines der zerlesenen Exemplare der *Dame* auf. Endlich öffnete sich wieder die Tür. Mrs. Erdleigh hatte ihren Hut abgelegt, das blaue Make-up unter ihren Augen erneuert und sich umgezogen. Jetzt trug sie ein salbeigrünes Kleid. Sie war sicher eine auffällige, vielleicht sogar eine etwas unheimliche Erscheinung. Die Karten, die sie mitgebracht hatte, waren grau und schmierig vom vielen Gebrauch. Es waren keine Tarockkarten. Nach einem kurzen Hin und Her einigten wir uns darauf, daß Onkel Giles als erster in die Zukunft blicken solle.

»Sie glauben nicht, daß der Zeitabstand zu kurz gewesen ist?« fragte er. Offensichtlich kamen ihm im letzten Augenblick Bedenken.

»Fast sechs Monate«, antwortete Mrs. Erdleigh in einem nüchterneren Ton, als sie ihn bisher benutzt hatte; und sie fügte, während sie zu mischen begann, hinzu: »Obwohl man natürlich die Karten nicht zu oft befragen sollte, wie ich Sie manchmal gewarnt habe.« Onkel Giles rieb langsam seine Hände aneinander und beobachtete sie genau, so als wolle er jede Täuschung verhindern und ganz sicher sein, daß sie nicht absichtlich eine Karte untermischte, die ihm Unglück bringen würde. Das Ritual hatte etwas Feierliches an sich, etwas unendlich Altes, so als habe Mrs. Erdleigh lange vor den uns bekannten Göttern existiert, sogar vor denen, die zur entferntesten Vergangenheit gehören. Ich fragte sie, ob sie immer dieselben Karten benutze.

»Immer dieselben lieben Karten«, sagte sie lächelnd, und an meinen Onkel gewandt in einem ernsthafteren Ton: »Gibt es irgend etwas Besonderes?«

»In Geschäften muß ich gewöhnlich vorausschauen«, sagte er schroff. »Das wäre also Karo, nehme ich an, oder Kreuz?«

Mrs. Erdleigh lächelte weiter, ohne eines ihrer Geheimnisse preiszugeben, und legte die Karten in verschiedenen kleinen Häufchen auf einen der maurischen Tische. Onkel Giles behielt sie scharf im Auge und rieb sich noch immer die Hände. Er machte mich genauso nervös, wie er selbst es war angesichts des Gedankens, was die Vorhersagen wohl beinhalten mochten. Bei jemandem mit seinem unsteten, sprunghaften Weg durchs Leben konnte man immer mit bedenklichen Möglichkeiten konfrontiert werden. Allerdings war ich natürlich weit mehr an dem interessiert, was sie über mich selbst sagen würde. Ja, ich war damals noch so weit davon entfernt, die unwandelbare Form der menschlichen Natur zu begreifen, daß ich es sogar erstaunlich fand, wie er in seinem Alter voraussetzte, daß es für ihn etwas gab, das man ›Zukunft‹ nennen konnte. Was mich selbst betraf, schien dagegen kein Grund zu bestehen für eine Zügelung auch der wildesten Absurditäten der Phantasie hinsichtlich dessen, was in dem allernächsten Augenblick geschehen mochte.

Als Onkel Giles' Karten dann untersucht wurden, schienen ihre Geheimnisse jedoch nicht im entferntesten so unheilvoll zu sein, wie man es wohl hätte befürchten können. Wir hörten eine Menge von – vielleicht nicht überraschenden – Widerständen gegenüber seinen ›Plänen‹; allerdings umgab ihn auch viel Klatsch, sogar ein wenig Verleumdung.

»Vergessen Sie nicht, Sie haben Saturn im zwölften Haus«, sagte Mrs. Erdleigh in einer Nebenbemerkung. »Heimliche Feinde.«

Im Gegensatz zu diesen bedrohlichen Möglichkeiten werde ihm jemand ein Geschenk machen, wahrscheinlich Geld: eine kleine, aber annehmbare Summe. Es schien, als werde diese Gabe von einer Frau kommen. Die Stimmung von Onkel Giles, dessen Wangen eingefallen waren angesichts all des Klatsches und der Verleumdung, hellte sich darüber wieder etwas auf. Ihm wurde gesagt, daß er in einer Frau einen guten Freund habe – möglicherweise die, welche ihm das Geschenk machen werde, genauer gesagt: die Herzdame. Auch dies hörte Onkel Giles nur allzu gern.

»Das war doch die Ehekarte, die Sie dort aufgeschlagen haben, oder?« fragte er an einer Stelle.

»Das könnte so sein.«

»Nicht notwendigerweise?«

»Andere Einflüsse müssen in Betracht gezogen werden.«

Keiner von ihnen ging weiter auf diese Sache ein, doch bezogen sich beider Worte auf eine Frage, die offensichtlich schon in der Vergangenheit untersucht worden war. Einige Momente lang spürte man vielleicht den schwachen Hauch zusätzlicher Spannung. Dann wurden die Karten wieder eingesammelt und erneut gemischt.

»Jetzt wollen wir etwas über *ihn* hören«, sagte Onkel Giles.

Aus seinen Worten klang eher Erleichterung, daß seine eigenen Qualen jetzt vorüber waren, als ein brennendes Interesse an meinem Schicksal.

»Ich nehme an, *er* möchte etwas über die *Liebe* hören«, sagte Mrs. Erdleigh und kicherte wieder vor sich hin.

Onkel Giles grunzte ein mißbilligendes Lachen hervor, um seine allgemeine Zustimmung zu dieser Annahme zu zeigen. Ich versuchte einige formelle Dementis, doch war es völlig richtig, daß mich diese Frage besonders interessierte. Im Augenblick war meine Lage in dieser Hinsicht verworren. Ja, was die ›Liebe‹ anbetraf, hatte ich in den letzten Jahren in so etwas wie einer Notbehelfssituation gelebt. Das war nicht deshalb so, weil ich nur geringes Interesse an der Sache gehabt hätte – etwa wie ein Mann, den es kaum kümmert, was er ißt, solange nur sein Hunger gestillt wird; oder wie jemand, der bereitwillig über Malerei diskutiert, wenn dieses Thema angeschnitten wird, der jedoch nie in Versuchung käme, eine Bildergalerie zu betreten. Im Gegenteil, mein Interesse an der Liebe war äußerst heftig, aber in ihrer eigentlichen Form schien mir diese Sache nicht gerade einfach zu erreichen zu sein. In dieser Hinsicht waren andere Leute offensichtlich leichter zufriedengestellt als ich. Jedenfalls hatte ich diesen Eindruck. Und doch, trotz meines wählerischen Getues waren meine Erfahrungen, bei späterer Prüfung, keineswegs bewundernswürdiger als jene, auf die Templer oder Barnby zum Beispiel keinen weiteren Gedanken verschwendet hätten; sie waren nur der Anzahl nach geringer. Ich hoffte, die Karten würden nichts enthüllen, was allzu demütigend wäre für meine Selbstachtung.

»Es besteht eine Verbindung zwischen uns«, sagte Mrs. Erdleigh, während sie die kleinen Kartenhäufchen legte. »Im Augenblick kann ich nicht ausmachen, was es ist – aber es besteht eine Verbindung.«

Dieses vermutete Bindeglied stellte sie offensichtlich vor ein Rätsel.

»Sind Sie musikalisch?«

»Nein.«

»Dann schreiben Sie – ich glaube, Sie haben ein Buch geschrieben.«

»Ja.«

»Sie leben zwischen zwei Welten«, sagte sie. »Vielleicht sogar zwischen mehr als zwei Welten. Sie können Ihre Gefühle nicht immer meistern.«

Mir fiel keine mögliche Antwort auf diese Beschuldigung ein.

»Man hält Sie für kalt, aber Sie hegen tiefe Zuneigungen, manchmal für Leute, die an sich wertlos sind. Sie sind oft uneins mit Menschen, die Ihnen helfen könnten. Sie mögen Frauen, und Frauen mögen Sie, aber Sie finden die Gesellschaft von Männern oft unterhaltsamer. Sie erwarten zuviel, und doch geben Sie sich auch zu rasch zufrieden. Sie müssen versuchen, das Leben zu verstehen.«

Leicht eingeschüchtert durch diese eingehende, ja strenge Analyse, versprach ich, mich in Zukunft zu bessern.

»Die Menschen können nur so sein, wie sie sind«, sagte sie.

»Wenn sie die Qualitäten besäßen, die Sie in ihnen sehen möchten, wären es andere Menschen.«

»Ich möchte gern, daß sie das wären.«

»Manchmal sind Sie zu ernsthaft, manchmal nicht ernsthaft genug.«

»Das hat man mir schon gesagt.«

»Sie müssen sich mehr anstrengen im Leben.«

»Das sehe ich ein.«

Mir schien diese Kritik nur zu gerechtfertigt; und doch würde eine Änderung der Richtung sehr schwer zu erreichen sein. Vielleicht war ich, genau wie sie es beschrieben hatte, unwiderruflich erstarrt auf halbem Wege zwischen Ausschweifung und Schüchternheit. Während ich über dieses Problem nachdachte, ging sie zu detaillierteren Dingen über. Es erwies sich, daß eine blonde Frau nicht sehr zufrieden mit mir war, und eine dunkle war fast ebenso verärgert über mich. Wie mein Onkel – vielleicht zeigte sich hier ein uns beiden gemeinsamer Familienfehler – wurde ich von Klatsch umgeben.

»Diese Personen sind überhaupt nicht von Bedeutung«, sagte Mrs. Erdleigh, sich mit diesen Worten ziemlich unbarmherzig auf die beiden Frauen gegensätzlicher Haarfarbe beziehend. »Diese hier ist eine weit wichtigere Dame – mittleres Haar, würde ich sagen, und ich glaube, Sie sind ihr schon einige Male begegnet, allerdings nicht in letzter Zeit. Aber es scheint noch einen anderen Mann zu geben, der auch an ihr interessiert ist. Es könnte sogar der Ehemann sein. Sie mögen ihn nicht besonders. Er ist ziemlich groß, vermute ich. Blond, vielleicht rothaarig. Er ist Geschäftsmann und hält sich oft im Ausland auf.«

Ich ging im Geiste alle Frauen durch, denen ich je begegnet war.

»Es gibt da eine kleine Sache in *Ihrem* Geschäft, die Unannehmlichkeiten verursachen wird«, fuhr sie fort. »Sie hat mit einem älteren Mann zu tun – und zwei jüngeren, die mit ihm verbunden sind.«

»Sind Sie sicher, daß es sich nicht um zwei ältere Männer und einen jungen Mann handelt?«

Mir war sofort der Gedanke gekommen, sie sei möglicherweise *en rapport* mit den wachsenden Schwierigkeiten meiner Firma hinsichtlich St. John Clarkes Einleitung zu *Die Kunst Horace Isbisters*. Die älteren Männer wären dann St. John Clarke und Isbister selbst – oder vielleicht St. John Clarke und einer der Gesellschafter meiner Firma – und der junge Mann natürlich Mark Members, St. John Clarkes Sekretär.

»Ich sehe die beiden jungen Männer ganz deutlich«, sagte sie. »Ein ziemlich unangenehmes Paar, würde ich sagen.«

All diese Dinge waren, einschließlich der Skizze meines Charakters, sicher sehr glaubhaft, wenn vielleicht auch nicht besonders interessant. Solche trivialen, mit einigen peinlichen Wahrheiten persönlicher Natur vermischten Kommentare bilden ja, das hatte ich bereits erkannt, die Gemeinplätze der Wahrsagerei. Das war alles, was mir von dem im Gedächtnis blieb, was Mrs. Erdleigh bei dieser Gelegenheit prophezeite. Vielleicht hat sie mir noch mehr vorausgesagt. Wenn das so war, dann habe ich ihre Worte vergessen. Ich fand zwar ihre Einsichten wirklich nicht besonders aufregend, doch beeindruckte sie mich als eine Frau mit einer dominierenden, sogar auf eine seltsame Weise attraktiven Persönlichkeit – trotz einer gewissen Absurdität in ihrem Betragen. Sie selbst schien sehr zufrieden mit ihrer Vorstellung.

Am Ende der Sitzung wurde es Zeit für mich zu gehen. Ich war für das Abendessen mit Barnby verabredet und sollte ihn in seinem Studio abholen. Ich stand auf, um mich zu verabschieden, und bedankte mich für die Mühe, die sie auf sich genommen hatte.

»Wir werden uns wiedersehen.«

»Das hoffe ich.«

»In etwa einem Jahr.«

»Vielleicht schon früher.«

»Nein«, sagte sie und lächelte mit der Selbstgefälligkeit einer Person, der lange zuvor die Geheimnisse menschlicher Existenz auf magische Weise enthüllt worden sind. »Nicht früher.«

Ich ging nicht weiter darauf ein. Onkel Giles begleitete mich zur Eingangshalle. Er war inzwischen wieder auf Geld zu sprechen gekommen, ein Thema, dessen *mystique* ihn mindestens in gleicher Weise fesselte wie jene Riten, die unsere Aufmerksamkeit kurz zuvor in Anspruch genommen hatten.

»... und dann konnte man ja nicht voraussehen, daß die Obligationen der San Pedro Lagerhäuser völlig wertlos werden würden«, sagte er gerade. »Die Enteignungen waren nur die Folge davon, daß ein liberaler Diktator an die Macht gekommen ist. Mit solchen Veränderungen muß man sich abfinden. Es gab eine dieser ganz natürlichen Reaktionen gegen das ausländische Kapital...«

Er brach mitten im Satz ab. Da ich vermutete, unser Treffen sei nun zu Ende, wandte ich mich von ihm weg, um mich durch die undurchsichtigen Türen in das Meer der Straßen zu stürzen, in dessen Auf und Ab der Dünung das Ufford träge dahintrieb. Onkel Giles legte seine Hand auf meinen Arm.

»Ach übrigens«, sagte er, »ich glaube, ich würde deinen Eltern gegenüber nicht erwähnen, daß man dir die Karten gelegt hat. Ich möchte nicht, daß sie mir vorwerfen, ich verleite dich zu schlechten Gewohnheiten, abergläubischen, meine ich. Außerdem würden sie wohl nicht besonders viel von Myra Erdleigh halten.«

Sein braunes, zerknittertes Gesicht zog sich ein wenig zusammen. Er hatte sich einiges von seinem guten, dem Typ nach leicht militärischen Aussehen bewahrt. Vielleicht war es jene – durch das Alter verstärkte – Andeutung vergangener militärischer Würde in irgendeiner vergessenen Garnisonsstadt, was Mrs. Erdleigh an ihm bewunderte. Weder meine Eltern noch sonst jemand von Onkel Giles' Verwandten wären wahrscheinlich über sein Verhalten besorgt, wenn er nie etwas Schlimmeres getan hätte, als Mitglieder der Familie dazu zu überreden, sich die Karten legen zu lassen. Dennoch, ich sah ein, daß Schweigen zu dem Thema Mrs. Erdleigh wohl eine vernünftige Bitte war, und versicherte ihm, daß ich über unsere Begegnung nicht sprechen würde.

Ich hätte gern gewußt, welche Beziehung die beiden zueinander unterhielten. Möglicherweise planten sie zu heiraten. Die ›Ehekarte‹ hatte ganz eindeutig Onkel Giles' Interesse erregt. Etwas vage Unschickliches umgab Mrs. Erdleigh, und das schien fast Absicht zu sein; aber es war eine Unschicklichkeit von einer vergessenen, viktorianischen Art: eine Villa in St. John's Wood vielleicht, und ausgefallenes Treiben hinter verschlossenen Türen und hinter Spitzenvorhängen an schwülen Sommernachmittagen. Onkel Giles war für seine Fähigkeit bekannt, sich bei Damen der verschiedensten Sorte beliebt zu machen; und es ging das Gerücht, daß einige von ihnen sogar manchmal ein wenig zu seinen Unkosten beigetragen hatten – zu jenen vielen Unkosten, denen er immer ausgesetzt war und die er nie müde wurde im einzelnen aufzuzählen. Mrs. Erdleigh sah nicht besonders ›wohlhabend‹ aus, erweckte aber den Eindruck, äußerst gut in der Lage zu sein, wirkungsvoll ihre eigenen Interessen zu verfolgen. Möglicherweise hielt Onkel Giles sie für eine gute Investition. Sie ihrerseits wußte zweifellos auch, wozu sie ihn gebrauchen konnte. Abgesehen von materiellen Erwägungen war er offensichtlich von ihren okkulten Kräften fasziniert, die ihn fast mit Andacht zu erfüllen schienen. Wie in all solchen Verbindungen gab es wahrscheinlich auch bei ihnen heftige Willenskämpfe. Es würde interessant sein zu sehen, wer den Sieg davontragen würde. Für den Gesamtausgang setzte ich da auf Mrs. Erdleigh. Ich dachte noch einige Tage über die beiden nach, dann schwanden sie mir aus dem Gedächtnis.

Auf meinem Weg in die Umgebung des Fitzroy Square erfüllte mich wieder jenes Gefühl der Erleichterung, das ich immer verspürte, wenn ich mich von Onkel Giles verabschiedet hatte. Meine Gedanken kamen nun auf die geschäftlichen Schwierigkeiten zurück, die die Karten für die nahe Zukunft vorausgesagt hatten. Wie ich schon sagte, schien sich dies auf St. John Clarkes Einleitung zu *Die Kunst Horace Isbisters* zu beziehen, eine schon jetzt leidige Angelegenheit, die aber wohl noch schlimmere Formen annehmen würde. Wir warteten inzwischen seit wenigstens einem Jahr auf die Einleitung, und es bestand kaum Aussicht, das Manuskript in der nahen Zukunft zu bekommen. Diese Verzögerung bereitete der Firma eine Menge Unannehmlichkeiten, denn es waren bereits Druckstöcke für eine Serie von achtundvierzig schwarzweißen Tafeln und für vier dreifarbige Reproduktionen angefertigt worden; ihnen sollten St. John Clarkes biographische Reminiszenzen im Umfang von vier- bis fünftausend Wörtern hinzugefügt werden.

Isbister selbst kränkelte seit einiger Zeit, so daß wir über ihn keinen Druck auf St. John Clarke ausüben konnten, obwohl der Maler ein alter Freund des Schriftstellers war. Vielleicht hatten die beiden sogar zusammen die Schule besucht. Jedenfalls hatte Isbister mehrere Portraits von St. John Clarke gemalt, eines davon zeigte ihn als ziemlich jungen Mann, in einem hohen Kragen und mit einer schlaff herunterhängenden gepunkteten Schleife. Aus Reklamegründen hatten sie beide ihre jeweiligen Biographien zu der des jungen Mannes vom Lande stilisiert, der es ›zu etwas gebracht‹ hatte, und in ihren Publikationen pflegten sie manchmal auf ihre gemeinsamen frühen Mühen zu verweisen. St. John Clarke hatte zunächst beträchtliche Anstrengungen unternommen, um zu erreichen, daß er selbst den Auftrag für die Einleitung bekam und nicht einer der passenden Schreiberlinge aus der alten Garde der Kunstkritiker, von denen mehrere das Honorar, das meine Firma für die Arbeit zahlte, eine nicht gerade fürstliche Summe, sicher weit nötiger gehabt hätten.

Daß ein bekannter Romanschriftsteller etwas übernahm, das, zumindest zu einem gewissen Grad, einen anerkannten Experten der Malerei erforderte, war nicht ganz so erstaunlich, wie es vielleicht auf den ersten Blick erscheinen mochte, denn St. John Clarke hatte, obwohl in den letzten Jahren sicherlich ruhiger geworden, in der Vergangenheit bei öffentlichen Kontroversen um die bildenden Künste oft eine Rolle gespielt. Zum Beispiel hatte er sich in den Jahren vor dem Krieg aktiv für die Errichtung der Peter-Pan-Statue in den Kensington Gardens eingesetzt, um dann ein Dutzend Jahre später die Aufstellung der Rima-Figur in der ›Vogelzuflucht‹ im Hyde Park nebenan heftig zu bekämpfen. Ich erinnerte mich, daß auf einer der Abendgesellschaften der Walpole-Wilsons die Rede war von St. John Clarkes Stellungnahme zu der Frage des Denkmals für General Haig, das damals viel diskutiert wurde. Diese Beispiele deuten auf ein besonderes Interesse an der Bildhauerkunst, aber St. John Clarke äußerte sich auch oft mit gleicher Verve über Malerei und Musik. Sicher war, daß er 1910 zu den Gegnern der Nachimpressionisten gehört und daß er nach dem Waffenstillstand von 1918 auch in Opernkreisen einige kleine Scharmützel ausgetragen hatte.

Ich selbst hätte nicht bestreiten können, etwa kurz vor dem Ende meiner Schulzeit eine Vorliebe für St. John Clarkes Romane gehabt zu haben. Ja, Le Bas, mein Hausdirektor, war einmal in mein Zimmer gekommen, während ich einen von ihnen las. Er hatte ihn mir aus der Hand genommen und flüchtig durchgeblättert.

»Ziemlich morbides Zeug, nicht wahr?« hatte er bemerkt.

Es war mehr eine Feststellung als eine Frage gewesen, doch bezweifele ich, daß Le Bas je einen Roman St. John

Clarkes gelesen hatte. Er hatte nur das in gewisser Hinsicht richtige Gefühl, daß etwas an ihnen nicht stimmte. Er hatte jedoch keinen Versuch gemacht, das Buch zu verbieten oder zu konfiszieren. Wie dem auch sei, ich zog es schon lange vor, die Zeit zu vergessen, in der ich St. John Clarkes Werk für ziemlich gewagt gehalten hatte. Ja, es war mir längst zur Gewohnheit geworden, über ihn und seine Bücher mit jener grausamen Härte zu sprechen, die, wenn man jung ist, vielleicht zu Recht die einzig angemessene und ernsthafte Haltung jedem, vor allem einem älteren Menschen gegenüber ist, der die Künste auf eine unzulängliche oder veraltete Weise ausübt.

Obwohl er einige Jahre jünger war als die Generation H. G. Wells' und J. M. Barries, hatte meine Vorstellung St. John Clarke mit diesen beiden Autoren verbunden, und zwar hauptsächlich deshalb, weil ich die drei einmal zusammen auf einer Photographie gesehen hatte, die in den Memoiren einer bekannten Dame der Gesellschaft der Zeit kurz nach der Jahrhundertwende abgedruckt war. Die Dame hatte wahrscheinlich das Bild selbst aufgenommen. Die Schriftsteller standen in einer Gruppe zusammen auf dem Rasen eines riesengroßen, mit ziemlich reizlosen Spitztürmchen versehenen Landsitzes. St. John Clarke hatte sich ein wenig zu einer Seite des Bildes hin postiert. Ein großer, ausgemergelter Mann mit Brille und langem Haar und einem Panamahut auf dem Hinterkopf, lehnte er auf einem Stock und beobachtete seine eher winzigen Mitgäste mit einem Ausdruck unbehaglichen Interesses: ein wenig so, als sei er ein Forschungsreisender oder Missionar, der diese mächtigen Medizinmänner eines benachbarten und insgesamt feindseligen Stammes gerade aus dem Urwald gelockt hat. Er schien, nach diesem Ausdruck zu urteilen, das Gefühl zu haben, daß dauernde Aufsicht notwendig sei, um Ungezogenheiten oder Fluchtversuche der beiden anderen zu vereiteln. Es lag etwas Priesterhaftes in seiner Erscheinung.

Das Bild hatte mich interessiert, weil mir diese drei Schriftsteller – ich hatte bereits Bücher von ihnen gelesen – alle das gleiche Gefühl vermittelt hatten, daß ihre Art zu schreiben nicht die war, die ich mochte. Später wurde ich dann, wie ich schon erwähnte, zu St. John Clarke bekehrt, und zwar mit jenem begierigen literarischen Konsum der Unreifen, der sich eigentlich weder als Lesegenuß noch als dessen Gegenteil bezeichnen läßt. Denen, die mit den Romanen St. John Clarkes nicht vertraut sind, kann man ihre besondere Art nur schwer beschreiben – vielleicht wegen der Ungenauigkeit der in ihnen zum Ausdruck kommenden Gedanken und Gefühle. Obwohl er nicht länger als ein gewichtiger Schriftsteller gilt, finden seine Bücher immer noch eine nicht unbeträchtliche Anzahl von Lesern. In seinen frühen Jahren hatten ihn die meisten der bedeutenden Kritiker seiner Zeit mit Hochachtung behandelt, und bis zu seinem Tode hoffte er vergeblich auf den Nobelpreis. Mark Members, sein Sekretär, pflegte zu sagen, daß diese Auszeichnung wenigstens einmal in seiner Reichweite gelegen zu haben schien.

Wir waren uns bis dahin noch nicht begegnet, aber ich hatte ihn einmal zusammen mit Members in der Bond Street gesehen. Obwohl sein Haar inzwischen weiß und dünn geworden war, sah er seinem Bild in jenen Memoiren immer noch bemerkenswert ähnlich. Er trug einen weichen grauen, ziemlich hohen Hut mit einem Band in derselben Farbe, einen schwarzen Anzug und eine gelb-braune, zweireihige Weste. Während er die Straße entlangschlenderte, sah er leicht verstohlen um sich und schien der Gegenwart Members' an seiner Seite kaum gewahr zu sein. Seine Gesichtszüge trugen jenen leicht gereizten Ausdruck, den Literaten so oft in ihren mittleren Jahren annehmen. Für einen Augenblick hatte er mich an meinen alten Bekannten, Mr. Deacon, erinnert, aber an einen Mr. Deacon, der weit besser gerüstet war, mit der Welt fertig zu werden. Members, der einen schwarzen Homburg trug und einen aufgerollten Schirm schwang, sah neben ihm sehr jungenhaft aus.

St. John Clarke hatte sich seinen Ruf als Romancier geschaffen, ehe er etwa Mitte Dreißig war. Viele Jahre lang hatte er das Leben eines verhältnismäßig reichen Junggesellen geführt, der es sich leisten konnte, den meisten seiner Launen nachzugeben, der nur mit Leuten verkehrte, die ihm angenehm waren, und der sich in einer Welt bewegte, die er – Members zufolge ›sehr liebevoll‹ – die *beau monde* zu nennen pflegte. Selbst in jener Zeit hatten Kritiker, die böswillig genug waren, seine Bücher öffentlich zu verreißen, immer wieder darauf hingewiesen, daß seine Untersuchungen menschlichen Verhaltens, die auf Annahmen basierten, die in St. John Clarkes Jugend allgemein akzeptiert waren, hoffnungslos veraltet seien. Glücklicherweise hing sein Verkaufserfolg jedoch nicht von günstigen Besprechungen ab; trotzdem hieß es von ihm, er sei bis zur Schmerzlichkeit empfindlich gegenüber feindseliger Kritik. Vielleicht war die Tatsache, daß er sich nicht länger angemessen gewürdigt sah, teilweise der Grund für seine Ankündigung, er werde nun keine Romane mehr schreiben. Zu gegebener Zeit würden seine Memoiren erscheinen, doch räumte er ein, daß er sich nicht beeile, sie zu verfassen.

Sein Aufschieben der Einleitung hatte folglich nichts mit Arbeitsüberlastung zu tun. Sah man die Isbister-Sache in ihrem unidealistischsten, eigennützigsten Licht, so bot sie ihm eine gute Gelegenheit, über sich selbst zu sprechen – ein völlig legitimes Vergnügen, das er sich in der Regel nur ungern entgehen ließ. Die Freundschaft mit Isbister machte ihn zu dem geeigneten Mann für diese Aufgabe. Jene, denen es Freude bereitet, Merkmale zu entdecken, die verschiedenen Kunstformen gemeinsam sind, hätten vielleicht sogar feine methodische und stilistische Übereinstimmungen festgestellt zwischen den Romanen St. John Clarkes und der Portraitmalerei Isbisters. Die Verzögerung ließ sich in der Tat nur schwer erklären.

Allerdings zirkulierten seit kurzem verschiedene Gerüchte, denen zufolge sich in St. John Clarkes Ansichten wohl ein Wandel vollzöge. Er war in letzter Zeit auf Partys im Literatenviertel Bloomsbury und anderswo gesehen worden, umgeben von Leuten, die ganz bestimmt nicht zu den Lesern seiner Bücher gehörten. Das wurde auf den Einfluß Members' zurückgeführt, der angeblich die Auffassungen seines Arbeitgebers veränderte. Ja, daß es zu so etwas wie einem Frontwechsel in diesem Lager gekommen war, legte eine Sache nahe, die meine Aufmerksamkeit auf eine ganz persönliche Weise erregt hatte.

St. John Clarke hatte in einer New Yorker Zeitschrift einen Artikel veröffentlicht, in dem er sich mit den jüngeren Schriftstellern der damaligen Zeit beschäftigte. In der etwas seltsam zusammengestellten Reihe von Namen hatte er sich, und zwar zumindest indirekt anerkennend, auch über mich und meinen Roman geäußert, der einige Monate vorher veröffentlicht worden war – das ›Buch‹, auf das Mrs. Erdleigh angespielt hatte. St. John Clarke hatte sich in letzter Zeit nur selten mit Gelegenheitsjournalismus abgegeben, und im Druck hatte er sich ganz bestimmt noch nie zuvor einer jüngeren Generation gegenüber wohlgesonnen gezeigt. Obwohl nur kurz und verhältnismäßig zurückhaltend, hatten seine Bemerkungen natürlicherweise mein Interesse geweckt, besonders da Empfehlungen aus diesem Lager so völlig unerwartet kamen. Auf einmal suchte ich nach Entschuldigungen, um zu verdecken, was mir noch immer als seine eigenen Unzulänglichkeiten als Schriftsteller erschien.

Während ich auf dem Weg zu Barnbys Studio über diese Dinge nachdachte, kam mir plötzlich der Gedanke, daß Barnby selbst vielleicht in der Lage sei, mir etwas über St. John Clarke als Person zu erzählen, denn obwohl es unwahrscheinlich war, daß Barnby seine Romane gelesen hatte, mochten sich die beiden doch in den so unterschiedlichen Kreisen, in denen Barnby verkehrte, begegnet sein. Ich begann mit meinen Erkundigungen bald nach meiner Ankunft bei ihm.

Barnby strich sich über sein kurzes, stoppeliges Haar, das er *en brosse* trug, was ihm, zusammen mit seinem blauen Overall, das Aussehen eines *sommelier* in einem teuren französischen Restaurant gab. Wir kannten uns inzwischen schon mehrere Jahre. Er war seit der Zeit, als er über Mr. Deacons Antiquitätenladen gewohnt hatte, des öfteren umgezogen und einmal sogar in den nördlichen Londoner Vorort Camden Town emigriert. Er war noch immer unverheiratet, und seine vielen Abenteuer mit Frauen bildeten ein beständiges Thema zwischen uns. In einem literarischen Zusammenhang hätte Barnby vielleicht einen Platz unter den Helden Stendhals gefunden, unter jenen machtbewußten jungen Männern, die so begierig darauf sind, Erfolg bei Frauen zu haben, das banale Nebenprodukt des ›Sichverliebens‹ aber ausschließen wollen: ein Zustand natürlich, der auf seiten des Gegenübers notwendigerweise eine starke Minderung, wenn nicht ein völliges Aufheben des ›Willens‹ mit sich bringt. Im großen und ganzen war Barnby erfolgreicher als seine Stendhalschen Prototypen, und er war ohne Zweifel oft ›verliebt‹. Dennoch, er gehörte zu jener Gruppe. Wie Valmont in *Les Liaisons Dangereuses* legte er großen Wert darauf, ›unter welchen Bedingungen‹ er eine Frau besaß, wobei er eher eine Beziehung suchte, in der Sinnlichkeit und Macht verschmolzen, als sich auf den üblichen Konflikt zwischen ihnen einzulassen.

Wie jeder andere zu dieser Zeit klagte auch Barnby über die Wirtschaftskrise, obwohl sein Ruf als Maler in den vorhergehenden zwei oder drei Jahren ständig gestiegen war. Die von ihm entworfenen Wandgemälde im Geschäftsgebäude von Donners-Brebner hatten auf die eine oder andere Weise viel öffentliche Aufmerksamkeit erregt, und die Förderung dieses Projekts durch Sir Magnus selbst hatte sogar

Barnbys Affäre mit Baby Wentworth, der angeblichen Geliebten Sir Magnus', überdauert. Ja, es wurde gemunkelt, der ›Großindustrielle‹, wie Barnby ihn zu nennen pflegte, sei bald nach der Fertigstellung der Wandgemälde froh gewesen, diesen oder einen anderen Fehltritt als Entschuldigung dazu benutzen zu können, seine eigene Verbindung mit Mrs. Wentworth zu beenden. Es schien zwischen den bei diesem Dreiecksverhältnis beteiligten Personen keinerlei böse Gefühle zu geben. Sir Magnus wurde nun häufig mit einer *jolie laide* namens Matilda Wilson gesehen; doch wie zuvor bei seiner Beziehung zu Baby Wentworth war so gut wie nichts Definitives über diese vieldiskutierte Liaison bekannt. Baby selbst hatte einen Italiener geheiratet und lebte in Rom.

»Ihr werdet diese Einleitung jetzt nie mehr bekommen«, sagte Barnby, nachdem er meine Geschichte gehört hatte. »St. John Clarke hält neuerdings den guten alten Isbister für viel zu *pompier.*«

»Aber sie sind immer noch dicke Freunde.«

»Was macht das schon.«

»Und außerdem, St. John Clarke kann einen van Dyck nicht von einem van Dongen unterscheiden.«

»Ah, aber jetzt kann er es. Du irrst dich da. Du bist nicht auf dem laufenden. St. John Clarke hat eine Bekehrung durchgemacht.«

»Wozu?«

»Zum Modernismus.«

»Stahlstühle?«

»Die werden ohne Zweifel kommen.«

»Bilder aus Muscheln und Zeitungspapier?«

»Im Augenblick befindet er sich noch in einem etwas früheren Stadium.«

Ich erkundigte mich nach weiteren Einzelheiten.

»Das äußere und sichtbare Zeichen für St. John Clarkes Bekehrung«, sagte Barnby in einem wichtigtuerischen Ton, »ist, daß er in der Tat zu einem Sammler moderner Bilder geworden ist – obwohl er, wie ich die Sache verstehe, sie noch diesseits des Surrealismus liebt. Genauer gesagt, er hat letzte Woche eines meiner Bilder gekauft.«

»Diese Bekehrung erklärt seine freundliche Erwähnung meines Buches.«

»Das ist richtig.«

»Ich verstehe.«

»Du hattest angenommen, er sei von etwas Ungewöhnlichem in deiner Art zu schreiben berührt gewesen?«

»Natürlich.«

»Ich fürchte, all dies ist ein Teil eines weit größeren Planes.«

»Das ist mir genauso recht.«

»Ohne Zweifel.«

Dennoch, ich fühlte mich ein bißchen weniger geschmeichelt als zuvor. Die Situation war nun klar. Die bereits über St. John Clarke umlaufenden Gerüchte hatten, allerdings weniger deutlich als Barnbys Worte, ebenfalls auf einen gewissen intellektuellen Umbruch schließen lassen. Isbisters Portraits von Politikern, Geschäftsleuten und kirchlichen Würdenträgern, ausgeführt mit einer emphatischen, fast aggressiven Geringschätzung für jede Entwicklung in der Malerei, die auch nur entfernt ›modern‹ genannt werden konnte, würden jetzt ohne Zweifel nicht länger den Beifall seines alten Freundes finden. Andererseits war der auf mich gerichtete, mir bis dahin so außerordentlich erschienene Strahl der Anerkennung St. John Clarkes genaugenommen nur ein winziger Aspekt seines neuen Verlangens, sich mit Kräften zu verbinden, die er viele Jahre lang offen bekämpft hatte.

»Dieser Sekretär von ihm deutete sogar an, Clarke würde vielleicht bei mir ein Portrait in Auftrag geben.«

»Es ist natürlich Members, der das alles bewirkt hat.«

»Ach, ich weiß nicht«, sagte Barnby. »So etwas passiert häufig mit erfolgreichen Leuten, wenn sie alt zu werden beginnen. Sie merken plötzlich, was für ein fades Leben sie immer geführt haben.«

»Aber St. John Clarke hat kein fades Leben geführt. Ich würde meinen, er hat fast immer getan, was er tun wollte – mit genügend noch zu erklimmenden Höhen, um seinen Mühen anhaltenden Schwung zu verleihen.«

»Ich stimme dir ja in gewisser Hinsicht zu«, sagte Barnby. »Aber für einen Mann mit seiner vergleichsweisen Intelligenz hat sich St. John Clarke immer auf die allerfadesten Ideen beschränkt – um Geld zu machen natürlich, ein sehr vernünftiges Ziel, und um sein Publikum nicht vor den Kopf zu stoßen. Denk doch an die vielen Plattheiten seiner Bücher. Gewiß, ich hab' nur ein paar Seiten von einem von ihnen gelesen, aber das genügte. Und dann diese professionelle Welt der Scheinmaler und Scheinschriftsteller, in der er verkehrt. Kein Wunder, daß er der manchmal zu entkommen wünscht und gelegentlich eine Herzogin treffen möchte. Männer wie er haben immer das Gefühl, etwas verpaßt zu haben. Man kann die Künste links liegenlassen, aber es ist gefährlich, Mätzchen mit ihnen zu machen. Schließlich sagst du mir ja selbst, er habe zugestimmt, die Einleitung zu dem Werk von Isbister zu schreiben – und dann fragst du mich, warum ich meine, St. John Clarke führe ein fades Leben?«

»Aber wird dieser neue Schritt sein Leben verbessern?«

»Warum nicht?«

»Er muß immer schon bildblind gewesen sein.«

»Einige meiner besten Kunden sind das. Sei nicht so idealistisch.«

»Wenn man nicht wirklich an Bildern interessiert ist, macht es einen auch nicht glücklicher, wenn man einen Bonnard mag statt eines Bouguereau.«

»Aber durch den Akt der Bekehrung wird man es.«

»Außerdem eröffnet ihm das eine neue, weit lebendigere Welt gesellschaftlichen Lebens. Das muß man zugeben.«

»Natürlich.«

»Du hast wahrscheinlich recht.«

Vielleicht war es erstaunlich, daß etwas Ähnliches nicht schon früher passiert war, denn St. John Clarke hatte vor Members eine ganze Dynastie von Sekretären beschäftigt. Aber von den anderen Sekretären war nur erwartet worden, daß sie im Hintergrund hart arbeiteten, statt ein wichtiges Element des Haushalts zu bilden. Members hatte die Stellung zu etwas weit Einflußreicherem ausgebaut, als es seinen Vorgängern je gelungen war. Der Grund dafür bestand darin, daß St. John Clarke, als er älter wurde, weniger schrieb, während sein Verlangen, eine hervorragende gesellschaftliche Rolle zu spielen, an Umfang zunahm. Er benötigte nun einen Sekretär, der mehr war als ein Untergebener, der das Telephon beantwortete und den Terminkalender führte. Es war nur natürlich, daß St. John Clarke, der unverheiratet war, die Macht in seinem Haushalt zu delegieren und sich darauf zu verlassen wünschte, daß ihm jemand beim Planen seines täglichen Lebens half. Er hatte Glück, einen jungen Mann gefunden zu haben, der so gut für diese Stellung geeignet war; denn selbst jene, die Members persönlich nicht mochten, mußten zugeben, daß seine – oft sprunghaften – Methoden insgesamt gesehen wunderbar zu dem Leben paßten, das St. John Clarke zu führen liebte.

»Da ist wohl nichts Zweideutiges in Members' Position in dieser *ménage,* oder?« sagte Barnby.

»Nicht das geringste.«

»Ich glaube, St. John Clarke ist an keinem der beiden Geschlechter interessiert«, sagte Barnby. »Er hat sich auf den ersten Blick in sich selbst verliebt, und dieser Leidenschaft ist er immer treu geblieben.«

»Selbstliebe scheint so oft unerwidert zu bleiben.«

»Aber nicht im Falle St. John Clarkes«, sagte Barnby. »Er ist völlig in der Lage, ohne das zurechtzukommen, was die meisten von uns übrigen brauchen.«

Diese besondere Frage wurde häufig diskutiert. Obwohl

St. John Clarkes Romane nicht selten die komplizierten Probleme des Ehelebens behandelten, gab er im allgemeinen nicht sehr viel um die Gesellschaft von Frauen – außer der von Damen, die ihn zu angenehmen Abendessen und Wochenendgesellschaften einladen konnten. Solche Beweise der Gastfreundschaft waren schließlich nichts anderes als kleine und angemessene Entschädigungen für seine lebenslangen Mühen – Entschädigungen, die ihm außer den Neidischen nur wenige mißgönnt hätten. Wie auch immer, dieser Mangel an Interesse für das andere Geschlecht hatte von Zeit zu Zeit Anlaß zu Klatsch gegeben. Doch jene Personen, die sich einen Sport, ja sogar eine Art Pflicht daraus machten, böswilliges Gemunkel zu seinen Quellen zurückzuverfolgen, mußten im Falle St. John Clarkes berichten, daß sich nichts auch nur im geringsten Verwerfliches bestätigen ließe. Das konnte jedoch nicht verhindern, daß sich ein gewisses Maß an ziemlich gehässigem Spott über seinen Sekretär im Umlauf befand. Members selbst war taub gegen diese Art von Sticheleien, ja, vielleicht ermutigte er sie sogar, um seine eigenen Affären mit Frauen zu tarnen. St. John Clarke, den solche Anfechtungen selbst gleichgültig ließen, mißbilligte natürlich ein ausschweifendes Leben bei anderen – besonders bei jemandem in seiner nächsten Nähe.

»Und so sehen wir also«, sagte Barnby, »wie er sich kopfüber in die moderne Welt stürzt.«

Er zog die Schultern hoch und schnitt eine Grimasse, so als wolle er die Heftigkeit, ja die Qual zum Ausdruck bringen, die St. John Clarkes ästhetische Metamorphose begleitet hatte. Nach und nach machten wir uns auf zum Abendessen bei Foppa.

2

Etwas mehr als ein Jahr danach starb Isbister. Er war eine kurze Zeit lang schwer krank gewesen und hatte sich während der Genesung eine Lungenentzündung zugezogen. Die Frage der Einleitung, auf unbestimmte Zeit in die Schublade versenkt, da St. John Clarke sich strikt geweigert hatte, Briefe zu diesem Thema zu beantworten, wurde jetzt durch die Nachrufe wieder ans Licht geholt. Da es zu der Zeit so gut wie keine allgemeinen Neuigkeiten gab, waren diese Berichte ausführlicher, als man das erwartet hätte. Einer von ihnen nannte Isbister »den britischen Frans Hals«. Photographien von ihm wurden veröffentlicht, die ihn mit seinem van-Dyck-Bart und in seinem Cape-Mantel zeigten, wie er mit Mrs. Isbister, einem früheren Modell, der ›Morwenna‹ vieler seiner Figurenbilder, spazierenging. Dies war eindeutig die Gelegenheit, eine weitere Anstrengung zu unternehmen, um *Die Kunst Horace Isbisters* fertigzustellen und zu veröffentlichen. Maler, besonders Akademiemaler, können schnell ins Dunkel zurückgleiten: vergessen, als hätten sie nie gelebt.

Fast als letzten Ausweg hatten wir deshalb vereinbart, daß ich mich außerhalb meiner Dienstzeit mit Mark Members treffen sollte, um mit ihm die Dinge ›von Mann zu Mann‹ zu besprechen. Members hatte für diese Zusammenkunft ausgerechnet das Ritz gewählt. Seit er St. John Clarkes Sekretär geworden war, hatte er eine Vorliebe für reiche Umgebungen entwickelt. Es war in jener sich hinziehenden, öden, freudlosen Woche nach Weihnachten. Mein eigenes Leben schien mir ein grenzenloser Stillstand, belebt nur durch die Arbeit an einem neuen Buch. Diese nie enden wollenden letzten Tage des sterbenden Jahres schaffen sozusagen einen Zustand moralischer Schwebe: eine Form des Lebens ist schon verweht, ehe eine weitere die Zeit gefunden hat, ihre neue, begrenzte Eigentümlichkeit geltend zu machen. Irgendwie kündigt sich oft ein nahe bevorstehender Wechsel der Lebensrichtung an durch solche farblosen Flecken der Zeit.

Den Piccadilly entlang blies ein Nordwind die Seitenstraßen herunter, heiser röhrend für jeweils ein, zwei Minuten, dann plötzlich in Stille verfallend, um aber dann wieder, nach einer nur kurzen Pause, erneut loszulegen, als wüte er auf ewig gegen die Unbeständigkeit menschlichen Verhaltens. Die Bögen des Säulengangs boten einen gewissen Schutz gegen diesen Orkan und formten zugleich eine Art Vorraum, der an einer Seite durch beleuchtetes Glas in ein anderes, milderes Land führte, wo der Kampf gegen die Naturgewalten zumindest weniger deutlich zutage trat als auf dem Gehsteig. Draußen herrschte nördlicher Winter, hier unter Palmen ein fast tropisches Klima.

Obwohl es ein Samstagabend war, war es sehr voll in der Halle. Jener Hauch von Leben in wärmeren Städten, weit weg von London, wurde verstärkt durch die Anwesenheit einer großen Gesellschaft von Südamerikanern, die ganz in der Nähe des Platzes, den ich an einem der grauen Marmortische fand, ihr Lager aufgeschlagen hatten. Sie waren malerisch unter der in ihrer Grotte aus künstlichen Felsen und grünem, frischem Farn hockenden Bronzefigur der Nymphe gruppiert – eine große Familie, die sich über drei oder vier Tische ausgebreitet hatte und freundlich miteinander schwatzte. Sie bestand aus dunkelhäutigen jungen Männern mit bläulichem Kinn und hübschen, modisch gekleideten jungen Mädchen, die letzteren im Alter herabgehend bis zu bloßen Kindern mit großen schwarzen Augen und hellfarbigen Schleifen im Haar. Ein gepflegter älterer Mann mit Glatze, die Rosette irgendeines Ordens im Knopfloch, den grauen Schnurrbart kurz gestutzt, unterhielt sich gewichtig mit zwei ungeheuer lebhaften Damen, beide eine Spur rundlich werdend in ihren schwarzen Kleidern.

Die Nymphe auf der Felsspitze über ihnen schien sofort Teil dieser romanischen Familiengesellschaft und doch auch gleichzeitig moralisch von ihr getrennt: ein englisches Mädchen vielleicht, das bei Verwandten wohnte, die Geschäftsinteressen in Südamerika hatten, zum ersten Mal verliebt nach einem Besuch auf einer benachbarten Estanzia. Jetzt hatte sie sich von ihren Gastgebern entfernt, um in Ruhe ihren köstlichen geheimen Gedanken nachzuhängen, während sie das Grimassen schneidende Gesicht des Flußgottes betrachtete, das auf dem kurzen Wandstück bei der Grotte in Stein gehauen war. Gedankenverloren und ohne der jungen Tritonen gewahr zu sein, die heftig versuchten, sie von der Quelle wegzuwehen durch das wilde Schmettern ihrer Muscheltrompeten, schaute sie verwundert, daß kein kristallener Schwall sich ergoß aus den verzerrten Kiefern des Wassergottes. Vielleicht hatte sie einen Champagnerstrom erwartet an einem solchen Ort. Obwohl völlig nackt, sah die Nymphe unermeßlich sittsam aus, sicher weit weniger provokativ als einige der unter ihr sitzenden, voll bekleideten jungen Frauen, deren olivenfarbene Haut und seidene Strümpfe diese höchst unwinterliche Szene vervollständigen halfen.

Wenn man auf jemanden an einem öffentlichen Ort wartet, entwickelt sich ein Gefühl individueller Einsamkeit; und so hatte ich inmitten all dieser blaßrosa und salbeigrünen Möbel und unter den in Cremefarben und Mattgold gehaltenen Dekorationen den Eindruck, ich sei völlig abgeschnitten von der übrigen Welt. Ich verfiel in Grübeleien darüber, wie kompliziert es sei, einen Roman über das englische Leben zu schreiben – ein Thema, das schon schwierig genug ist, wenn man es mit einer auch nur grob naturalistischen Art von Authentizität angeht, das aber noch weit komplexer wird, wenn man die innere Wahrheit der beobachteten Dinge vermitteln will. Jene mir gegenübersitzenden Südamerikaner, die von einem Kontinent kamen, den ich nie besucht hatte und über den ich nur die oberflächlichsten Informationsbrocken besaß, schienen im Zusammenhang mit einem Roman in gewisser Hinsicht leichter faßbar als die meisten der Engländer, die sich in diesem Raum aufhielten. Die Kompliziertheiten des englischen gesellschaftlichen Lebens und seiner Gewohnheiten sperren sich gegen Vereinfachungen, während Untertreibung und Ironie – deren sich alle Klassen dieser Insel in ihren Gesprächen bedienen – die normalen Betonungen wiedergegebener Rede umstoßen.

Wie, so fragte ich mich, könnte in einem Roman ein junger Mann wie zum Beispiel Mark Members beschrieben werden, der so viel mit mir gemeinsam hatte und doch so anders als ich war? Wie könnte dieser Unterschied jenem gravitätischen südamerikanischen Herrn mittleren Alters, der sich mit den rundlichen Damen in Schwarz unterhielt, faßbar gemacht werden? Aus einer gewissen Entfernung betrachtet, mochten Members und ich wohl zu Recht für fast identische Einheiten desselben Organismus gehalten werden, selbst für einen Soziologen kaum zu unterscheiden. Wir waren etwa gleichen Alters, hatten dieselbe Universität besucht und übten beide einen literarischen Beruf aus; allerdings nahm Members auf diesem Gebiet einen gewichtigeren Platz ein als ich, denn er hatte inzwischen mehrere Gedichtbände veröffentlicht und sich als Kritiker einen gewissen Namen gemacht.

Als ich an jenem Abend über Members nachdachte, war es mir unmöglich, ihn ohne Vorurteil zu sehen. Er war es gewesen, das erkannte ich jetzt, der St. John Clarke daran gehindert hatte, die Einleitung zu dem Isbister-Buch zu schreiben. Für sich betrachtet, war das verständlich. Er hatte in dieser Angelegenheit jedoch in einer Weise Ausflüchte gemacht, die seine Mißachtung gegenüber der Tatsache bewies, daß wir uns schon eine lange Zeit kannten und immer ziemlich gut miteinander ausgekommen waren. Es gab ohne Zweifel auch auf seiner Seite Schwierigkeiten. Ich mußte Vorurteile zu vermeiden suchen, wenn Members, wie ich mir beiläufig vorgestellt hatte, die Grundlage für einen Charakter in einem Roman bilden sollte. Andererseits konnte sich mein Vorurteil als genau das Element erweisen, durch das sich die sonst nicht faßbare Natur dessen, was an ihm von Interesse war, einfangen und unzweideutig bestimmen ließ und das durch seine selektive Kraft die leere, unergiebige Hülse aussonderte, die jene Seite Members' bildete, die nicht übersetzbar war in die Form der Kunst: ein Element, das Members' letztliches Wesen, sozusagen seine Stellung in der Ewigkeit, ins Medium der Worte hineinkonzentrierte.

Jede auch nur eine äußerst vage Andeutung überschreitende Darstellung meiner eigenen Persönlichkeit wäre, so überlegte ich, sicher ebenso schwer zu verwirklichen, jedenfalls jede, die nicht etwas absurd klänge. Für Mrs. Erdleigh mochten Verallgemeinerungen das Richtige sein; für mich dagegen war es weniger einfach, einen objektiven Standpunkt einzunehmen. Selbst die bloßen Fakten hatten einen unwirklichen, fast satirischen Klang, wenn man sie zu Papier brachte, etwa in der Manier endlos vieler russischer Erzählungen des 19. Jahrhunderts: »Ich wurde als Sohn eines Infanterieoffiziers in der Stadt L. geboren...« In England war es fast unmöglich, durch solche Sätze etwas mitzuteilen, das für den Leser relevant sein würde. Zu viele Faktoren mußten bedacht werden. Auch die Untertreibung hatte eine banale Seite, denn während man mit ihrer Hilfe billige Romantik umging, konnte sie auch zur Aussparung unangenehmer Tatsachen verleiten.

Diesen Meditationen über das Schreiben wurde jedoch durch die Südamerikaner ein Ende bereitet, die sich nun geschlossen erhoben und mit vielem Reden und schrillem Gelächter die Stufen hinunter zum Ausgang Arlington Street marschierten. Ihr Weggang dünnte die Menge der Anwesenden in der Palmenhalle merklich aus. In dem Meer der Gesichter, denen, wie der Haut der Frauen bei Renoir, jene seltsam rosa und seidene Oberfläche aufgeprägt war, die vom ausgedehnten Sitzen in Hotels wie dem Ritz herzurühren scheint, erkannte ich so manches vertraute Antlitz. Einige gehörten Mädchen, denen ich früher einmal auf Bällen begegnet, mit denen ich aber jetzt nicht länger bekannt war. Sie hatten wahrscheinlich geheiratet, gehörten jedenfalls nun zu Kreisen, in denen ich nicht verkehrte.

Eine von ihnen war Margaret Budd, die dort zusammen mit einer Dame saß, die wie ihre Tante oder ihre Schwiegermutter aussah. Diese ›Schönheit‹ hatte schließlich einen schottischen Großgrundbesitzer geheiratet, einen Mann, der weit älter war, als man das bei einem so hübschen Mädchen erwartet hätte. Er war im Whiskygeschäft, und es hieß, er sei hypochondrisch und übellaunig. Obwohl inzwischen Mutter von wenigstens zwei Kindern, sah Margaret immer noch aus wie eine jener goldhaarigen, blauäugigen Puppen, die ›Mama‹ und ›Papa‹ sagen und die Augen schließen, wenn man sie zurückneigt: unverändert im Besitze jener im besonderen Maße englischen Schönheit, der auch graues Haar und Altersblässe kaum etwas anhaben können. Auf einem der Sofas nicht weit von ihr saß, eingezwängt zwischen zwei reich aussehenden Männern, eine große, blonde junge Frau. Ich erkannte sie als Lady Ardglass, von der weithin angenommen wurde, daß sie für eine kurze Zeit die Geliebte Prinz Theodorics gewesen sei. Anders als Margaret Budd – an deren Ehenamen ich mich nicht erinnern konnte – schien Bijou Ardglass deutlich gealtert: ziemlich gezeichnet von den Wirkungen eines anstrengenden Lebens. Sie hatte einiges verloren von jener fröhlichen, energischen Ausstrahlung, von jenem Fluidum, zu allem bereit zu sein, das sie in einem so überreichen Maße umgeben hatte, als ich ihr auf der Party von Mrs. Andriadis zum ersten Mal begegnet war. Dieses Ereignis schien jetzt eine Ewigkeit her.

Die Zeit verstrich; Leute gingen weg, andere kamen herein. Ich hatte mehr und mehr den Verdacht, daß Members nicht erscheinen würde. Das paßte durchaus zu ihm, denn eine Verabredung nicht einzuhalten war eine eingestandene

Methode seiner Lebensführung. Diese Gewohnheit – die im allgemeinen in Verbindung zu sehen ist mit einem starken, manchmal frustrierten Verlangen, jemandem seinen Willen aufzuzwingen – wird bei dem jeweiligen Anlaß gewöhnlich der Tatsache zugeschrieben, daß ›sich etwas Besseres ergeben hat‹. Man wirft den Nichterscheinenden wie fast selbstverständlich vor, sie versuchten, ihre Zeit gewinnbringender zu nutzen. In Wirklichkeit aber spielt Eigennutz in seiner gröbsten Form bei diesem Fehlverhalten vielleicht eine geringere Rolle, als man annehmen mag. Dieses Manöver wird oft um seiner selbst willen angewandt. Die erwartete Person versagt sich absichtlich dem Wartenden. Die bloße Abwesenheit verwandelt sich auf diese Weise in eine in ihren Konsequenzen sogar potentiell gewaltsame Form von Handlung.

Möglicherweise hatte Members aus einem inneren Zwang heraus plötzlich entschieden, durch ein solches Geltendmachen seines Willens seine Überlegenheit zu etablieren. Andererseits würde die Handlung unter diesen Umständen einen so winzigen Punktgewinn dem allgemeinen Leben gegenüber darstellen, daß sein Nichterscheinen eher als ein untergeordneter taktischer Zug in seiner internen Politik gegenüber St. John Clarke gedeutet werden mußte. Während ich über diese Möglichkeiten nachdachte und mich düster gestimmt fragte, ob ich mich entfernen oder noch ein paar Minuten länger warten sollte, wurde durch eine Art Fenster oder Maueröffnung, die von der Palmenhalle aus den Blick auf die tiefer gelegene Passage und die angrenzenden Räume freigab, für eine Sekunde ein unendlich vertrauter Kopf und die dazugehörenden Schultern sichtbar. Es war Peter Templer. Einen Augenblick später schlenderte er die Treppe herauf.

Templer blickte sich einige Sekunden lang in dem Raum um, als sinne er nach über die Verunstaltung einer ihm von Jugend auf bekannten Landschaft, die einst wegen ihrer Naturschönheiten berühmt gewesen, jetzt aber bis zur Unkenntlichkeit ruiniert war. Er wollte sich gerade abwenden, als er mich erblickte. Er kam zu meinem Tisch herüber. Es mußte wenigstens drei Jahre her gewesen sein, seit wir uns das letzte Mal getroffen hatten. Sein glattgebürstetes Haar und sein langer, sehr eleganter Schritt waren nicht verändert. Sein Gesicht war vielleicht eine Spur voller, und seine Augen sandten sofort wieder jenes vertraute blaue, mechanische Funkeln aus, an das ich mich so gut von unserer Schulzeit her erinnerte. Mit der roten Nelke im Knopfloch seines dunklen Anzugs und mit seinen Manschetten, die eng um die Handgelenke geschnitten waren, so daß sie irgendwie die Manschettenknöpfe übertrieben zur Geltung brachten, strahlte Templer entschiedene Wohlhabenheit aus. Doch machte er auch den Eindruck, als habe er inzwischen gelernt, was Sorgen sind – eine Erfahrung, die ihm in der Vergangenheit ohne Zweifel fremd gewesen war.

»Ich nehme an, du wartest auf jemanden, Nick«, sagte er, während er sich einen Stuhl heranzog. »Eine heiße kleine Puppe?«

»Weit gefehlt.«

»Dann eine reiche ältere Witwe, die dir das Abendessen spendiert – und hinterher wird sie dir ein Angebot machen?«

»Leider auch nicht.«

»Worauf dann?«

»Ich warte auf einen Mann.«

»Sieh an, alter Junge. Tut mir leid, daß ich so neugierig gewesen bin. Soweit ist es also mit dir gekommen?«

»Du konntest es ja nicht wissen.«

»Ich hätte es ahnen müssen.«

»Trink dennoch ein Glas mit mir.«

Ich erinnere mich, einige Jahre zuvor in der *Morning Post* einen kurzen Nachruf auf seinen Vater gelesen zu haben. Dieser mit ›A. S. F.‹ gezeichnete Artikel war genaugenommen eher eine knappe persönliche Lebensbeschreibung gewesen als ein nackter Bericht über die Karriere des verstorbenen Mr. Templer. Zwar hatte der Artikel erwähnt, daß der Tote Aufsichtsratsvorsitzender verschiedener Firmen gewesen war – er hatte hauptsächlich Beteiligungen in der Zementindustrie besessen –, doch weit stärker seine Freude am Sport, besonders dem Boxen, seine vielen geheimgehaltenen Spenden an Wohltätigkeitsorganisationen und sein gutes Herz, das er immer hinter seiner irreführend schroffen Art verborgen habe, hervorgehoben. Die Initialen, aber auch eine gewisse Banalität der Wortwahl, ließen auf die Hand Sunny Farebrothers schließen, des jüngeren Geschäftsfreundes Mr. Templers in der Londoner Finanzwelt, den ich in dem Haus der Templers kennengelernt hatte. Dieser Besuch war das einzige Mal gewesen, daß ich Templers Vater begegnet war. Ich hatte mich vage gefragt, wieviel er, um einen Lieblingsausdruck seines Sohnes zu gebrauchen, ›am Ende wert gewesen‹ sei – Einzelheiten über Geld sind immer interessant –, aber dann nicht weiter darüber nachgedacht. Ich sah Peter Templer inzwischen eher als einen Freund aus meiner Schulzeit und nicht als jemanden, der verbunden war mit jener späteren Periode gelegentlicher gemeinsamer Mittagessen während meines ersten Jahres in London nach meinem Abgang von der Universität. Immer wenn ich, wie ich es nur sporadisch tat, an dem alljährlichen Dinner der Mitglieder des Hauses von Le Bas teilgenommen hatte, war Templer nicht zugegen gewesen.

Daß wir uns nicht länger ziemlich regelmäßig trafen, war ohne Zweifel in einem gewissen Maße Templers chronischer Unfähigkeit zuzuschreiben, »eine Freundschaft aufrechtzuerhalten«, wie Le Bas, unser Hausdirektor, es ausgedrückt hätte. Er lebte ausschließlich den Ereignissen des Augenblicks und sah weder nach vorn noch zurück. Wenn wir uns zufälligerweise begegneten, beschlossen wir, etwas gemeinsam zu unternehmen, sonst nicht. Diese gegenseitige Entfremdung hatte sich auch durch meine eigenen Lebensumstände ergeben. Es war bestimmt nicht mein Wunsch, auf

Menschen beschränkt zu sein, die zu der gleichen Berufsgemeinschaft gehörten wie ich; im Gegenteil. Dennoch, in dieser Beziehung wird das menschliche Leben von einem unerbittlichen Gesetz regiert, welches verfügt, daß jeder früher oder später so vor der Welt erscheint, wie er ist. Viele sind nicht bereit, dieses manchmal unangenehme Prinzip hinzunehmen. Ja, die Illusion, man könne den charakteristischen Merkmalen, die einem der Beruf gibt, entgehen, ist eine Seite des Romantizismus, die allen Ständen gemeinsam ist; wer sich in der Welt des Handelns bewegt, behauptet, sein wahres Interesse gelte den Freuden der Phantasie oder des Denkens, während diejenigen, die hauptsächlich einer philosophischen oder künstlerischen Tätigkeit nachgehen, dauernd ihr unveräußerliches Recht auf Teilnahme in dem Feld der Aktion geltend machen.

Auch Templer hatte vielleicht seinen Platz irgendwo im Bereich dieser Definition. Wenn das zutraf, so ließ er allerdings nur geringe Anzeichen dafür erkennen. Ja, wenn man ihm hart zugesetzt hätte, wäre etwas Derartiges sicher von ihm bestritten worden. Das äußere Zeichen dafür, daß er doch in diese Kategorie zu gehören schien, war seine eigene Weigerung, die Leute, unter denen zu leben er für sich gewählt hatte, jemals völlig zu akzeptieren. Ein seltsamer Zug von Melancholie schien ihn mit einer Lebensform zu verbinden, die weniger dürr war als jene, der er sich offenbar unwiderruflich hingegeben hatte. Wenigstens vermutete ich, daß man so etwas noch von seinem Leben sagen konnte, denn ich wußte so gut wie nichts von seiner täglichen Routine sowohl während als auch außerhalb seiner Arbeit, nahm aber an, daß mir wohl weder seine Tätigkeiten noch seine Freunde besonders zusagen würden.

Verschiedene Fäden, die ich ohne viel Methode verfolgte und die dann aus meinen Blicken verschwanden, verliehen Templers persönlichen Angelegenheiten jedoch ein bestimmtes unregelmäßiges Muster. Zum Beispiel hatte er es gern, wenn seine Freunde reich und von ihren jeweiligen Geschäften voll in Anspruch genommen waren. In Geldangelegenheiten mußten sie seriös, in ihrem Privatleben jedoch verhältnismäßig liederlich sein; sie durften nicht die geringsten gesellschaftlichen Ambitionen besitzen, aber auch nicht durch ernsthafte gesellschaftliche Mängel verunstaltet werden. Die Frauen hatten gut auszusehen, und die Männer mußten leidlich gut Golf und Bridge spielen können, ohne allerdings diese Freizeitbeschäftigungen zu ihrem Fetisch zu erheben. Wenn er ihr Gastgeber war, erwartete er von beiden Geschlechtern, daß sie heftig dem Alkohol zusprachen, doch auch hier durfte die Trunkenheit nicht ins Extrem geführt werden. Allgemein gesagt, haßte Templer eigentlich alles, was man ›Boheme‹ hätte nennen können, und ebenso alles, das Anspruch darauf erhob, ›smart‹ zu sein. Er mochte nicht einmal jene Art von ›Smartheit‹, die in einem begrenzten Maß in der Londoner Finanzwelt zu finden ist – eine Lebensform, die doch soviel Gemeinsamkeiten mit seinen eigenen Neigungen aufwies.

»Weißt du, eigentlich sind mir Leute aus vornehmen Familien ziemlich verhaßt«, pflegte er zu sagen. »Nicht daß ich in letzter Zeit mit vielen von ihnen zusammengewesen wäre.«

Man sollte meinen, daß nichts leichter zu erreichen sei als die Erfüllung solcher Bedingungen durch einen Kreis enger Freunde; und die Schwierigkeiten, die Templer damit hatte, sich fest mit einer Gruppe von Menschen einzulassen, die diesen Normen entsprach und ihn gleichzeitig zufriedenstellte, waren in der Tat bemerkenswert. Diese Seite von ihm ließ auf so etwas wie einen ›verhinderten Intellektuellen‹ schließen. Zudem gab es bei ihm jene seltsame Teilnahme, die sich auch auf solche Dinge wie die Geschichte der St. John-Clarke-Einleitung ausdehnen konnte, die er mich jetzt, nachdem ich ihm den Zweck meiner Anwesenheit im Ritz erklärt hatte, bat kurz zu beschreiben. Die Fakten konnten kaum sehr interessant für ihn gewesen sein, doch er folgte aufmerksam jedem Detail, als ginge es letztlich um eine Veränderung des Leitzinssatzes oder um Schwankungen auf dem Kupfermarkt. Vielleicht bildete diese Fähigkeit der aufmerksamen Konzentration auf die Angelegenheiten anderer Menschen die Grundlage für seinen eigenen Geschäftserfolg.

»Natürlich kenne ich das Mitglied der Königlichen Akademie der Künste Isbister«, sagte er. »Er hat dieses fürchterliche Bild von meinem alten Herrn gemalt. Ich hab' versucht, es zu verscheuern, als er den Löffel weggelegt hatte, aber ich konnte keinen Abnehmer finden. Ich kenn' auch St. John Clarke. Mona liest seine Bücher, sie verschlingt sie geradezu.«

»Wer ist Mona?«

»Ach ja, du kennst sie ja noch nicht, oder? Mona ist meine Frau.«

»Aber mein lieber Peter, ich hatte keine Ahnung, daß du verheiratet bist.«

»Seltsam, nicht wahr? Übrigens ist heute unser Hochzeitstag. Pleite wie ich bin, dachte ich, wir könnten im Grillroom des Ritz ein Kotelett nagen, zur Feier des Tages. Komm und leiste uns doch Gesellschaft. Dein Mann taucht sicher nicht mehr auf.«

Er erzählte dann von seinem eigenen Leben, wobei er wieder genauso sprach wie damals in der Schule, als wir zusammen den Tee einnahmen. Er klagte, er habe während der Wirtschaftskrise viel Geld verloren, besaß aber noch ein Haus in der Nähe von Maidenhead.

»Wir leben jetzt mehr oder weniger da draußen in der Wildnis«, sagte er. »Mit einem Ehepaar, das für uns sorgt. Die Frau kocht, der Mann kann Auto fahren und es auch gut warten, aber er hat nicht die blasseste Ahnung, wie meine Kleidung instand zu halten ist.«

Ich fragte nach seiner Ehe.

»Wir haben uns in einem Lokal in der Nähe von Staines

kennengelernt. Mona war dorthin von einer etwas ungeschlachten Figur namens Snider eingeladen worden, einem Mann von einer Werbeagentur. Sniders Firma beschäftigte sie gerade als Photomodell. Du wirst ihr Gesicht wiedererkennen, wenn du sie siehst. Abführmittel, Mundgeruch – selbst ihre beste Freundin wollte es ihr nicht sagen – und so weiter.«

Ich entdeckte später, daß Mona auf den Plakaten hauptsächlich für Zahnpasta geworben hatte; aber sowohl sie als auch ihr Mann neigten dazu, noch andere, malerischere Möglichkeiten hervorzuheben.

»Sie hatte damals bereits eine ziemlich abenteuerliche Karriere hinter sich«, sagte Templer.

Er ließ sich dann weitläufig über diese letzte Information aus – wie ein Mann, der es nicht lassen kann, wieder und wieder den ruhigen Nerv eines potentiell schmerzenden Zahnes zu reizen. Ich hatte den Eindruck, daß er immer noch sehr verliebt war in seine Frau, daß sich aber die Dinge nicht so gut entwickelten, wie er es wünschen mochte. Das wäre eine Erklärung gewesen für die Ruckartigkeit in seinem Verhalten, die auf Sorgen schließen ließ. Die Geschichte selbst schien ziemlich banal, enthielt jedoch Hinweise auf Templers eigenes, wiederkehrendes Verlangen, der Welt zu entkommen, die ihn jeweils gerade einschloß.

»Sie *sagt,* sie sei zur Hälfte Schweizerin«, sagte er. »Ihr Vater war Ingenieur in Birmingham. Er wurde dauernd überall wegen Trunkenheit gefeuert. Die Eltern sind jedoch beide tot. Die einzige Verwandte, die sie noch hat, ist eine Tante mit einem Haus in Worthing – eine Pension, glaube ich.«

Ich sah sofort, daß Mona, welche Eigenschaften sie auch sonst besitzen mochte, eine Ehefrau war, die Templer großzügig von zusätzlichen Familienbanden freihielt. Diese Tatsache, die im Verhältnis zu tieferen Erwägungen vielleicht nur wenig zählte, mußte in seinen Augen gleichwohl als ein großer Vorteil erscheinen. Sein Wunsch, durch seine Heirat keine neuen Verwandten zu erhalten, stand in Verbindung mit einem tiefliegenden Widerwillen, sich selbst zu eng mit irgendeiner sozialen Gruppe zu identifizieren. Mit dieser Neigung ähnelte er, so seltsam das klingen mag, meinem Onkel Giles, denn beide glaubten, durch ihren willentlichen Rückzug aus dem Wettbewerb auf jeder beliebigen sozialen Ebene des Seins verfügten sie über eine umfassendere Beweglichkeit des Handelns.

Während Templer erzählte, konnte ich zwar all die stark gefärbten Berichte über seine Frau innerlich nicht akzeptieren, war aber beeindruckt von der offensichtlichen Tiefe seiner Gefühle für Mona. Selbst als er mir erklärte, wie es zu der Ehe gekommen war, verzichtete er völlig darauf vorzugeben, er habe jene selbstherrlichen Methoden angewandt, die er sonst gewöhnlich für die Behandlung von Mädchen ihrer Sorte befürwortete. Ich fragte ihn, wann er sie im Ritz erwarte.

»Wenn sie aus dem Kino kommt«, sagte er. »Sie hatte es sich in den Kopf gesetzt, *Mädchen in Uniform* zu sehen. Ich selbst konnte mich nicht dazu durchringen. Schließlich trifft man genug Lesbierinnen im wirklichen Leben und muß nicht ins Kino gehen, um sie zu sehen.«

»Aber das ist kein Film über Lesbierinnen.«

»Ach, nicht?« sagte Templer. »Mona glaubte das. Sie wird enttäuscht sein, wenn du recht hast. Aber ich bin sicher, du hast unrecht. Jimmy Brent hat mir davon erzählt. In solchen Sachen weiß er gewöhnlich Bescheid. Mona wird von meiner Schwester Jean begleitet. Hast du sie je kennengelernt? Ich kann mich nicht erinnern. Sie werden sich vielleicht ein bißchen verspäten, aber ich hab' einen Tisch reservieren lassen. Wir können noch etwas trinken, während wir warten.«

Jeans Name rief mir wieder das letzte Mal, daß ich sie gesehen hatte, ins Gedächtnis zurück. Es war während der Lunchgesellschaft auf Stourwater gewesen, zu der mich die Walpole-Wilsons mitgenommen hatten. Ich hatte seit einer

Ewigkeit nicht mehr an sie gedacht, doch ein gewisser kleiner Rest innerer Unzufriedenheit, der einen gefühlsmäßigen Aufwand immer überlebt, wenn sich nichts aus ihm ergeben hat, kehrte jetzt zurück.

»Jean hat gerade ein bißchen Ärger mit ihrem Mann«, sagte Templer. »Deshalb wohnt sie im Augenblick bei uns. Sie ist mit Bob Duport verheiratet, weißt du. Der macht ihr ganz schön zu schaffen.«

»Das kann ich mir vorstellen.«

»Du kennst ihn nicht.«

»Wir haben uns kennengelernt, als du uns alle mit deinem famosen gebrauchten Vauxhall in den Graben gefahren hast.«

»Mein Gott«, sagte Templer und lachte. »Das war ein Schlamassel, was? Daß du dich daran noch erinnerst! Es muß jetzt fast zehn Jahre her sein. Was für ein Theater diese verdammten Mädchen gemacht haben! Der gute Bob war in schwacher Form an dem Tag, wie ich mich erinnere. Er war einige Abende vorher auf so 'ner wilden Party gewesen und dachte, er hätte sich da was eingefangen. Völlig falscher Alarm natürlich.«

»Wie Le Bas einmal sagte: ›Ein schlechter Gesundheitszustand ist für mich keine triftige Entschuldigung für schlechte Manieren.‹«

»Bob ist nicht gerade dein Fall, aber er ist kein schlechter Kerl, wenn man ihn näher kennt. Ich war erstaunt, daß du überhaupt von ihm gehört hattest. Ich habe schlimmere Schwäger gehabt, obwohl das weiß Gott nicht viel heißen will. Aber Bob *ist* schwierig. Schon schlimm genug, daß er jedem Mädchen nachläuft, aber wenn er dann auch noch hingeht und fast sein ganzes Geld verliert, wird die Situation sofort prekär.«

»Leben sie getrennt?«

»Nicht offiziell. Jean sucht eine kleine Wohnung in London, für sich und das Kind.«

»Junge oder Mädchen?«

»Mädchen, Polly, drei Jahre alt.«

»Und Duport?«

»Ist ins Ausland gegangen und hat eine breite Spur von Freundinnen und zweifelhaften Außenständen hinter sich zurückgelassen. Er versucht, einen großen Abschluß auf dem Metallmarkt zu tätigen. Ich denke, die beiden werden sich mit der Zeit wieder versöhnen. Ich hatte immer geglaubt, sie sei verrückt nach ihm, aber bei Frauen weiß man das ja nie.«

Die Neuigkeit, daß Polly zur Welt kommen sollte, war das letzte gewesen, was ich zuvor von ihrer Mutter gehört hatte. Sowenig ich mir vorzustellen vermochte, wie Jean es hatte fertigbringen können, Duport zu heiraten – geschweige denn, ›verrückt nach ihm‹ zu sein –, so hatte ich inzwischen doch gelernt, daß solche oft unerklärlichen Dinge einfach als gegeben hingenommen werden müssen. Templer sah in den Eheschwierigkeiten seiner Schwester offensichtlich eine Belästigung, aber wahrscheinlich eine, die unter den Umständen unvermeidbar war. Sicherlich hielt er sie nicht für ein Thema für ein längeres Gespräch.

»Da wir gerade von Scheidungen und solchen Dingen sprechen«, sagte er. »Kommst du jetzt noch je mit Charles Stringham zusammen?«

Es hatte im Zusammenhang mit der Auflösung von Stringhams Ehe so gut wie keinen Skandal gegeben. Er und Peggy Stepney hatten sich ohne einen augenscheinlichen Grund getrennt, ebenso wie die Gründe *für* ihre Heirat nach außen hin nur schwer verständlich gewesen waren. Sie hatten sich irgendwo nördlich des Hyde Parks ein Haus gekauft, aber keiner von ihnen schien dort länger als für jeweils ein paar Wochen gelebt zu haben und ohne Zweifel nur selten mit dem anderen zusammen. Über das Haus selbst, das der meistempfohlene Architekt des Augenblicks eingerichtet hatte, wurde lobend gesprochen, aber ich war niemals dort gewesen. Die Leute sagten, die Ehe sei einfach an Auszehrung zerbrochen. Ich habe nie jemanden die Vermutung aussprechen hören, daß Peggy einen Liebhaber gehabt hätte. Stringham war zwar mit allen möglichen Frauen gesehen worden, doch etwas Bestimmtes wurde auch gegen ihn nicht vorgebracht. Bald nach der gerichtlichen Scheidung hatte Peggy einen Cousin geheiratet, der weit älter war als sie, und war nach Yorkshire gezogen, wo ihr Mann ein großes Haus besaß, von dem es in Büchern über authentisch belegte Geistergeschichten hieß, daß es arg in ihm spuke.

»Diese frühere Frau von ihm, die Lady Peggy, das war 'ne gutaussehende Puppe«, sagte Templer. »Aber wie du weißt, das Leben in einem so großen Stil ist nichts für mich. Ich bevorzuge einfachere Genüsse –

›Oh, zeig mir den Mann, dem alles kommt zupaß,
Dies Pferd, oder jenes, dies Land oder das ...‹«.

»Weißt du, du hast immer Treibjagden gehaßt, und die Leute, die daran teilnehmen. Dennoch, wessen Gefühlsregungen waren das?«

»Ah«, sagte er, »Burschen wie du denken immer, ich sei nicht richtig gebildet, trotz der Anstrengungen Le Bas' und anderer, und ich wisse nichts von schöner Dichtung. Du siehst jetzt, daß du unrecht hast. Ich kenne alle möglichen kleinen Stellen. Genaugenommen dachte ich eigentlich eher an Frauen als an Pferde und daran, daß man sie nimmt, wie man sie halt findet. Ich bin nicht so wählerisch, wie Charles es immer gewesen ist. Natürlich, nach meiner Erfahrung sind sie leichter zu nehmen als zu finden – obwohl natürlich ein Gentleman eigentlich nicht mit solchen Dingen prahlt. Sei's drum, wie du weißt, hab' ich das jetzt alles aufgegeben.«

Ich erinnerte mich, daß Templer in der Schule behauptet hatte, nie in seinem Leben ein Buch zum Vergnügen gelesen zu haben; und obwohl man ihn während seiner letzten paar Trimester dort gelegentlich mit einem Edgar Wallace in der Hand hatte sehen können, kam das Zitat jetzt überraschend. Dies war eine zwar nicht völlig unerwartete, aber doch gewöhnlich verborgen gehaltene Seite von ihm. Übrigens war es ein Gesprächstrick, den er, vielleicht als bewußte Kopie, von Stringham übernommen hatte.

»Kannst du dich noch daran erinnern, wie Charles immer Widmerpool nachgeahmt hat?« sagte er. »Ich vermute, jetzt ist er viel zu imposant, um sich noch an Widmerpool zu erinnern.«

»Ich hab' Widmerpool vor nicht allzu langer Zeit getroffen. Er ist bei Donners-Brebner.«

»Aber nicht mehr sehr lange. Widmerpool tritt in ›die Welt der Akzeptanz‹ ein.«

»Was zum Teufel ist das?«

»Nun, eigentlich wird er ein Wechselhändler«, sagte Templer lachend. »Ich hätte mich klarer gegenüber jemandem ausdrücken sollen, der nicht mit den verwerflichen Methoden der Londoner Finanzwelt vertraut ist.«

»Was wird er tun?«

»Es wird eine anstrengende Sache für ihn sein. Er wird um zwei Uhr mit seinem Mittagessen fertig sein müssen und dann den Rest des Tages damit verbringen, die Zeit der Banken zu vergeuden.«

»Aber was ist ›die Welt der Akzeptanz‹?«

»Wenn du Waren hast, die du einer Firma in Bolivien verkaufen willst, möchtest du wahrscheinlich dein Geld im normalen Sinne nicht anrühren, bis das Zeugs da angekommen ist. Gewisse Häuser sind deshalb bereit, die Schulden zu ›akzeptieren‹. Sie schießen dir das Geld auf Grund deines guten Rufes vor. Alles ist in Ordnung, wenn die Dinge glatt gehen; aber früher oder später bist du versucht, eine große Sache zu riskieren. Dann ändert sich der bolivianische Wechselkurs, oder es gibt eine Revolution, oder die Firma geht einfach pleite, und du hast dir die Finger verbrannt. Das heißt, wenn du falsch kalkuliert hast.«

»Ich verstehe. Aber warum verläßt er Donners-Brebner? Er hat mir immer gesagt, er sei dort so ein großer Erfolg und Sir Magnus möge ihn.«

»Widmerpool kam gut zurecht bei Donners-Brebner; er war sogar, wie du sagst, ziemlich erfolgreich dort«, sagte Templer. »Nur hat er mit seinen dauernden Intrigen jeden in dem Konzern fürchterlich angeödet. Schließlich ist er auch Donners selbst auf die Nerven gegangen. Bist du jemals einem Mann namens Truscott begegnet? Widmerpool faßte eine Abneigung gegen ihn und ruhte nicht, bis er ihn aus der Firma hatte. Dann bedauerte Donners nachher die Entlassung Truscotts und kam zu der Ansicht, Widmerpool würde langsam ein bißchen zu üppig. Auch er müsse gehen. Mit einem Wort, Widmerpool wird sich jetzt einer Firma von Wechselhändlern anschließen – wobei man davon ausgeht, daß ihm ein großer Teil solcher Geschäfte mit Donners-Brebner dorthin folgt.«

Ich hatte Templer vorher noch nie so nüchtern und sachlich über Widmerpool sprechen hören. In der Schule hatte er ihn nicht gemocht oder bestenfalls wie eine harmlos-komische Figur behandelt. Jetzt dagegen hatte Widmerpool in Templers Vorstellung eindeutig die Gestalt eines ganz gewöhnlichen Bekannten aus der Londoner Finanzwelt angenommen, nicht länger ein Anlaß zum Lachen, sondern ein normales Vehikel geschäftlicher Transaktionen – ein wegen der früheren Beziehungen vielleicht sogar besonders nützliches Vehikel.

»Ich hab' versucht, Widmerpool dazu zu bringen, dem guten Bob ein wenig zu helfen.«

»Was soll er tun?«

»Bob hat einen Plan entwickelt, wie man Alteisen von einem Ort auf dem Balkan holen und nach England verschiffen kann. Jedenfalls ist das die einfachste Art, wie ich dir erklären kann, was er vorhat. Widmerpool hat gesagt, er will versuchen zu erreichen, daß Bob das im Auftrag von Donners-Brebner tun kann.«

Ich war mehr daran interessiert, etwas über die Entwicklung der Karriere Widmerpools zu hören als ihre mögliche

Wirkung auf Duport zu untersuchen, dessen geschäftliche Sorgen mich nichts angingen. Meine Aufmerksamkeit wurde jedoch in diesem Moment durch das plötzliche Erscheinen einer kleinen, entschieden unkonventionellen Gestalt abgelenkt, die jetzt zögernd die Stufen zur Palmenhalle heraufkam. Diese Person trug einen schwarzen Ledermantel. Ihre Ankunft im Ritz war – damals – ein bemerkenswertes Ereignis.

Der Mann hielt mit einer leichten Geste der Erschöpfung inne, fast so, als habe er einen anstrengenden Marsch hinter sich über viele Meilen ausgedörrter Wüste oder schneebedeckter Einöde (je nachdem, ob man das Klima innerhalb oder außerhalb des Hotels als vorherrschend betrachtete), und schaute sich in der Halle um. Wie in Verwunderung starrte er auf die Quelle, die Nymphe, die Palmen in ihren Töpfen mit chinesischem Dessin. Dann wandte er seine Augen zu den Lüstern und dem Glasdach. Seine Haltung war gleichzeitig verstohlen, grollend, scharfsinnig und voll von Vertrauen in seine eigenen Kräfte. Seine Blicke schweiften über die Tische, als ob er jemanden suche, doch schien er zugleich unfähig, seinen Augen Glauben zu schenken angesichts der Üppigkeit der Oase, in der er sich jetzt befand. Er trug keinen Hut, behielt aber den gegürteten Ledermantel an, auf dem ein paar glitzernde Tropfen sichtbar wurden, als er weiter in den Raum vordrang – ein Hinweis darauf, daß draußen jetzt Schnee oder Schneeregen fiel. Dieser schwarze Ledermantel gab seiner Erscheinung etwas leicht Offizielles und erinnerte unbestimmt an einen der Zukunftsmenschen in den Romanen H. G. Wells', an einen in hoher Stellung innerhalb der Hierarchie. Kleine feuchte Stellen zeigten sich auch auf seinem spärlichen blonden Haar – einem Schopf, mit dem er vergeblich versuchte, seine trockene, gelbliche Kopfhaut völlig zu bedecken.

Dieser junge Mann, den man sich allerdings wegen der Reife seines Ausdrucks schon nur noch schwer als jung vorstellen konnte, war J. G. Quiggin. Ich hatte erst kurze Zeit zuvor im Zusammenhang mit Members an ihn gedacht, denn die beiden, Members und Quiggin, waren in meiner Vorstellung stets irgendwie miteinander verbunden – und zwar nicht nur deshalb, weil ich sie zufälligerweise beide während meines ersten Trimesters auf der Universität kennengelernt hatte. Auch andere Leute sahen gewöhnlich ihre Namen in Beziehung zueinander, als ob sie ein Geschäftsunternehmen seien oder, wirklichkeitsbezogener, ein Paar, dessen gemeinsames Erscheinen in der Öffentlichkeit unweigerlich Gedanken an eine gewisse Sorte literarischen Lebens wachrief. Abgesehen davon band sie eine Art Haßliebe unauflöslich aneinander.

Ob diese Beziehung ihren Ursprung wirklich der Teegesellschaft in Sillerys Wohnung im College verdankte, wo wir uns als Studienanfänger alle kennengelernt hatten, war nicht leicht zu entscheiden. Jedenfalls war ich dort Quiggin in seinem schmuddeligen, gestärkten Kragen und seinem dunklen Anzug zum ersten Mal begegnet. Bei dieser Gelegenheit hatte Sillery ziemlich gehässig unterstellt, die Bekanntschaft zwischen Members und Quiggin ginge auf eine frühe Inkarnation zurück, auf eine – wie bei Isbister und St. John Clarke – gemeinsame Kindheit in irgendeiner Stadt in Mittelengland. Soweit ich wußte, war diese Behauptung nie bewiesen oder entkräftet worden. Einige Leute schworen, Quiggin und Members seien in ihrer Heimatstadt Nachbarn; andere hielten die Geschichte für eine reine, nur aus Bosheit erdachte Erfindung, die allein auf der Tatsache beruhe, daß Sillery die beiden Namen in demselben Provinz-Telephonbuch gefunden habe. In der Tat widmete Sillery einen großen Teil seiner Zeit dem Studium solcher Nachschlagewerke wie Telephonbücher und Einwohnerverzeichnisse von Grafschaften, denen er auch wirklich einige Körnchen von Information entlockte, die ihm nützlich waren. Andererseits gab es Leute, die fest glaubten, Members und Quiggin seien miteinander verwandt, sogar Vettern ersten Grades. Die Frage war eigentlich irrelevant; doch besaß die entschieden streitbare Natur ihrer Freundschaft – wenn man ihre Beziehung so nennen konnte – all die heftige, fast rachsüchtige Rivalität eines Verwandtschaftsverhältnisses.

Quiggin hatte still die Universität verlassen, ohne ein Abschlußexamen zu machen. Inzwischen hatte er sich, wie Members, bereits einen gewissen Namen gemacht, allerdings auf einer etwas anderen literarischen Ebene als dieser. Er war ein professioneller Rezensent von bemerkenswerter Qualität, aber bei einigen der älteren Kritiker verhaßt wegen der Härte, mit der er gelegentlich allgemein akzeptierte Reputationen anging. Eines der kleineren Verlagshäuser beschäftigte ihn als ›literarischen Berater‹ – eine Firma, bei der sein Freund Howard Craggs (vormals von der *Vox Populi Press,* die inzwischen erloschen, aber teilweise als Boggis & Stone wiederaufgelebt war) kürzlich Direktor geworden war. Ein Buch Quiggins war für den kommenden Frühling angekündigt, aber in der Regel schienen seine Werke im letzten Moment nicht die hohen Ansprüche der Selbstkritik ihres Autors befriedigen zu können. In der Vergangenheit hatte es dann immer von seinen Manuskripten geheißen, sie seien ›verbrannt‹ oder, bestenfalls, sie würden für eine drastische Überarbeitung zurückgehalten.

Quiggin repräsentierte, zumindest nach seiner eigenen Auffassung und nach der seiner Freunde, eine avantgardistischere Richtung als Members und dessen Zirkel. Obwohl er selbst kaum Gedichte schrieb, war er ein überzeugter Anhänger der sich gerade entwickelnden neuen Trends in der Dichtung, die *l'art pour l'art* – eine Lehrmeinung, die Members im allgemeinen befürwortete – ablehnten. Aber auch Members ging mit der Zeit; sein neuester Gedichtband bewies sein Interesse an der Psychoanalyse. Doch obwohl Members in den Augen eines Schriftstellers der älteren Generation wie St. John Clarke ›modern‹ war, »stützte er sich«, so hatte Quiggin einmal bemerkt, »allzu schwer auf die Vergangenheit, eine Krücke, ohne die auszukommen wir jüngeren Autoren lernen müssen«. Members seinerseits hatte man klagen hören, er selbst stünde im Einklang »mit allen liberalen und progressiven Bewegungen«, dagegen sei »J. G. zu einer viel zu politischen Geisteshaltung vorgeschritten, um von zivilisierten Leuten verstanden zu werden«. Trotz solcher Differenzen und obwohl beide immer behaupteten, daß sie »einander nur noch selten« sähen, fand man sie ziemlich häufig zusammen, sich streitend oder schmollend auf den weichen Polstern des Café Royal.

Als Quiggin mich im Ritz erblickte, steuerte er sofort auf unseren Tisch zu. Während er über den weißen Marmorboden schritt, erschien mir seine Figur fülliger als früher. Aus der mageren, hungrigen Person, die ich als Student gekannt hatte, war ein kräftiger, fast untersetzter Mann geworden. Möglicherweise hatte es Members – vielleicht aus Bosheit, vielleicht zu seiner eigenen Bequemlichkeit – so eingerichtet, daß ihn Quiggin zu dem Zeitpunkt zum Abendessen abholen sollte, wenn unsere geschäftliche Besprechung zu Ende gekommen sein würde. Da ich vermutete, daß dies so geplant war, wollte ich ihm gerade erklären, Members sei nicht erschienen, als Quiggin selbst schon in seiner leisen, harten, raspelnden nordenglischen Stimme zu sprechen begann, wobei er einen Ton annahm, der ganz entschieden darauf angelegt war, jede Frage beiseite zu wischen, ob mit der überflüssigen Formalität des Vorstellens, ja mit irgendeiner anderen Sache, die – wenn auch nur für einen Augenblick – eine Angelegenheit verzögern mochte, die ohne Aufschub zu verkünden er für seine Pflicht hielt, Zeit verschwendet werden solle.

»Ich konnte nicht eher wegkommen«, begann er herrisch. »St. J. ist ziemlich ernsthaft erkrankt. Es passierte ganz plötzlich. Nicht nur das, aber es ist eine schwierige Situation entstanden. Ich würde gern mit dir darüber sprechen.«

Ich hatte diese Einleitungsrede noch weniger erwartet als Quiggins Auftauchen im Ritz, obwohl die nervöse, ärgerliche Ernsthaftigkeit, die er seinen Worten gab, nicht ungewöhnlich war für seine Art zu sprechen. Früher hatte ich geglaubt, diese abrupte Aggressivität gehe auf eine gewisse Schüchternheit zurück, mußte diese Theorie aber dann später aufgeben, als mir klar wurde, daß sich Quiggins Persönlichkeit ganz natürlich in dieser Form zum Ausdruck brachte. Ich hörte mit Erstaunen, daß er St. John Clarke ›St. J.‹ nannte, eine Bezeichnung, die Members verwendete und die nur selten von anderen gebraucht wurde; genaugenommen war es ein Beiname, den Members fast für sich allein beanspruchte, als äußeres Zeichen für seine Vertrautheit mit seinem Freund und Arbeitgeber.

Ich konnte mir nicht vorstellen, warum Quiggin an diesem besonderen Abend plötzlich den Wunsch haben sollte, *tête-à-tête* mit mir zu dinieren. In der Vergangenheit hatten wir manchmal nach einer Begegnung auf einer Party einen Abend miteinander verbracht, aber das war immer zufällig und ungeplant gewesen. Ich stand auf gutem Fuß mit ihm, aber es gab kein St. John Clarke betreffendes Thema, das eines dringenden Gesprächs zwischen uns bedurft hätte. Auf der Universität, wo er mir als eine einsame, ungewöhnliche Gestalt erschienen war, hatte ich ein seltsames Interesse für Quiggin verspürt; aber er behandelte jetzt unsere damalige Bekanntschaft, die sicherlich nicht sehr eng gewesen war, fast wie etwas, das man am besten der Vergessenheit anheimgibt. Vielleicht war das die natürliche Folge davon, daß er mehr und mehr von seiner Persönlichkeit in seinen literarischen Status investierte. In diesem Augenblick zum Beispiel deutete seine Art zu sprechen an, daß jeder seiner Freunde eigentlich bereit sein sollte, Opfer zu bringen für eine außergewöhnliche Gelegenheit wie diese: für einen Moment, in dem einem großzügig die Chance geboten wurde, mit ihm allein zu sein und ein ernsthaftes Gespräch zu führen.

»Wolltest du hier Mark treffen?« fragte ich. »Er ist noch nicht gekommen. Es ist sehr fraglich, ob er jetzt noch erscheinen wird.«

Quiggin, der die Einladung, sich zu setzen, ablehnte, stand aufrecht an dem Tisch, noch immer eingehüllt in seine schwarze, glänzende Uniform. Er hatte die großen Knöpfe des Mantels geöffnet, der jetzt wie der Bonapartes lose herunterhing und den Blick auf einen dunkelgrauen Pullover freigab, der seinerseits einen roten Binder bis auf den Knoten völlig verdeckte. Das Hemd war ebenfalls dunkelgrau. Sein Gesicht trug den starren, maskenhaften Ausdruck eines aufdringlichen Bettlers, der ein an dem Rand einer Caféterrasse sitzendes Touristenpaar belästigt. Ich entschloß mich plötzlich, nicht länger das Opfer anderer Leute Mißachtung ihrer gesellschaftlichen Pflichten zu sein, und stellte Templer kurzerhand vor – eine Handlung, die Quiggin bis zu diesem Augenblick irgendwie verhindert hatte. Zudem erklärte ich, daß ich für diesen Abend schon eine unwiderrufliche Zusage zu einem Essen gegeben habe.

Quiggin zeigte Verärgerung über diese unverblümte Weigerung, meine Stellung im Ritz zu räumen, und deutete gleichzeitig an, ihm sei bewußt, daß Members die Verabredung nicht habe einhalten können. Ich dachte jetzt für einen Augenblick, Members habe Quiggin dazu bewegt, ihn für seine Abwesenheit persönlich zu entschuldigen. Eine solche Vereinbarung war jedoch unwahrscheinlich und hätte sowieso nicht erklärt, warum Quiggin erwartete, daß ich mit ihm zu Abend essen würde. Wie auch immer, Quiggin schüttelte den Kopf, als ich diese Vermutung vorbrachte, und stieß – ein wenig in der Art Onkel Giles' – ein Lachen hervor, das eher Hohn ausdrückte als Belustigung. Templer beobachtete uns mit Interesse.

»Um die Wahrheit zu sagen, St. J. hat einen neuen Sekretär«, sagte Quiggin langsam, durch geschlossene Lippen. »Das ist der Grund, warum Mark heute abend nicht gekommen ist.«

»Was, Mark ist gefeuert worden?«

Quiggin war offensichtlich nicht bereit, auf eine so eindeutige Frage direkt zu antworten. Er lachte leicht, allerdings etwas nachsichtiger als zuvor.

»Ehrenhaft in den Ruhestand getreten, könnte man vielleicht sagen.«

»Mit einer Pension?«

»Du bist sehr neugierig, Nicholas.«

»Du hast mein Interesse geweckt. Du solltest dich geschmeichelt fühlen.«

»Das Leben mit St. J. erlaubte Mark nie wirklich Zeit für seine eigene Arbeit.«

»Er hat immer ziemlich viel produziert.«

»Zu viel, von einem bestimmten Standpunkt aus gesehen«, sagte Quiggin sehr schroff und fügte dann in einem weniger strengen Ton hinzu: »Mark besteht, wie du weißt, immer darauf, so viele Dinge zu übernehmen. Er konnte St. J. nicht immer die Aufmerksamkeit widmen, die ein Mann seines Ranges ganz zu Recht verlangt. Natürlich, die beiden werden einander auch weiterhin sehen. Ja, ich glaube, Mark wird gelegentlich hereinschauen, um die Bibliothek in Ordnung zu halten. Schließlich sind sie vor allem enge Freunde, ganz abgesehen davon, ob Mark der Sekretär von St. J. ist oder nicht. Wie du wahrscheinlich weißt, hat es von Zeit zu Zeit verschiedene Schwierigkeiten gegeben. Unbedeutende natürlich. Dennoch, eins führt zum anderen. Mark neigt stark zur Nörgelei, wenn er nicht seinen Willen kriegt.«

»Wer wird Marks Nachfolger?«

»Die Frage ist nicht eigentlich, wer hier wessen Nachfolger wird, sondern nur, wie man mit der praktischen Seite des Jobs viel – nun – gewissenhafter fertig wird.«

Quiggin entblößte seine Zähne, als wolle er sich entschuldigen für diesen Abstieg auf einen so blasierten Standpunkt.

»Du selbst?«

»Zunächst nur als ein Experiment auf beiden Seiten.«

Ich erkannte sofort, daß diesem Wechsel, wenn er wahrheitsgemäß berichtet worden war, alle möglichen Implikationen innewohnten. In der Vergangenheit hatten Geschichten zirkuliert, daß Quiggin und Members um Jobs konkurrierten – meistens verhältnismäßig unbedeutende Beschäftigungen auf dem Gebiet des Journalismus. Hier stand jedoch mehr auf dem Spiel, denn abgesehen von anderen Überlegungen gab es die Frage, wer St. John Clarkes Erbe werden würde. Offensichtlich hatte er keine nahen Verwandten. Es handelte sich vielleicht nicht um ein gewaltiges Vermögen, aber doch um eine recht hübsche Summe. Ein ergebener Sekretär mochte sich da wohl in einer günstigen Position befinden, wenigstens mit einer ansehnlichen Erbschaft bedacht zu werden. Obwohl ich zuvor nie Hinweise gehört hatte, daß es Quiggin darauf anlegte, Members in dem Haushalt des Schriftstellers zu ersetzen, konnte ein solcher Ehrgeiz keineswegs ausgeschlossen werden. Ja, der Wechsel war wohl wahrscheinlich eher durch eine lange Intrige zustande gekommen als durch eine plötzliche Laune. Die Neuigkeit erstaunte mich, doch war sie von einer Art, die mehr durch ihre fundamentale Angemessenheit verblüffte als durch ein Gefühl, daß hier Dinge unvereinbar seien.

Obwohl ich St. John Clarke nicht persönlich kannte, konnte ich doch nicht umhin, ein gewisses Mitgefühl für ihn zu empfinden, wie er jetzt darniederlag zwischen seinen Erstausgaben und Presseausschnitten, zwischen den Einladungen zu Dinners und den signierten Photographien bedeutender Zeitgenossen – ein kranker Literat, umkämpft von Members und Quiggin.

»Das war der Grund, warum ich mit dir über die Angelegenheiten von St. J. reden wollte«, sagte Quiggin, weiterhin in seinem versöhnlicheren Ton sprechend. »Es hat in letzter Zeit gewisse Änderungen in seinen Auffassungen gegeben.

Das weißt du wahrscheinlich. Ich nehme an, du bist daran interessiert, diese Einleitung zu bekommen. Ich sehe keinen Grund, warum er sie nicht schreiben sollte. Aber ich bin der Meinung, daß er Isbisters Malerei wahrscheinlich unter einem ganz anderen Blickwinkel zu betrachten wünscht. Schließlich bieten die Bilder ein einzigartiges Beispiel dafür, was eine kapitalistische Gesellschaft produziert, wenn es um die Kunst geht. Aber ich sehe, wir werden ein anderes Mal darüber sprechen müssen.«

Er starrte Templer, als das Haupthindernis für seine Pläne an diesem Abend, hart an. Es war in diesem Augenblick, daß ›die Mädchen‹ eintrafen. Ich hatte sie wegen unseres Gesprächs nicht eintreten sehen und bemerkte sie erst, als sie neben uns standen. Mir war sofort bewußt, daß ich Templers Frau schon früher einmal gesehen hatte. Dann erinnerte ich mich an seinen Hinweis, ich würde dieses stilisierte, schablonenhaft lächelnde, von blonden Locken eingerahmte Gesicht wiedererkennen, das früher so oft auf den Wänden von Bussen und Untergrundzügen erschienen war, um für eine bekannte Zahnpastamarke zu werben. Sie mußte fast einen Meter achtzig groß sein: trotz einer etwas groben Haut sicherlich eine sehr schöne Frau, welchen Maßstab man auch anlegen mochte.

»Es war *einfach* wunderbar«, sagte sie atemlos.

Sie sprach zu Templer, wandte sich aber sofort Quiggin und mir zu. Bei ihrem Anblick errötete Quiggin ziemlich stark und teilte ihr in unhörbar gemurmelten Sätzen mit, daß sie bereits miteinander bekannt seien. Sie gab eine höfliche Antwort, wußte aber offensichtlich nicht, wo dieses angebliche Zusammentreffen stattgefunden hatte. Man sah ihr an, daß sie sehr gern über den Film gesprochen hätte, aber Quiggin war nicht bereit, die Frage ihrer früheren Begegnung ungeklärt zu lassen.

»Es war vor Jahren auf einer Party über einem Antiquitätengeschäft«, beharrte er. »Sie wurde von einem alten Homo gegeben, der bald darauf starb. Mark Members hat uns bekannt gemacht.«

»Ach ja«, sagte sie gleichgültig, »ich habe Mark eine Ewigkeit nicht gesehen.«

»Deacon hieß er.«

»Ich glaube, ich erinnere mich.«

»In der Nähe der Charlotte Street.«

»Es gab eine Menge Partys in der Gegend«, stimmte sie zu.

Jetzt wußte ich, daß etwas anderes als die Zahnpastareklame der Grund dafür war, daß mir Monas Gesicht so vertraut erschien. Auch ich hatte sie auf Mr. Deacons Geburtstagsparty gesehen. Seitdem hatte sie ihr von Natur aus dunkles Haar mit Wasserstoffsuperoxyd gebleicht. Als Templer von dem früheren Beruf seiner Frau erzählt hatte, hatte ich sie nicht mit ›Mona‹, dem Künstlermodell, in Zusammenhang gebracht, von dem Barnby und andere manchmal sprachen. Barnby hatte sie lange nicht mehr erwähnt.

Später erfuhr ich, daß Mona jene Welt der ›Künstler‹ zugunsten von Werbetätigkeiten aufgegeben hatte, die für sie lukrativer waren. Die Leute, denen sie in diesen weniger prätentiösen Kreisen begegnete, standen ihr im großen und ganzen wohl auch innerlich näher, obwohl sie das nie zugegeben hätte. Ohne Zweifel blieb ihr die Karriere als Modell für Maler und Bildhauer unauslöschlich im Gedächtnis. Mit der außerordentlichen Anpassungsfähigkeit von Frauen hatte sie es geschafft, die Linien ihrer Figur beträchtlich zu verändern – früher eine eindrucksvolle Synthese aus Vorsprüngen und Einbuchtungen, die fraglos einen unmittelbaren Ausdruck in Bronze oder Stein zu verlangen schien. Jetzt war ihr Körper zu einer modischen, verhältnismäßig alltäglichen Form diszipliniert. Sie lächelte Quiggin freundlich an, unternahm aber nichts, um ihm in seinen Bemühungen zu helfen, ihr zu zeigen, daß sie einander wirklich schon kannten.

Quiggin selbst stand noch eine Zeitlang grollend neben

uns, wobei er nicht so sehr den Eindruck machte, daß er sich der Templer-Gesellschaft anzuschließen wünschte, als vielmehr, daß er auf eine Einladung dazu hoffte, die er dann sofort barsch ablehnen würde; doch ob er uns, falls sich diese Gelegenheit geboten hätte, wirklich seine Gesellschaft vorenthalten hätte, ist natürlich nur eine theoretische Frage. Mona warf ihm ein weiteres Lächeln zu, die regelmäßigen Reihen ihrer Zähne gefällig zur Schau gestellt zwischen rosa, in der Form des Amor-Bogens geöffneten Lippen: ein Ensemble, das mehr denn je Gedanken an ihre Karriere auf den Plakatwänden beschwor. Irgendwie bestärkte dieser Blick Quiggin in seiner Absicht zu gehen. Nach einem letzten Wort zu mir, mit dem er mir sagte, er werde mich Anfang der folgenden Woche anrufen und eine Verabredung mit mir treffen, nickte er gekränkt der allgemeinen Welt zu und stapfte quer durch den Raum davon und die Stufen hinunter. Er hielt sich stramm aufrecht, so als sei er fest entschlossen, in Zukunft solche Stätten des Luxus und auch die Menschen, die darin verkehrten, auf immer zu meiden.

Noch während er diese Anstalten machte, ging Lady Ardglass, gefolgt von ihren adretten grauhaarigen Bewunderern, die ihr an den Fersen hingen wie ein Paar gut gepflegter, wohlerzogener, gehorsamer Jagdhunde, auf ihrem Weg nach draußen an uns vorbei. Von Natur aus eine Blondine, besaß Bijou Ardglass, was ihr Gesicht anging, eine flüchtige Ähnlichkeit mit Mona. Es hieß, sie sei vor ihrer Ehe ein Mannequin gewesen. Meine Aufmerksamkeit war für einen Moment von Quiggins Worten in Anspruch genommen, aber selbst während er sprach, wurde mir diese Ähnlichkeit bewußt, als Lady Ardglass auf uns zukam. Zwar bildeten ihr weiches Haar und ihr Nerz einen strengen Kontrast zu Monas Kamelhaarmantel und leicht wilder Erscheinung; aber dennoch, es konnte kein Zweifel daran bestehen, daß sie etwas gemeinsam hatten. Als Lady Ardglass und ihr Gefolge auf gleicher Höhe mit uns waren, sah ich, wie die beiden einen jener Blicke wechselten, die so charakteristisch sind für eine Frau, die eine andere Frau sieht, durch die sie an sich selbst erinnert wird: Blicke, in denen sich tiefer Haß, aber auch so etwas wie leidenschaftliche Liebe für einen Moment wollüstig zu vermischen scheinen.

Templers Augen waren in dieser Sekunde ebenfalls auf Bijou Ardglass gerichtet, mit einem schnellen, allumfassenden Blick, der sie in ihrer Gesamtheit aufzunehmen schien. Offensichtlich geschah das bei ihm mehr aus Gewohnheit als aus besonderem Interesse an ihr. Es war eine Notiz für die Zukunft, für den Fall, daß sich eine solche Notwendigkeit vielleicht mal ergab, und hielt sowohl in moralischer als auch physischer Hinsicht ihre Vorzüge und Mängel fest, die Reize und Fehler, die Sicherheiten und Möglichkeiten. Auch Jean sah Lady Ardglass. Gerade als Quiggin sich mit jener letzten Bemerkung an mich wandte, nahm ich wahr, wie sie den Arm ihres Bruders berührte und ihm etwas zumurmelte, das wie »Bobs Mädchen« klang: Worte, über die Templer die Augenbrauen hochzog.

Ich hatte bis zu diesem Augenblick Jeans Erscheinung nicht völlig in mir aufgenommen. Sie trug ein rotes Kleid und einen schwarzen Mantel; eine Art Schal, der wie eine Kragenbinde übereinandergelegt war, betonte die lange, anmutige Linie ihres Halses. Der Mittelpunkt der Bühne wurde von Monas schriller Persönlichkeit eingenommen, und außerdem verspürte ich irgendwie den Wunsch, unsere Begegnung hinauszuzögern. Jetzt, als sie etwas zu ihrem Bruder sagte, nahm ihr Gesicht einen zugleich spöttischen und resignierten Ausdruck an, der ihm eine Süße gab, die mich wieder an die Zeit erinnerte, als ich geglaubt hatte, in sie verliebt zu sein. Ich fühlte noch immer die Spannung, die ihre Gegenwart stets mit sich brachte, allerdings nun ganz ohne jenes hoffnungslose, romantische Verlangen, das so charakteristisch ist für die sehr frühen Begegnungen der Liebe und das wir in den realistischeren Liebesbeziehungen der späteren

Jahre vielleicht immer nur unvollkommen wieder einfangen. Jetzt nahm ich in mir eine leichte Verstimmung wahr über die Zurückhaltung, die sie umgab. Sie deutete auf eine Form von Selbstliebe, die ich nicht sehr anziehend fand. Doch der Ausdruck der Ironie und Belustigung in ihrem Gesicht, als sie die Worte »Bobs Mädchen« flüsterte, schien ihrer noch immer geheimnisvollen Persönlichkeit etwas Unerwartetes und Bezauberndes zu geben.

Sie war größer, als ich das in Erinnerung hatte, und hielt sich gut. Wie ihr Bruder hatte sie ein etwas volleres Gesicht bekommen – eine Veränderung, die *seine* Erscheinung vergröbert hatte, während bei ihr der scharfe, fast animalische Blick, an den ich mich erinnerte, jetzt gemildert war. Sie hatte noch immer etwas von einem Schulmädchen, doch ohne Zweifel, so mußte ich zugeben, von einem sehr elegant gekleideten Schulmädchen. Nicht ohne Selbstgefälligkeit sagte ich mir innerlich, daß ich offen für ihre Reize sein könne, ohne im geringsten meinen Kopf zu verlieren, wie es mir früher vielleicht passiert wäre. Es lag noch immer eine seltsame Faszination in ihren graublauen Augen, die ein wenig schräg gestellt waren – fest eingefangen sozusagen zwischen weichen, trägen Lidern und dunklen, üppigen Wimpern. Sie hatte mich einmal an Rubens' *Chapeau de Paille* erinnert. Aus irgendeinem Grunde dachte ich jetzt an die Frau in Delacroix' *Femmes d'Alger dans leur appartement,* die die Huka raucht, obwohl keine große körperliche Ähnlichkeit bestand. Vielleicht hatte Jean auch etwas von der Odaliske. Sie sah blaß und ziemlich müde aus. Doch auch jede andere Frau wäre wohl verzeihlicherweise blaß erschienen neben Mona, die ihrer von Natur aus kräftigen Gesichtsfarbe noch nachgeholfen hatte, fast wie für die Bühne oder eine Nachtclubvorstellung.

»Erinnern Sie sich, wo wir uns das letzte Mal gesehen haben?« sagte sie, nachdem Quiggin gegangen war.

»Auf Stourwater.«

»Was für eine Party!«

»War es schlimm?«

»Einiges war nicht sehr nett. Es gab schreckliche Streitereien zwischen Baby und unserem Gastgeber.«

»Aber ich dachte, sie stritten sich nie in der Öffentlichkeit.«

»Taten sie auch nicht. Das war es ja, was so schrecklich war. Sir Magnus war dauernd so ungeheuer verbindlich, und Baby platzte fast vor Wut.«

»Haben Sie jetzt noch Verbindung zu Baby Wentworth?«

»Sie hat mir zu Weihnachten eine Karte geschickt. Sie erlebt das ungetrübte Glück mit ihrem Italiener.«

»Was ist er von Beruf?«

»Ich glaube nicht, daß ich Sie gut genug kenne, um Ihnen das zu sagen. Vielleicht nach dem Abendessen.«

Ich erinnerte mich, daß es genauso auch auf Stourwater gewesen war: ein flottes Gespräch, das schließlich zu langen Abschnitten des Schweigens führte. Ich faßte den Entschluß, mich diesmal nicht über ihr Betragen zu ärgern, welche Form es auch annehmen mochte.

»Laßt uns was essen gehen«, sagte Templer. »Ich bin ausgehungert. Ihr Mädchen doch sicher auch, nach eurem intellektuellen Film.«

Später konnte ich mich kaum noch an Einzelheiten dieses Abendessens in dem Grillroom erinnern, außer daß das Mahl eine Atmosphäre mächtiger, auf einer Ebene unterhalb des Gesprächs wirkender Kräfte vermittelte. Der Anblick der Geliebten ihres Mannes hatte Jean ohne Zweifel betroffen gemacht, und wie gewöhnlich sprach sie nur wenig. Es stellte sich bald heraus, daß die Beziehung der Templers zueinander nicht ganz unbeschwert war. Verschiedene Paare gehen die unendlich komplizierte Maschinerie des Ehegefährts mit verschiedenen Techniken an. Im Falle der Templers machte es einem ihre Methode schwer zu glauben, daß sie überhaupt verheiratet waren. Offensichtlich waren beide kurzfristigere

Arrangements gewohnt. Sie verhielten sich zwar ganz normal, blieben jedoch zwei völlig getrennte Individuen, die kein Zeichen eines gemeinsam geführten Lebens erkennen ließen. Das war sicher nicht deshalb so, weil Templer etwa einen Mangel an Interesse für seine Frau offenbart hätte. Im Gegenteil, er schien auf eine extravagante, fast besessene Weise in sie verliebt, obwohl er sie gelegentlich hänselte. In der Vergangenheit hatte er mir manchmal von seinen Liebesaffären erzählt, aber ich hatte ihn früher nie sozusagen in Aktion gesehen. Ich fragte mich, ob er diesen enormen äußeren Enthusiasmus auch gewöhnlich an den Tag legte, wenn er seinen beiläufigeren Neigungen nachging, oder ob Mona einen zuvor noch nicht entzündeten Funken ausgelöst hatte.

Inwieweit Mona selbst diese Gefühle erwiderte, war weniger leicht zu erraten. Möglicherweise war sie inzwischen vom Leben als Ehefrau gelangweilt, und vielleicht erklärte ihr Überdruß in dieser Hinsicht die versöhnliche Haltung ihres Mannes. Sie redete und bewegte sich so affektiert und grotesk, daß die Künstlichkeit ihrer Gesten und ihrer Sprechweise schon wieder etwas Anziehendes hatte. Sie war wie eine Wilde: ängstlich darauf bedacht, den Schein zu wahren vor Angehörigen einer höheren Zivilisation, doch sich gleichzeitig lebhaft bewußt, daß sie ihnen an Verschlagenheit überlegen ist. Sie hatte etwas Hartes, Ungezähmtes – wahrscheinlich die Kraft, die Templer und andere angezogen hatte. Sie schien ein gutes Verhältnis zu Jean zu haben, die vielleicht erkannt hatte, daß die grobe, ungestüme Gegenwart ihrer Schwägerin ihr eigenes, ruhigeres, doch noch immer verborgenes Wesen vorteilhaft betonte.

Quiggin hatte Eindruck auf Mona gemacht, denn fast unmittelbar nachdem wir zum Essen Platz genommen hatten, erkundigte sie sich nach ihm. Sie hatte wohl über die Begegnung nachgedacht und meinte jetzt wahrscheinlich, sein offensichtliches Interesse an ihr hätte größere Aufmerksamkeit verdient gehabt. In meiner Antwort auf ihre Frage erklärte ich, daß es sich um J. G. Quiggin, den Literaturkritiker, handele. Sie behauptete sofort, mit seinen Rezensionen in einem der Wochenblätter vertraut zu sein, wobei sie ausgerechnet eine Zeitschrift nannte, für die er, soweit ich wußte, nie geschrieben hatte.

»Er sah prächtig aus in seinem alten Ledermantel«, sagte Templer. »Habt ihr auch sein Hemd bemerkt? Ich nehme an, du kennst viele solcher Leute, Nick. Wenn ich daran denke, daß ich ein wenig besorgt war, weil ich mich heute abend nicht in einen Smoking gezwängt habe, und der kommt hier einfach so hereingefegt in seinen Flanellhosen, in denen er vierzehn Tage geschlafen hat, und es kümmert ihn einen Dreck! Ich bewundere das.«

»Ich konnte mich überhaupt nicht daran erinnern, daß ich ihm schon vorher begegnet bin«, sagte Mona. »Ich muß wohl an dem Abend ein bißchen blau gewesen sein, sonst hätt' ich seinen Namen gewußt. Er sagte, Mark Members habe uns bekannt gemacht. Haben Sie von ihm gehört? Er ist ein bekannter Dichter.«

Sie sagte das in einer unbeschreiblich törichten Art, die unwiderstehlich wirkte.

»Ich war eigentlich hier mit ihm verabredet. Aber er ist nicht gekommen.«

»Ach, *wirklich*?«

Sie war erstaunt und beeindruckt. Ich fragte mich, was in aller Welt Members ihr über sich erzählt hatte, daß sie eine solche Hochachtung für ihn empfand. Später entdeckte ich, daß es eher sein Status als ›Dichter‹ war und nicht so sehr seine private Persönlichkeit, was ihn für sie zu einem Gegenstand solchen Interesses gemacht hatte.

»Ich habe Mark nie gut gekannt«, sagte sie, als wolle sie sich ein wenig dafür entschuldigen, daß sie solche ehrgeizigen Ansprüche habe erkennen lassen.

»Er und Quiggin können es gewöhnlich gut miteinander.«

»Ich wußte gar nicht, daß Nick auf einen alten Freund von dir gewartet hat, Süße«, sagte Templer. »Ist er einer dieser faszinierenden Leute, von denen du mir manchmal erzählst, mit Bärten und Sandalen und solchen seltsamen sexuellen Gewohnheiten?«

Mona protestierte, aber Jean unterbrach sie und sagte: »Er ist kein schlechter Dichter, oder?«

»Ich glaube, er ist ein ziemlich guter«, sagte ich und fühlte den plötzlichen, unerklärbaren Wunsch, sie in ihrem Interesse an der Dichtung zu ermutigen. »Er ist der Sekretär St. John Clarkes – oder war es wenigstens.«

Es fiel mir jetzt wieder ein, daß – wenn man Quiggin glauben konnte – die Situation zwischen Members und St. John Clarke sehr delikat war.

»Früher mochte ich St. John Clarkes Romane«, sagte Jean. »Jetzt finde ich sie ganz schrecklich. Mona liebt sie innig.«

»Oh, aber sie sind *einfach* wunderbar.«

Mona begann nun die Handlungen einiger von St. John Clarkes Romanen in Einzelheiten zu erzählen – ein selbst unter günstigsten Bedingungen gewaltiges Unterfangen. Jeans Äußerung ihrer Ansichten – daß Members ein recht guter Dichter und St. John Clarke ein schlechter Schriftsteller sei – erschien mir als ein Zeichen einer eindrucksvollen Position in der Literaturkritik. Ich empfand jetzt den Wunsch, mit ihr über alle möglichen Dinge zu sprechen, wußte aber wegen der Schranke, die sie zwischen sich und dem Rest der Welt aufgerichtet hatte, kaum, wo ich beginnen sollte. Mir kam dann der Verdacht, daß sie vielleicht bloß versuchte, das Gespräch von der Zeit in Monas Leben, die für Templer als Ehemann zu viele schmerzliche Folgerungen mit sich führen würde, wegzubringen. Es konnte eine tiefere Absicht hinter ihrer Äußerung stecken, und nicht literarisches Interesse. Doch Mona selbst war nicht bereit, sich von dem Thema abbringen zu lassen.

»Sind Sie mit all diesen Leuten zusammen?« fuhr sie fort. »Ich war es selbst früher. Dann – ach ich weiß nicht – dann hab' ich die Verbindung zu ihnen verloren. Natürlich, Peter mag diese Sorte von Menschen nicht besonders, nicht wahr, Süßer?«

»Unsinn«, sagte Templer. »Ich hab' eben gesagt, wie sehr mir Mr. J. G. Quiggin gefallen hat. Ja, ich wünschte, ich könnte ihn wiedersehen und ihn nach dem Namen seines Schneiders fragen.«

Mona runzelte die Stirn über seine Weigerung, ihre Bemerkung ernst zu nehmen. Sie wandte sich an mich und sagte: »Wissen Sie, Sie selbst sind auch nicht gerade so wie die meisten von Peters üblichen Freunden.«

Diese besondere Tatsache war nur schwer zu erklären – wenn sie sich überhaupt erklären ließ, was ich sehr bezweifelte. Ich wußte natürlich, was sie meinte. Wahrscheinlich sprach einiges für ihre Ansicht. Das Faktum, daß ich der großen Masse von Peters Freunden nicht besonders ähnlich war, wurde ohne Zweifel durch Quiggins Erscheinen noch betont. Ich ärgerte mich ein wenig darüber, daß die Templers Quiggin gesehen hatten. Mit ihnen als Gruppe auf ihrer eigenen Ebene zu tun zu haben und nicht auf der, auf die Quiggin uns irgendwie alle gesteuert hatte, wäre mir lieber gewesen.

»Wie war der Film?« fragte Templer.

»Herrlich«, sagte Mona. »Das süßeste, nein wirklich, das *aller*süßeste kleine Mädchen, das du jemals gesehen hast.«

»Sie war ganz hervorragend«, sagte Jean.

»Ja, und die Handlung?«

»Nun, dieses kleine Mädchen – es hieß Manuela – wurde auf eine piekfeine deutsche Schule geschickt.«

»*Piekfein*?« sagte Templer. »Süße, was für ein schreckliches Wort. Bitte, gebrauche es nicht wieder in meiner Gegenwart.«

Zu meinem Erstaunen nahm Mona diesen Tadel demütig hin. Sie errötete sogar ein wenig.

»Nun, Manuela ging auf diese Schule und verliebte sich *leidenschaftlich* in eine der Lehrerinnen.«

»Was habe ich dir gesagt«, rief Templer aus. »Nick bestand darauf, daß es kein Film über Lesbierinnen sei. Seht ihr, er tut nur so, als wäre er ein Mann von Welt. In Wirklichkeit hat er nicht die geringste Ahnung, was um ihn herum vorgeht.«

»Der Film ist auch nicht ein bißchen das, was *du* meinst«, sagte Mona, diesmal mit einem Ausbruch von Empörung. »Es war eine wirklich schöne Geschichte. Manuela versuchte, sich *umzubringen*. Ich hab' geweint und geweint und geweint.«

»Er war wirklich gut«, sagte Jean zu mir. »Haben Sie ihn gesehen?«

»Ja. Er hat mir gefallen.«

»Er lügt«, sagte Templer. »Wenn er den Film gesehen hätte, wüßte er, daß er von Lesbierinnen handelt. Hör mal, Nick, warum kommst du nicht für das Wochenende mit zu uns nach Hause. Wir können dich zurück zu deiner Wohnung fahren, und du holst dir 'ne Zahnbürste. Ich möchte gerne, daß du unser Haus siehst, so ungemütlich der Aufenthalt da auch sein wird.«

»Ja, *bitte* kommen Sie, Liebling«, sagte Mona, in ihrer grotesken Artikulation die Worte auseinanderziehend. »Sie werden alles ganz verrückt finden, fürchte ich.«

Sie hatte inzwischen eine ziemliche Menge Champagner getrunken.

»Sie müssen kommen«, sagte Jean in ihrem nüchternsachlichen Ton, fast so, als erteile sie einen Befehl. »Ich würde mich gern über alle möglichen Dinge mit Ihnen unterhalten.«

»Natürlich wird er kommen«, sagte Templer. »Aber vielleicht trinken wir zuerst noch einen winzigen Schluck Armagnac.«

Später erschien es mir so, als habe dieses Abendessen im Grillroom des Ritz etwas von dem Wesen eines rituellen

Mahles gehabt, einer feierlichen Handlung, aus der sich für alle vier von uns neue Stellungen in dem formalen Tanz ergaben, der das menschliche Leben ausmacht. An dem Abend selbst schien sein Charme in dem Unterschied zu dem üblichen Gang der Ereignisse zu liegen. Ohne Zweifel würde der hauptsächliche Reiz des beabsichtigten Besuches in dem Fehlen jedes vorherigen Planes bestehen. Aber in einem gewissen Sinne ist nichts im Leben geplant oder alles, denn in dem Tanz ist jeder Schritt letztlich die natürliche Folge des vorhergehenden, die Konsequenz, daß man die Art von Mensch ist, die man zufälligerweise ist.

Während wir das Abendessen einnahmen, fiel draußen starker Schnee. Es hatte aber nachgelassen zu schneien, als wir meine Sachen holten, und nur noch wenige Flocken trieben durch die klare Winterluft, als wir uns endlich auf den Weg machten zum Haus der Templers. Der Wind hatte sich plötzlich gelegt. Die Nacht war sehr kalt.

»Ich mußte den Buick verkaufen«, sagte Templer. »Ich fürchte, ihr werdet nicht viel Platz haben hinten in dieser elenden Kutsche.«

Mona, jetzt wie im Koma nach dem Wein beim Abendessen, rollte sich in eine Decke und nahm auf dem Vordersitz Platz. Sie schlief fast sogleich ein. Jean und ich saßen hinten im Auto. Wir fuhren durch Hammersmith und die Umgebung von Chiswick und dann auf die Große Weststraße. Eine Zeitlang führte ich ein unzusammenhängendes Gespräch mit Jean. Schließlich antwortete sie kaum noch, und ich gab auf. Templer, der vorn im Auto eine Zigarre rauchte, schien nun, da er am Steuer saß, auch nicht zum Sprechen aufgelegt. Wir fuhren mit ziemlicher Geschwindigkeit dahin.

Groteske Gebäude auf beiden Seiten der Straße, die im Tageslicht den Tempeln eines schäbigen, abstoßenden Atlantis ähnelten, nahmen sich jetzt wie die Grenzforts einer arktischen Stadt aus. In Schnee gehüllt, säumten diese gräßlichen Monumente einer verlorenen Welt einen breiten Strom schwarzen, schäumenden Schneematsches, über dessen Oberfläche das Auto mit einem harschen Prasseln glitt und holperte, als sei die Flüssigkeit unter ihm siedend heiß.

Der Prozeß der Liebe ist, obwohl er bei den Beteiligten nicht immer gleichzeitig abläuft und auch nicht notwendigerweise die gleiche elektrische Spannung hat, nur selten einseitig. Wenn der Augenblick kommt, wird eine geheime Neigung oft heftig erwidert. Einige wissen das instinktiv; andere lernen es in einer harten Schule.

Der genaue Ort muß wenige hundert Meter hinter der Stelle gewesen sein, wo die elektrisch illuminierte junge Dame im Badeanzug auf ewig durch die benzinverpestete Luft hechtet: Nacht und Tag, Winter und Sommer, nie das Wasser des Beckens erreichend, dem sie endlos entgegengleitet. Wie ein Symbol der zum Stillstand gebrachten Entwicklung kehrt sie auf immer freiwillig zurück zu dem Brett, von dem sie den Sprung begann. Einige Sekunden nachdem ich diese wie üblich unbeirrt durch die gefrorene Luft schwebende badende Schöne gesehen hatte, nahm ich Jean in meine Arme.

Ihre Reaktion, so plötzlich und leidenschaftlich, erschien mir erst einige Minuten nachher überraschend. Auf einmal war alles verändert. Ihr Körper fühlte sich hart an und zugleich hingebend; er verströmte eine Art Glühen, als ginge elektrischer Strom von ihm aus. Später fragte ich mich oft, ob nicht von all der Zeit, die wir zusammen verbrachten, wie ekstatisch sie auch immer war, eigentlich diese ersten Augenblicke auf der Großen Weststraße die besten waren.

In welchem Maße die plötzliche Bewegung, die uns zusammenbrachte, den Jahre zuvor gehegten Gefühlen zugeschrieben werden mußte; oder einem Verhalten, das im Umkreis Templers fast eine Verpflichtung war; oder schließlich einem besonderen Ruck des Autos, während es über ein ungewöhnlich schlechtes Stück der Straße fuhr, war später unmöglich mit Sicherheit zu entscheiden. Ich wußte nur, daß ich das alles zuvor nicht geplant hatte. Im Lichte der vorangegangenen Geschehnisse mag das außerordentlich erscheinen; aber das Verhalten der Menschen ist unbestreitbar außerordentlich. Die unglaubliche Leichtigkeit, mit der diese Entwicklung ablief, hatte fast den Anschein, als hätten wir zwei vorher abgesprochen, uns an dieser bestimmten Stelle der Straße zu umarmen. Der Zeitpunkt war glänzend gewählt.

Wir rollten noch ein langes Stück unter den kalten, glitzernden Sternen der Winternacht dahin, ehe Templer die Hauptstraße verließ und durch kleine, von Buchen gesäumte Nebenstraßen fuhr. Schließlich erreichten wir einen schmalen Weg, auf dem noch tiefer Schnee lag. An seinem Ende bog das Auto in eine jungfräulich weiße Auffahrt ein. In dem klaren Mondlicht erschien mir das grotesk gegiebelte, zwischen Tannen gesetzte Haus vor uns fast wie ein genaues Abbild der Villa am Meer, die früher von Templers Vater bewohnt worden war. Obwohl kleiner als diese, hatte es in seinen allgemeinen Konturen eine geradezu unheimliche Ähnlichkeit mit ihr. Ich erwartete fast, den Schlag der winterlichen Wellen gegen die nahen Klippen zu hören. Die über den Garten verstreuten Bäume waren weiß bestäubt. Dann und wann, wenn Schnee durch die Äste auf den dick bedeckten Boden fiel, erklang ein dumpfer Ton. Sonst war es totenstill.

Templer stoppte vor der Tür mit einem Ruck, daß der Schnee von den Rädern hochgewirbelt wurde. Er kletterte schnell aus seinem Sitz und ging herum zum Heck des Wagens, um aus dem Kofferraum Eßwaren und Wein zu holen, die sie von London mitgebracht hatten. Im gleichen Augenblick erwachte Mona aus ihrem Schlaf oder Koma. Noch in die Decke gewickelt, sprang sie auf ihrer Seite aus dem Auto und rannte durch die Sisley-Landschaft zur Eingangstür, die jemand von innen geöffnet hatte. Sie stieß dabei eine Reihe kleiner Quieckser der Pein aus über die Kälte.

Ihre Fußstapfen hinterließen tiefe Spuren auf der Oberfläche der Auffahrt, wo der Schnee weich und sanft lag wie die weißen, weißen Laken eines unendlichen Bettes.

»Wo finde ich dich?«

»Direkt links neben dir.«

»Wie bald?«

»Gib mir eine halbe Stunde.«

»Ich werde dasein.«

»Laß mich nicht zu lange warten.«

Sie lachte weich, als sie das sagte, und befreite sich aus der Decke, die uns beide einhüllte.

Auch das Innere des Hauses hatte Ähnlichkeit mit dem früheren Heim der Templers. Isbisters großes Portrait von Mr. Templer hing noch immer in der Eingangshalle: ein Verweis auf das tägliche Leben und ungelöste geschäftliche Probleme. Solche Dinge schienen jetzt weit entfernt von dieser geheimnisvollen, verschneiten Welt der Unwirklichkeit, in der sich alle Wunder ereignen mochten. Es gab hier die gleichen Golfschläger und Jagdstöcke und Tennisrackets; den gleichen Postkasten für Briefe; das gleiche Barometer, das auf einer Drehscheibe das Wetter anzeigte; selbst die gleiche helle Holzvertäfelung, die den Raum wie das Innere einer gewaltigen, extravaganten Zigarrenkiste aussehen ließ.

»Was wir jetzt brauchen, ist etwas zu trinken«, sagte Templer. »Und dann, glaube ich, sind wir alle reif fürs Bett.«

Eine Sekunde lang fragte ich mich, ob er bemerkt habe, daß etwas im Gange war. Aber als er sich abwandte, um Mona mit den Flaschen und Gläsern zu helfen, zeigten ihre Gesichter ganz eindeutig, daß keiner von beiden auch nur entfernt an etwas Derartiges gedacht hatte.

3

Früh am Morgen trieb der Schnee noch immer aus einem dunklen Himmel an den Karogittern der Fensterscheiben vorbei, trostlos heruntergleitend auf den weißen Rasen und die grauen, aufgeweichten Wege des von Kiefern und Tannen flankierten Gartens. Durch diese Nadelhölzer, die sich aus dichten Lorbeerbüschen erhoben, waren in nicht allzu großer Entfernung die Umrisse von zwei oder drei Häusern zu erkennen, die vom Stil her jenem ähnelten, in dem ich mich befand: der gleiche rote Backstein und die gleichen Giebel, die gleichen mit Efeu und wildem Wein bewachsenen Mauern.

Ohne Zweifel handelte es sich hier um ein Viertel wohlhabender Geschäftsleute – um ein Reservat gleich denen, die für Eingeborene oder wilde Tiere in einigen Regionen geschaffen werden, in die fremde Elemente eingedrungen sind: eine Art Zufluchtsstätte für Wesen, die untauglich sind, unter modernen Bedingungen zu bestehen; wo sie ihr eigenes Leben leben können, ungestört und frei von Ausbeutung durch eine aggressive äußere Welt. Innerhalb dieser Begrenzungen mochte die Gattung vielleicht vor dem Untergang bewahrt bleiben. Wie ich dort in dem Schlafzimmer lag, fühlte ich mich meilenweit von allem entrückt: fast als sei ich im Ausland. Das Wetter war noch immer äußerst kalt. Ich dachte über ein Gespräch nach, das ich einmal mit Barnby geführt hatte.

»Hat je ein Schriftsteller die Wahrheit über Frauen gesagt?« hatte er gefragt.

Es gehörte zu Barnbys Affektiertheiten, so zu tun, als habe er so gut wie nichts gelesen, obwohl er in Wirklichkeit eine kleine, seltsam gemischte Auswahl von Büchern sehr gründlich kannte.

»In diesem Land haben es nur wenige versucht.«

»Niemand würde ihnen glauben, wenn sie es täten.«

»Möglich. Aber wohl auch nicht über Männer.«

»Das war nicht als billiger Zynismus gedacht«, sagte Barnby. »Die Sache ist nur, daß für die, die nicht tief über die Sache nachgedacht haben, die Wahrheit in gedruckter Form nicht glaubhaft ist.«

»Das gilt für fast alles.«

»In gewissem Maße. Aber die Malerei – zum Beispiel, wo es um Frauen geht – ist völlig verschieden von der Literatur. In der Malerei kannst du alles ausdrücken, was es über das Thema zu sagen gibt. Mit anderen Worten, die Sache wird rein ästhetisch, fast wissenschaftlich behandelt. Schriftsteller scheinen sich immer den Wünschen der Frauen selbst zu unterwerfen.«

»Das tun Maler auch. Denk nur an Reynolds oder Boucher.«

»Natürlich, natürlich«, sagte Barnby, dessen Fähigkeit, gegen ihn vorgebrachte Argumente zu ignorieren, die Grundlage für eine glänzende Karriere als Anwalt gebildet hätte. »Aber in der Literatur – vielleicht, wie du sagst, hauptsächlich in der Literatur dieses Landes – gibt es kein Gegenstück zu, sagen wir, Renoirs Malerei. Renoir glaubte nicht, das Fleisch aller Frauen sei *buchstäblich* ein Material wie rosa Satin. Er benutzte diese Farbe und dieses Gewebe als eine Konvention, um auf einfache Weise gewisse eigene bildliche Vorstellungen von Frauen auszudrücken. Ja, er tat das, um mit der Arbeit in anderen Aspekten seines Bildes voranzukommen. Ich finde nie etwas Derartiges in einem Roman.«

»Es sitzen genug Frauen mit solchem Fleisch im Ritz herum.«

»Vielleicht. Und ich kann sie malen. Aber kannst du über sie schreiben?«

»In der englischen Literatur existiert keine wirkliche Tradition darüber, wie sich Frauen verhalten. In Frankreich gibt es wenigstens eine einfache, grobe Konvention; vielleicht ist sie nicht immer richtig – durchlöchert von allen möglichen Formen des Romantizismus –, aber sie ist wenigstens ein Muster, nach dem sich ein Schriftsteller ausrichten kann. Ein französischer Romancier mag mit dieser Konvention übereinstimmen oder von ihr abweichen. Seine Leser wissen mehr oder weniger, was von beiden er tut. Bei uns muß jeder weibliche Charakter empirisch behandelt werden.«

»Nun, schließlich gilt das auch für jede Frau«, sagte Barnby; es war eine weitere seiner dialektischen Gewohnheiten, plötzlich umzuschwenken und gegen sich selbst zu argumentieren. »Eines der Übel ist, glaube ich, daß es zu viele Schriftsteller wie St. John Clarke gibt.«

»Aber Schriftsteller der ersten Ordnung sind nicht immer physisch von Frauen angezogen worden.«

»Wenn sie erster Ordnung sind, beeinträchtigt das vielleicht nicht ihr Verständnis. Es sind die abnormen Schriftsteller von geringerer Bedeutung, meine ich, die zum großen Teil für einige der außerordentlichen Vorstellungen verantwortlich sind, die über Frauen und ihr Verhalten verbreitet werden.«

Barnbys belehrender Ton hatte mir bereits angezeigt, daß er selbst in ein neues Abenteuer verwickelt war. Solche Äußerungen, die Mr. Deacon immer »Barnbys Verallgemeinerungen über Frauen« nannte, bildeten gewöhnlich das Vorspiel zu einer Geschichte, in der es um eine individuelle Frau ging. So hatte es sich auch bei dieser Gelegenheit erwiesen.

»Wenn du zuerst bei jemanden Erfolg hast«, war er fortgefahren, »glaubst du, alles verläuft gut mit dem Mädchen, bloß weil es bei dir gut ist. Aber wenn du dich mehr an die Dinge gewöhnt hast, bist du dauernd auf der Hut, erwartest immer den einen oder anderen Ärger.«

»Wer ist es diesmal?«

»Eine junge Frau, die ich im Zug getroffen habe.«

»Wie wenig wählerisch!«

»Sie flößte ein gewisses Vertrauen ein.«

»Und jetzt laufen die Dinge nicht richtig?«

»Im Gegenteil, sie laufen sehr gut. Das ist es, was mich mißtrauisch macht.«

»Hast du sie gemalt?«

Barnby wühlte zwischen den Pinseln, Farbtuben, Zeitungen, Briefumschlägen und Flaschen herum, die den Tisch bedeckten. Schließlich stieß er auf eine große Mappe, der er eine Bleistiftzeichnung entnahm. Das Bild zeigte den Kopf eines Mädchens. Sie sah wie etwa zwanzig aus. Ihre Gesichtszüge, eher angedeutet als scharf abgehoben, gaben ihr den Anschein, als sei sie sich ihrer selbst nicht sicher, als befände sie sich in der Defensive. Ihr Haar war unordentlich. Es umgab sie ein Hauch von Befangenheit und zugleich Rebellion. Irgend etwas an dem Portrait kam mir bekannt vor.

»Wie ist ihr Name?«

»Ich kenne ihn nicht.«

»Warum nicht?«

»Sie will ihn mir nicht sagen.«

»Wie geheimnistuerisch!«

»Das denke ich auch.«

»Wie oft ist sie schon hiergewesen?«

»Zwei- oder dreimal.«

Ich sah mir die Zeichnung nochmal genau an.

»Ich kenne sie.«

»Wer ist sie?«

»Ich versuche, mich zu erinnern.«

»Denk gut nach«, sagte Barnby seufzend. »Ich hab' gerne Klarheit in diesen Dingen.«

Aber für den Augenblick konnte ich mich nicht an den Namen des Mädchens erinnern. Ich hatte den Eindruck, daß unsere Bekanntschaft nur flüchtig gewesen sei und ein oder zwei Jahre zurückliege. Etwas Absurdes oder Lächerliches hatte sich im Zusammenhang mit dem Anlaß ereignet, bei dem wir uns begegnet waren.

»Es wäre nur höflich, wenn sie jetzt ihre Identität offenbarte«, sagte Barnby, während er die Zeichnung in die Mappe zurücklegte, und schnitt eine Grimasse.

»Wie hat es angefangen?«

»Ich war auf der Rückfahrt von einem Wochenende bei den Manaschs. Sie kam etwa eine Stunde vor London in das Abteil. Wir unterhielten uns über Filme. Irgendwie kamen wir auf die Französische Revolution zu sprechen. Sie sagte, sie stünde auf seiten des Volkes.«

»Dunkle Augen und rötliche Haare?«

»Die letzteren ungekämmt.«

»Ihr Vorname ist Anne?«

»Ohne Zweifel war da ein ›A‹ auf ihrem Taschentuch. Diesen Hinweis hatte ich vergessen, dir zu geben.«

»Macht einen insgesamt ungepflegten Eindruck?«

»Ganz entschieden. Was das Baden angeht, übertreibt sie meiner Ansicht nach nicht.«

»Ich glaub', ich weiß jetzt, wer sie ist.«

»Spann mich nicht auf die Folter.«

»Lady Anne Stepney.«

»Eine Freundin von dir?«

»Ich hab' vor Jahren einmal bei einem Dinner neben ihr gesessen. Sie machte dieselbe Bemerkung über die Französische Revolution.«

»Ach wirklich?« sagte Barnby, vielleicht eine Spur pikiert über diese offensichtlich richtige Vermutung. »Bist du damals diesen liberalen Überzeugungen nachgegangen?«

»Im Gegenteil. Ich bezweifle, daß sie sich überhaupt noch an meinen Namen erinnern würde. Ihre Schwester hat Charles Stringham geheiratet, ich hab' dir gelegentlich von ihm erzählt. Sie lassen sich gerade scheiden, wie ich in der Zeitung gelesen habe.«

»Ach ja«, sagte Barnby. »Ich hab' auch darüber gelesen. Stringham war mal der Sekretär des Großindustriellen, nicht wahr? Ich bin ihm bei Baby begegnet und mochte ihn. Er hat diese sehr dekorative Mutter, die ich sicher auch nicht –.«

Er brach ab; dann sprach er wieder von dem Mädchen.

»Ihre Eltern heißen Bridgnorth?«

»Richtig.«

»Man beginnt diese Dinge«, sagte Barnby, »und dann ergibt sich die Frage: wie soll man sie weiterführen? Ehe du richtig weißt, was los ist, bist du schon total verstrickt. Das ist es, was wir alle nicht vergessen dürfen.«

»Ja, das stimmt.«

Diese Worte Barnbys kamen mir wieder in den Sinn, während ich in dem Haus der Templers im Bett lag und nur mit Widerwillen daran dachte, aufzustehen in eine frostige Welt. Ohne Zweifel war ich jetzt, wie er es ausgedrückt hatte, »völlig verstrickt«.

Alle kamen an diesem Morgen spät zum Frühstück herunter. Mona war ausgesprochen schlechter Laune. Vielleicht war ihre Gereiztheit einer leisen Ahnung zuzuschreiben, daß eine Liebesaffäre in der Luft lag, die sie nicht genau zu lokalisieren vermochte; denn ich war mir ziemlich sicher, daß keiner der beiden Templers vermutete, es sei etwas ›im Gange‹ zwischen Jean und mir. Sie schienen in der Tat völlig eingenommen zu sein von der Dissonanz in ihrer eigenen Beziehung. Es ergab sich, daß ich keine Gelegenheit fand, mit Jean allein zu sein. Sie schien es fast absichtlich so einzurichten, daß sich ständig einer der beiden anderen in unserer Gegenwart aufhielt. Sie wäre mir wieder so ruhig, distanziert und unbekannt erschienen wie damals, als ich ihr zuerst begegnet war, hätte sie nicht zweimal unterwürfig, fast scheu gelächelt, als sich unsere Blicke begegneten.

Monas Übellaunigkeit verbreitete eine gedrückte Stimmung im ganzen Haus. Obwohl offensichtlich träge und unbeschwert in ihrer Lebensführung, besaß sie doch auch eine Energie und einen Egoismus, die der Zurschaustellung ihrer Verärgerung eine beträchtliche Kraft verliehen. Templer unternahm mehrere Anstrengungen, sie aufzuheitern, wurde aber hin und wieder selbst ärgerlich über seinen Mangel an Erfolg. Dann schlugen seine Versöhnungsbemühungen plötzlich um in Sticheleien. Seine anhaltenden Versuche, den Launen seiner Frau nachzugeben, führten jedoch bald zu einer unerwarteten Entwicklung in der Zusammensetzung unserer Gesellschaft.

Wir saßen in dem großen Zimmer unbestimmten Charakters zusammen, in dem sich der größte Teil des Lebens in dem Haushalt abspielte, und lasen die Sonntagszeitung, unterhielten uns miteinander und hörten Schallplatten. Die Begegnung mit Quiggin am Abend zuvor hatte Monas Erinnerungen an ihre Karriere als Malermodell entflammt. Sie sprach von ihren ›Erlebnissen‹ in den verschiedenen Studios und fragte mich über Mark Members aus; vielleicht bedauerte sie, daß sie diese Verbindung zu ihrer Vergangenheit so völlig hatte abreißen lassen. In ihrem vormaligen Beruf war sie nie Künstlern wie Augustus John oder Epstein begegnet, sondern hatte hauptsächlich für eine Gruppe weniger bedeutender Akademiemaler gearbeitet; doch war sie mit ein paar jungen Männern wie Members und Barnby bekannt gewesen, die in ›fortschrittlicheren‹ Kreisen verkehrten. Sie hatte auch nie für Isbister gesessen, wie sie mir sagte. Dennoch, jener Abschnitt ihres Lebens lag jetzt genügend weit zurück, um ihr in einer romantischen Wolke zu erscheinen, zumindest wenn sie ihn innerlich mit den Umständen ihrer Ehe verglich.

Als ich ihr beipflichtete, daß Members und Quiggin, jeder auf seine Art, inzwischen ziemlich bekannte ›junge Schriftsteller‹ seien, zeigte sie noch mehr Begeisterung für die beiden. Sie bestand darauf, daß sie Quiggin unbedingt wiedersehen müsse. Ja, sie schien das Gespräch mit einem solchen Ziel vor Augen absichtlich in diese Bahnen gelenkt zu haben. Templer, der mit ausgestreckten Beinen in einem

Sessel lag, hörte ihr ohne größere Aufmerksamkeit zu, während er träge die Seiten der *News of the World* umblätterte. Die Erlebnisse seiner Frau unter ›Künstlern‹ bildeten bei ihnen wahrscheinlich ein ziemlich häufiges Gesprächsthema – eine regelmäßige, fast legitime Methode, um die häusliche Eifersucht ein wenig anzustacheln, wenn das Leben daheim zu fad erschien. Monas wiederholte Fragen veranlaßten mich schließlich dazu, ihr von dem Wechsel zu erzählen, den St. John Clarke hinsichtlich seines Sekretärs vorgenommen hatte.

»Aber das ist doch alles *zu* aufregend«, sagte sie. »Ich sagte Ihnen, daß St. John Clarke mein Lieblingsschriftsteller ist. Könnte nicht Mr. Quiggin zum Mittagessen zu uns kommen, und wir fragen ihn, was *wirklich* passiert ist?«

»Nun –«.

»Hör mal, Pete«, rief sie laut aus. »Laß uns doch J. G. Quiggin heute zum Mittagessen einladen. Er könnte mit dem Zug kommen. Nick würde ihn anrufen – das werden Sie doch tun, nicht wahr, Liebling?«

Templer warf die *News of the World* auf den Teppich und zog, sich mir zuwendend, die Augenbrauen hoch und nickte langsam mit dem Kopf, um anzuzeigen, zu welchen Absurditäten doch eine Frau von ihren Launen getrieben werden könne.

»Aber würde Mr. Quiggin denn kommen wollen«, fragte er, Monas eifernden Ton nachahmend. »Würde er nicht lieber einen seiner brillanten Artikel zu Ende schreiben?«

»Wir könnten es versuchen.«

»Durchaus, wenn du möchtest. Halb zwölf an dem Tag, an dem das Mittagessen stattfindet, wird zwar in den besten Kreisen für ein bißchen spät gehalten für eine Einladung, aber glücklicherweise bewegen wir uns ja nicht in den besten Kreisen. Ich nehme an, wir haben genug zu essen. Du erinnerst dich, daß Jimmy eine Freundin mitbringt?«

»Jimmy zählt nicht.«

»Das stimmt.«

»Was meinen Sie, Nick?« fragte sie. »Würde Quiggin kommen?«

Ein Teil des Charmes, den der Aufenthalt bei den Templers für mich hatte, bestand in der Erwartung, für eine kurze Zeit der Routine der literarischen Welt zu entkommen, die sich jetzt durch den bloßen Gedanken an Quiggin so gnadenlos wieder aufdrängte. Es war eine Welt, in der ich mich völlig zu Hause fühlte und die ich sicher nicht gegen eine andere einzutauschen wünschte; von der ich nur einmal für ein Wochenende frei sein wollte. Aber die Templers davon abzuhalten, Quiggin – wenn sie es denn wünschten – zum Essen einzuladen, hielt ich jedem der Beteiligten gegenüber für kaum vertretbar. Außerdem war ich selbst neugierig darauf, weitere Einzelheiten über St. John Clarke zu hören, wenn ich es jetzt auch vorgezogen hätte, Members' Version von der Geschichte zu erfahren. Abgesehen von alldem – ja, all diese Überlegungen ganz in den Schatten stellend – waren da meine eigenen heftigen Gefühle im Zusammenhang mit Jean, die innerlich auf ein beherrschbares Maß reduziert werden mußten.

»Wer ist ›Jimmy‹?« fragte ich.

»Du mußt dich von dem Besuch bei uns vor Jahren doch noch an Jimmy Stripling erinnern«, sagte Templer. »Mein Schwager. Zumindest war er das, bis Babs sich von ihm scheiden ließ. Irgendwie hab' ich es nie geschafft, ihn loszuwerden. Babs kann ihre Freiheit verlangen und ihre eigenen Wege gehen. Für mich gibt es keinen Rechtsanspruch. Jimmy hängt mir wie ein Mühlstein am Hals. Mir wird nicht einmal eine Ungültigkeitserklärung gewährt.«

»Hat er nicht Autorennen gefahren?«

»Genau das ist er.«

»Der Sunny Farebrother nicht ausstehen konnte?«

»Er haßte ihn wie die Pest. Nun, Jimmy kommt heute zum Mittagessen, und er bringt irgend so'ne Puppe mit – er hat gefragt, ob er darf. Sie ist nicht allzu jung, nehme ich an; also brauchen deine Augen nicht aufzuleuchten. Ich kann mich an ihren Namen nicht erinnern. Ich konnte nicht ablehnen, der alten Zeiten wegen, obwohl er jetzt schrecklich langweilig ist, der gute alte Jimmy. Er hatte vor ein paar Jahren einen Unfall auf der Rennstrecke von Brooklands. Daß er mit dem Arsch zuerst aus dem Auto geschleudert wurde, scheint irgendwie seinen Verstand beeinträchtigt zu haben – obwohl man kaum annehmen würde, daß es da viel zu beeinträchtigen gab.«

»Was macht er beruflich?«

»Er ist im internationalen Versicherungsgeschäft bei Lloyd's. Es ist nicht so sehr sein geschäftliches Leistungsvermögen, das ins Stocken geraten ist, als vielmehr sein Privatleben. Er macht immer noch 'ne Menge Heu. Aber er befaßt sich jetzt mit Astrologie und Theosophie und Numerologie und Gott weiß was noch. Könnte dein Freund Quiggin das ertragen? Würd' ihm wahrscheinlich sehr gefallen, oder? Nun, je mehr kommen, desto lustiger wird's, meine ich.«

»Quiggin wäre fasziniert.«

»Dann rufen Sie ihn doch an«, sagte Mona.

»Soll ich?«

»Na los«, sagte Templer. »Das Telephon ist nebenan.«

In Quiggins Wohnung in Bloomsbury antwortete niemand; also wählte ich St. John Clarkes Nummer, nach dem Motto: wenn man etwas tun will, dann soll man es auch richtig tun. Das Telephon klingelte einige Sekunden lang, dann meldete sich Quiggins raspelnde Stimme am anderen Ende der Leitung. Wie ich vermutet hatte, widmete er sich bereits seinen neuen Pflichten. Zuerst war er sehr mißtrauisch darüber, daß ich ihn dort ausfindig gemacht hatte; und dieses Mißtrauen wurde auch nicht schwächer, als ich ihm die Einladung zum Mittagessen bei den Templers übermittelte.

»Aber *heute?*« sagte er gereizt, »zum Mittagessen *heute?* Es ist doch schon bald Mittag.«

Ich wiederholte Monas Entschuldigungen dafür, daß die Einladung ohne Zweifel sehr spät käme.

»Aber ich kenne die Leute doch gar nicht«, sagte Quiggin. »Sind sie sehr reich?«

Er klang noch immer verärgert, doch schien in ihm ein gewisses Interesse geweckt. Ich erwähnte wieder seine frühere Begegnung mit Mona.

»Sie konnte sich also doch an Deacons Party und mich erinnern?« fragte er, diesmal in einem etwas entgegenkommenderen Ton.

»Sie spricht von nichts anderem als diesem Abend.«

»Ich glaub', ich kann St. J. nicht allein lassen.«

»Geht es ihm schlecht?«

»Besser eigentlich. Aber jemand, der sich um ihn kümmert, sollte schon hier sein.«

»Könntest du nicht Mark dafür bekommen?« fragte ich, um ihn ein wenig zu ärgern.

»St. J. möchte Mark im Augenblick nicht sehen«, sagte Quiggin in seiner monotonsten Stimme, jede scherzhafte Anspielung, die in der Frage liegen mochte, überhörend. »Aber ich nehme an, es besteht wirklich kein Grund, warum nicht das Dienstmädchen gut für ihn sorgen sollte, wenn ich für ein paar Stunden ausginge.«

Das klang, als würde sein Widerstand schwächer.

»Du könntest den Zug noch bekommen, wenn du dich jetzt aufmachtest.«

Er schwieg für einen Augenblick; offensichtlich wollte er gern annehmen, suchte aber gleichzeitig nach einer Ausrede dafür, daß er so leicht zu haben war.

»Mona liest deine Artikel.«

»Ach wirklich?«

»Sie zitiert sie dauernd.«

»Intelligent?«

»Komm und urteile selbst.«

»Würde es mir bei denen gefallen?«

»Du wirst dich glänzend amüsieren.«

»Ich glaube, ich komme«, sagte er. »Ich werde natürlich vom Bahnhof abgeholt?«

»Natürlich.«

»Gut dann.«

Er knallte den Hörer auf die Gabel, als ob er einen scharfen Wortwechsel beende. Ich ging zurück zum Wohnzimmer. Templer saß breit ausgestreckt auf dem Sofa, offensichtlich nicht sehr daran interessiert, ob Quiggin die Einladung annehmen würde oder nicht.

»Er kommt.«

»Oh, *wirklich*«, sagte Mona schrill. »Das ist ja *wunderbar.*«

»Meine eigenen Freunde langweilen Mona ein bißchen«, sagte Templer. »Ich muß sagen, ich kann es ihr nicht verdenken. Jetzt kannst du mal was anderes beim Mittagessen probieren, Süße.«

»Wir sehen nie jemand *Interessantes,* Süßer«, sagte Mona und machte ein Bühnenschmollmündchen. »Er wird mich zumindest an die Zeiten erinnern, als ich *häufig* intelligenten Leuten begegnete.«

»Intelligenten Leuten?« sagte Templer. »Aber, aber, Liebling. Du bist nicht gerade besonders höflich zu Nick. Er hält sich für ungeheuer intelligent.«

»Dann bieten wir ihm jetzt intelligente Gesellschaft«, sagte Mona. »Dein Ex-Schwager wird ja wohl kaum sehr viel Brillantes zu bieten haben, was Konversation angeht – es sei denn, er hätte sich stark verändert, seit wir mit ihm in Wimbledon waren.«

»Was erwartest du denn in Wimbledon?« sagte Templer. »Daß man am Centre Court sitzt und einem Strom von Epigrammen über Fußfehler und Vorhandschläge lauscht? Dennoch, ich weiß, was du meinst.«

Ich erinnerte mich an Jimmy Stripling hauptsächlich wegen verschiedener Streiche, in die er verwickelt gewesen war, während ich, damals noch ein Junge, den Templers einen

Besuch abstattete. Gewöhnlich war er bei diesen Ulks selbst am schlechtesten weggekommen. Er blieb mir in Erinnerung als ein großer, barscher, übellauniger Mann, voller Schuldgefühle darüber, daß er nicht am Krieg teilgenommen hatte. Ich hatte ihn nicht besonders gemocht. Jetzt fragte ich mich, wie er mit Quiggin zurechtkommen würde, der vernichtend gegenüber Leuten sein konnte, gegen die er eine Abneigung gefaßt hatte. Doch einer der Charakterzüge, die Quiggin mit seinem neuen Arbeitgeber gemeinsam hatte, war die Bereitschaft, fast überall hinzugehen, wo ein Essen geboten wurde, für das man nicht zu bezahlen brauchte; und diese realistische Einstellung dem gesellschaftlichen Leben gegenüber brachte unweigerlich, wenn schon nicht eine Tolerierung anderer, dann doch wenigstens eine gewisse einfache, allgemein anwendbare Methode im Umgang mit den verschiedensten Arten von Menschen mit sich. Ich konnte mir nicht vorstellen, warum Mona so begierig darauf war, Quiggin wiederzusehen. Damals entging mir völlig, in welchem Maß er in ihren Augen das Romantische repräsentierte.

»Was ist aus Babs geworden, nachdem sie sich von Jimmy Stripling getrennt hatte?«

»Sie hat einen Lord geheiratet«, sagte Templer. »Die Familie erlebt einen gesellschaftlichen Aufstieg. Aber ich vermute, Babs denkt immer noch an Jimmy. Schließlich vergißt man einen Mann nicht so leicht, der einen Atem hat wie er.«

Irgendeine Unterbrechung führte dann zu einem anderen Thema, ehe ich nach dem Namen von Babs' drittem Ehemann fragen konnte. Mona verließ das Zimmer, um dem Personal zu sagen, daß ein zusätzlicher Gast kommen würde. Templer folgte ihr, um Zigaretten zu holen. Für einen Augenblick waren Jean und ich allein. Ich schob meine Hand unter ihren Arm. Sie drückte ihn gegen sich, was mir ein Gefühl unendlicher Nähe zu ihr gab, eine Versicherung, daß alles gut werden würde. Man ist immer in eine wirkliche und in eine imaginäre Person verliebt. Manchmal liebt man die eine mehr, manchmal die andere. In diesem Moment war es die wirkliche Person, die ich liebte. Wir hatten kaum Zeit, uns zu trennen und ein förmliches Gespräch zu beginnen, ehe Mona ins Zimmer zurückkehrte.

Wir vier hielten uns weiter dort auf, bis wir das Geräusch eines Autos hörten, das vor der Eingangstür den Schnee hochwirbelte. Quiggin war angekommen. Da ich mich auf eine Art sehr verantwortlich fühlte für seine Anwesenheit im Haus der Templers, war ich, als er das Zimmer betrat, ziemlich erleichtert zu sehen, daß er sich ein bißchen besser zurechtgemacht hatte als an dem Abend zuvor. Er trug jetzt einen Anzug aus einem grausam blauen Stoff und einen grünen gestrickten Binder. Von Anfang an war es offenkundig, daß er beabsichtigte, einen angenehmen Eindruck zu machen. Seine scharfen kleinen Augen schossen im Zimmer herum, den Charakter seiner Gastgeber und ihres Hauses in sich aufnehmend.

»Ich sehe, Sie haben einen Isbister in der Eingangshalle«, sagte er trocken.

Der harsche Tonfall seiner Stimme erlaubte es, diesen Kommentar als Kompliment, andererseits aber auch als Insider-Witz aufzufassen. Templer begiff seine Worte sofort im letzteren Sinne.

»Ich konnte ihn nicht loswerden«, sagte er. »Ich nehme an, Sie kennen niemand, der mir ein Angebot machen würde? Ich verlange natürlich einen Mindestpreis. Jetzt ist die Gelegenheit.«

»Ich werd' mich mal umhören«, sagte Quiggin. »Isbister war ein typischer Künstler-Geschäftsmann, hervorgebracht von einer im Verfall begriffenen Gesellschaft, meinen Sie nicht? Nebenbei bemerkt, Nicholas und ich müssen uns in der nahen Zukunft einmal über Isbister unterhalten.«

Er grinste zu mir herüber. Ich hoffte, er würde nicht die ganze Frage der Einleitung St. John Clarkes an Ort und Stelle anschneiden. Was sein Angebot zu helfen betraf, so konnte sein Ton alles oder nichts besagen. Vielleicht wollte er wirklich andeuten, daß er versuchen würde, das Bild für Templer zu verkaufen – und für sich einen Anteil des Erlöses einzustreichen. Seine Augen glitten weiter über die sehr mittelmäßigen Seestücke aus dem 19. Jahrhundert, die die Wände bedeckten, hier und dort in kleinen Gruppen aufgehängt, so als hätte man sie in Eile angebracht, als das Haus zuerst bezogen wurde. Ohne Zweifel war das sicher auch der Fall gewesen. In dem Haus der Templers am Meer hatten sie im Eßzimmer gehangen. Ehe wir weiter über den Isbister sprechen konnten, trafen die beiden anderen Gäste ein.

Zuerst trat eine große, beeindruckende Dame durch die Tür, dicht gefolgt von Jimmy Stripling selbst, der weit älter aussah, als ich ihn in Erinnerung hatte. Während die Frau auf Mona zuging, legte die Geschmeidigkeit ihrer Bewegungen fast die Vermutung nahe, Stripling schöbe sie vor sich her wie einen Automaten auf Rollen. Ich wußte sofort, daß ich ihr schon vorher begegnet war, konnte mich aber anfangs nicht an die Gelegenheit erinnern – wie sich zeigte, eine ganz andere als die gegenwärtige.

»Wie geht es dir, Jimmy?« sagte Templer.

Stripling nahm die Frau beim Arm.

»Das ist Mrs. Erdleigh«, sagte er in einer ziemlich gepreßten Stimme. »Ich hab' euch so viel von ihr erzählt, nicht wahr? Und da ist sie nun.«

Mrs. Erdleigh ging herum und reichte jedem huldvoll die Hand, ganz wie ein Mitglied der königlichen Familie auf einer Besuchstour. Als sie zu mir kam, nahm sie meine Hand in die ihre und lächelte nachsichtig.

»Sie sehen, ich hatte recht«, sagte sie. »Sie haben mir nicht geglaubt, nicht wahr? Es ist gerade ein Jahr.«

Wieder sandte ihre Gegenwart atemberaubende Wellen eines moschusartigen Parfüms aus. Genaugenommen waren inzwischen ein oder zwei Monate über das Jahr hinaus verstrichen, das, wie sie prophezeit hatte, vergehen würde, ehe wir uns wiedersähen. Dennoch, es war ein beachtliches Beispiel von Vorhersage. Ich hielt es für klüger, Onkel Giles unerwähnt zu lassen. Falls sie von ihm zu sprechen wünschte, konnte sie dieses Thema zu jeder Zeit selbst anschneiden. Gleichzeitig mußte ich daran denken, wie häufig dieser äußere Aspekt von Onkel Giles' Persönlichkeit im Laufe seines Lebens ›unerwähnt‹ geblieben sein mußte, besonders was seine Verwandten betraf.

Mrs. Erdleigh machte jedoch den Eindruck, daß sie sehr wohl wisse, was zu erwähnen ratsam sei und was nicht. Sie sah gut aus; zweifellos jünger als bei unserer Begegnung im Ufford; modisch gekleidet in einem Stil, der weniger als damals auf ihre unerbittlich apokalyptische Rolle im Leben hindeutete. Ja, die Kleidung, die sie bei jener früheren Gelegenheit getragen hatte, erschien mir nun, im Vergleich, als eine halb berufsmäßige Tracht, als ein Ornat sozusagen, angemessen dem Ritual ihres Metiers. Mit Stripling unter ihrer Kontrolle – und das war er sicherlich – konnte sie es sich ohne Zweifel erlauben, frivol die Mode des Augenblicks zu genießen.

Stripling selbst dagegen hatte sich in den zehn oder mehr Jahren, die seit unserer ersten Begegnung vergangen waren, sichtlich zum Schlechteren verändert. Seine massige Gestalt erweckte noch immer den Eindruck, als nehme er mehr als den ihm zustehenden Anteil des Raumes ein, aber sein Körper schien, obwohl groß, doch gleichzeitig auch zusammengeschrumpft. Sein Haar, das er weiterhin in der Mitte gescheitelt trug, war stark ergraut. Obwohl zu jener Zeit vielleicht noch unter vierzig, sah er vorzeitig gealtert aus. Er hatte ein seltsames, leeres Starren in seinen Augen, die ihm aus dem Kopf quollen, wenn er auch nur mit geringem Nachdruck sprach. Offensichtlich stand er völlig unter der Fuchtel von Mrs. Erdleigh, deren Verhalten ihm gegenüber, gütig aber fest wie es war, durchblicken ließ, daß sie einen

Menschen beaufsichtigte, den man nicht ganz für seine eigenen Handlungen verantwortlich machen konnte. Später, während der Konversation, wurde augenfällig, wie unverwandt er sie beobachtete und selbst bei den unbedeutendsten Dingen ihr Urteil einzuholen versuchte. Trotz seines geduckten Gebarens war er weit freundlicher als bei unserer früheren Begegnung, an die er sich, wie er mir versicherte, noch sehr genau erinnerte.

»Wir hatten in jenem Sommer 'ne Menge Spaß mit meinem alten Kumpel Sunny Farebrother, nicht wahr?« sagte er mit einem melancholischen Ton in der Stimme.

Er sprach, als erbitte er Zustimmung, daß die Zeiten, in denen man Spaß mit Sunny Farebrother, ja mit irgendeinem anderen Menschen haben konnte, jetzt lange vorbei seien.

»Erinnern Sie sich noch, wie wir ein Thrönchen in seine Hutschachtel, oder was es war, stecken wollten?« fuhr er fort. »Wie haben wir alle gelacht. Der gute alte Sunny. Ich sehe den alten Jungen jetzt nie mehr, obwohl ich höre, daß er 'ne schöne Stange Geld macht. Es ist das gleiche mit so vielen anderen Leuten, die man mal gekannt hat. Man verliert sich aus den Augen, oder sie treten ein in die große Mehrheit.«

Sein Gesicht hatte aufgeleuchtet, als er beim Betreten des Zimmers Jean erblickt hatte; und er hatte ihre beiden Hände ergriffen und Jean enthusiastisch geküßt. Sie schien in dieser Handlung nichts Ungewöhnliches zu sehen, nicht einmal etwas besonders Abstoßendes. Mich durchfuhr ein Stich der Verärgerung über diesen Kuß. Ich hätte es lieber gehabt, wenn sie für wenigstens vierundzwanzig Stunden von keinem anderen geküßt worden wäre. Doch dann sagte ich mir, daß eine solche Vertrautheit bei einem Ex-Schwager, ja eigentlich auch bei einem alten Freund, etwas ganz Angemessenes sei; doch war sie mir deshalb nicht weniger schwer erträglich. Stripling hielt auch Jeans Arm ein paar Sekunden lang fest, zog seine Hand aber, vielleicht weil er Mrs. Erdleighs Blick auf sich spürte, abrupt zurück. Er kramte in seiner Tasche herum und holte ein langes goldenes Zigarettenetui hervor, das er aus einer Packung Players zu füllen begann. Obwohl körperlich verfallen, vermittelte er noch immer den Eindruck, reich zu sein. Die Tatsache, daß sein Tweedanzug zerknittert und die Manschetten seines Hemdes schmierig waren, verstärkte diesen Eindruck irgendwie. Wenn es Zweifel an Striplings Reichtum gegeben hätte, seine zufriedenstellende Finanzlage hätte von Quiggins Verhalten ihm gegenüber abgelesen werden können – ein Test wie der mit Lackmuspapier, wenn es um Wohlhabenheit ging. Quiggin war – wie ich selbst – offensichtlich begierig darauf, mehr über dieses seltsame Paar zu erfahren.

»Wie steht's mit der Welt, Jimmy?« sagte Templer und klopfte seinem ehemaligen Schwager auf den Rücken. Er warf mir einen Blick zu, als er ihm einen ungewöhnlich starken Drink reichte.

»Nun«, sagte Stripling. Er sprach langsam, so als verdiene Templers Frage ein sehr ernstes Nachdenken, ehe sie beantwortet werden könne, »nun, ich glaube nicht, daß es der *Welt* viel besser gehen wird, solange sie sich an materielle Werte klammert.«

Quiggin stieß darauf ein etwas aggressiveres Lachen hervor, als er es bis dahin gezeigt hatte. Offensichtlich wußte er nicht recht, ob es besser sei, sich bei Stripling einzuschmeicheln oder ihn zu attackieren; jede der beiden Methoden konnte, von ihrem jeweiligen Standpunkt aus gesehen, Vorteile bringen.

»*Ich* glaube, materielle Werte sind genau das, was einer Neueinschätzung bedarf«, sagte Quiggin. »Ich sehe auch nicht ein, wie wir vermeiden können, uns weiter an sie zu klammern, da sie die einzigen Werte sind, die wirklich existieren. Allerdings müßten sie vielleicht zur Abwechslung einmal mit sozialer Gerechtigkeit verbunden werden.«

Stripling ging auf diese Bemerkung nicht ein – hauptsächlich deshalb, glaube ich, weil sein Geist von so völlig anderen

Gedanken eingenommen war, daß er nicht die geringste Ahnung hatte, worüber Quiggin sprach. Templers Augen leuchteten auf, als ihm bewußt wurde, daß Elemente zugegen waren, die einen erfreulichen Widerstreit von Meinungen versprachen. Es wurde zum Mittagessen gebeten. Wir gingen hinüber ins Eßzimmer. Als ich mich an den Tisch setzte, sah ich, wie Mrs. Erdleighs Zeigefinger Monas Hand berührte.

»In dem Moment, in dem mein Auge auf sie fiel, meine Liebe«, sagte sie sanft, »wußte ich, daß Sie zur Solstiz des Sommers gehören. Wann *ist* Ihr Geburtstag?«

Wie gewöhnlich schien jeder, den sie anredete, von ihrem verschleierten Blick gänzlich umfangen zu werden. Es konnte kein Zweifel bestehen, daß Mona, die zu diesem Zeitpunkt ihre frühere Übellaunigkeit bereits völlig verloren hatte, sofort von ihr entzückt war. Ja, im Verlauf des Essens erwies sich Mrs. Erdleigh als genau das, was Mona gebraucht hatte. Sie versorgte sie in einem unbegrenzten Maße mit einer Art Gesprächsbalsam, der zugleich mütterlich und priesterlich war. Über den Tisch hinweg ließen sich die beiden auf eine detaillierte Diskussion ein über Horoskope und deren wahre Beziehung zu den Besonderheiten des Charakters. Irgendwie wurde ich an Sillery erinnert, wie er einen scheuen Studenten behandelte, den in sein Netz zu locken ihm besonders wünschenswert erschien. Selbst Monas erst so kürzlich entfachtes Interesse an Quiggin war vergessen in diesem Strom astrologischer Selbstprüfung, der trotz der Dringlichkeit, mit der er zum Ausdruck kam, systematisch kontrolliert wurde von einer so einfühlsamen Gewährsperson. Augenscheinlich war Mona nun völlig gefesselt von Mrs. Erdleigh, deren energisches, ruhiges, mystisches Gebaren die Tafel ohne Zweifel beherrschte.

Das Essen ging folglich mit größerem Erfolg vonstatten, als man das vielleicht von einer so seltsam zusammengewürfelten Gesellschaft erwartet hätte. Mir kam, nicht zum ersten

Mal, der Gedanke, wie irrtümlich es ist anzunehmen, es existiere eine ›gewöhnliche‹ Welt, in die man nach Belieben hineinwandern kann. Aus der Nähe betrachtet sind alle Menschen, getrieben, wie sie sind, mit verschiedenen Geschwindigkeiten von denselben Dämonen, gleichermaßen außergewöhnlich. Ohne Zweifel wurde die Eigentümlichkeit der Zusammensetzung dieser Gesellschaft noch erhöht durch die Alltäglichkeit ihrer Umgebung. Gleichwohl war es augenscheinlich, daß die Templers selbst nicht im geringsten etwas Außerordentliches in den Gästen sahen, die sich zum sonntäglichen Mittagessen um ihren Tisch versammelt hatten – abgesehen vielleicht von der Tatsache, daß sowohl Quiggin als auch ich von unseren Berufen her mit Büchern zu tun hatten.

Falls Quiggin die Richtung, die von Monas und Mrs. Erdleighs Gespräch eingeschlagen wurde, mißbilligte – und ohne Zweifel tat er das –, so unternahm er zunächst nichts, um seiner Unzufriedenheit Ausdruck zu geben. Er ahnte nicht im geringsten, daß er von der Position des willkommensten Gastes dieses Tages ganz willkürlich verdrängt worden war. Jedenfalls hätte er, als ein Mensch, der, wenn überhaupt, nur selten etwas aus nichtigen oder uneigennützigen Motiven tat, die schiere Leichtfertigkeit seiner Einladung nur schwer und vielleicht überhaupt nicht, zu verstehen vermocht. Einzig und allein wegen einer Laune Monas zu den Templers eingeladen zu werden muß, falls er das für den Grund hielt, unbestreitbar seiner Eitelkeit geschmeichelt haben; aber, wie Mr. Deacon traurig zu bemerken pflegte, »wer die Freuden der Kaprice genießt, muß sich auch daran gewöhnen, ihre Züchtigungen zu ertragen«. Selbst wenn Quiggin sich des Wirkens dieses harschen Gesetzes bewußt war, war er nicht in der Lage, die unbarmherzige Art zu würdigen, mit der es an diesem Nachmittag zur Anwendung kam. Monas Wunsch, ihn zu sehen, hatte ich ihm so nachdrücklich übermittelt, als ich mit ihm telephonierte. Wenn sie nun fortfuhr, ihn zu ignorieren, würde Quiggin logischerweise annehmen, daß entweder Templer oder ich selbst aus irgendeinem Grund seine Gegenwart gewünscht haben mußten. Er würde Hintergedanken vermuten, sobald ihn Zweifel befielen, ob Monas Interesse an ihm wirklich der Grund für seine Einladung gewesen sei. Im Verlaufe des Essens erneuerte dieser Mangel an Aufmerksamkeit ihrerseits sicherlich seinen früheren Verdacht. Als wir dann zum Kaffee übergingen, ließ er bereits Zeichen wachsender Unzugänglichkeit erkennen.

Ich glaube, diese ganz zufällige Situation, wie sie durch die Anwesenheit von Mrs. Erdleigh entstand, blieb nicht ohne Wirkung auf Quiggins späteres Verhalten gegenüber Mona. Wenn Mrs. Erdleigh nicht bei dem Essen zugegen gewesen wäre, hätte er ohne Zweifel den ganzen Umfang der Bewunderung seiner Gastgeberin erfahren. Das hätte ihm natürlich geschmeichelt, sein Scharfsinn hätte ihm aber wahrscheinlich auch gesagt, daß ihre Ehrerbietung etwas ziemlich Oberflächliches sei. Wie sich die Dinge entwickelten, erneuerte ihre augenscheinliche Mißachtung ihm gegenüber sehr lebhaft sein eigenes früheres Interesse für sie. Vielleicht glaubte Quiggin, sie verberge während des Mittagessens absichtlich ihre wahren Gefühle. Vielleicht hatte er recht mit dieser Annahme. Bei einer Frau weiß man das nie.

Während der frühen Stadien des Mahls hatte sich Quiggin sehr liebenswürdig verhalten und mit Jean über den Wandel in der zeitgenössischen Lyrik und die Personen, die in diese vielgepriesenen literarischen Experimente verwickelt waren, gesprochen. Er erklärte, daß er das Werk Members' für lobenswert, wenn auch für ziemlich altmodisch halte.

»Mark hat sich zügig aus Anfängen entwickelt, die ganz legitim von Robert Browning beeinflußt waren, verweilte dann vielleicht zu lange auf von Symbolisten frequentierten Nebenstraßen und erreichte schließlich und endlich einen kategorisch individuellen Stil und eine entsprechende Phraseologie. Unglücklicherweise mangelt es seinem *œuvre* gegenwärtig an einem wirklichen Gefühl für gesellschaftliche Relevanz.«

Er warf nach diesen Worten einen Blick zu Mona hinüber, vielleicht in der Hoffnung, eine frühere Freundin von Gypsy Jones würde die politischen Implikationen seiner Worte bemerken. Es gelang ihm jedoch nicht, ihre Aufmerksamkeit auf sich zu ziehen, und so wandte er sich fast sofort leichteren Themen zu, wobei er durch seine scharfsinnigen Bemerkungen über Restaurantpreise in Südfrankreich und eine unerwartete Vertrautheit mit dem *Barrio chino*-Viertel von Barcelona offensichtlich selbst Templer überraschte. Dennoch, ich merkte, wie Quiggin trotz seiner in dem Gespräch zur Schau gestellten Vielseitigkeit innerlich sauer wurde. Man konnte das hin und wieder von seinem Gesicht ablesen, besonders von den mit Abneigung erfüllten Blicken, die er in Striplings Richtung zu werfen begann. Er war wahrscheinlich zu der Meinung gelangt, daß Stripling, mochte er auch reich sein, es nicht wert sei, daß man freundschaftliche Beziehungen zu ihm pflegte.

Stripling seinerseits redete nicht viel; wenn er sprach, wandte er sich hauptsächlich an Jean. Es konnte vielleicht kaum überraschen, daß er nicht das geringste Interesse zeigte für Quiggins bewundernswert klare Darlegungen über die poetische Diktion der Neuen Schule, in der kommunistische Überzeugungen in unerwarteten Metren und Reimen zum Ausdruck kämen. Andererseits raffte sich Stripling manchmal zu einem Versuch auf, in den Strom astrologischen Geplappers einzubrechen, der zwischen Mrs. Erdleigh und Mona hin und her sprudelte. Seine Gedanken schienen unaufhörlich durch die mystischen Bereiche der Hellseherei zu wandern, eine Welt des Geistes, die für ihn ohne Zweifel Fleisch geworden war in Mrs. Erdleigh selbst. Obwohl dieser Anschein dauernder Geistesabwesenheit, zusammen mit seinem seltsamen, sprunghaften Gebaren, den Eindruck vermittelte, daß er vielleicht geistig nicht ganz normal sei, maß Templer Striplings Klatsch aus der Londoner Finanzwelt augenscheinlich mehr Bedeutung zu, als sein Vater das je getan hatte. Mr. Templer, so erinnerte ich mich, war immer sehr kurz angebunden gewesen mit seinem Schwiegersohn, wenn es um Finanzfragen ging.

Während der ganzen Zeit langweilte ich mich schrecklich und sehnte mich danach, wieder allein zu sein mit Jean; und doch, auf eine seltsame Weise fürchtete ich auch fast den Augenblick, wenn das eintreten würde – eines jener gemischten Gefühle, die so bezeichnend sind für eine heftige emotionale Erregung. Es liegt immer ein Element des Unwirklichen, vielleicht sogar des etwas Absurden über jemandem, den man liebt. Mir schien, sie säße in einer unbeholfenen, fast melodramatischen Haltung dort, halb Quiggin zugewandt, während sie mit langen, fein geformten Fingern ihr Brot zerbröckelte. Ich hatte den Eindruck, auf ein Bild von ihr zu sehen, fühlte jedoch, daß ich leicht die Kontrolle über meine Sinne verlieren und sie an Ort und Stelle in meine Arme nehmen könnte.

»Aber heutzutage kann man doch nicht mehr an so was wie Astrologie glauben«, sagte Quiggin. »Ja, abgesehen von anderen Überlegungen, gerade die astronomischen Entdeckungen selbst, die seit dem Altertum gemacht worden sind, haben doch widerlegt, was man einmal über die Sterne dachte.«

Wir waren ins Wohnzimmer zurückgekehrt. Es zeigte sich bereits, daß wir den Nachmittag im Haus würden verbringen müssen. Der bleierne, sonnenlose Himmel, von dem jetzt ein Graupelschauer auf den gefrorenen Schnee des Rasens prasselte, erzeugte in dem Haus eine zugleich düstere und unheimliche Atmosphäre – ein Klima, das von sich aus schon auf Schwarze Magie hindeutete. Das elektrische Licht mußte eingeschaltet werden, genauso als säßen wir in der Lounge des Ufford. Der beim Mittagessen getrunkene schwere Rotwein erweckte den Wunsch, sich lang auf dem Sofa auszustrecken oder sich zumindest weit zurückzulehnen und die Beine von sich zu strecken und zu gähnen. Eine Sekunde lang fühlte ich Jeans Hand – weich und erregend und sofort wieder zurückgezogen – neben der meinen auf dem Kissen. Quiggin schlich in den Ecken des Zimmers herum und tat so, als sehe er sich weiter die Bilder an. Sein Schweigen verbarg kaum die Ruhelosigkeit, die ihn überkommen hatte. Von Zeit zu Zeit schoß er eine mehr oder weniger spitze Bemerkung hervor. Er mußte inzwischen die Hintergründe seiner Stellung in dieser Gruppe kapiert haben. Aufgebracht über die Eroberung Monas durch Mrs. Erdleigh überlegte er wahrscheinlich, wie er am besten seiner Verärgerung offen Ausdruck verleihen könne.

»Oh, aber *ich glaube* daran«, sagte Mona, die Worte auseinanderziehend. »Ich meine, diese okkulten Dinge sind fast immer richtig. Sie sind es in meinem Fall, ich *weiß* es.«

»Ja, ja«, sagte Quiggin, diese Beteuerung mit einem nachsichtigen Grinsen als die bloße Laune eines hübschen Mädchens beiseite wischend, während er sich gleichzeitig direkter an Stripling wandte, gegen den ohne Zweifel auch sein erster Angriff gerichtet gewesen war, »aber *Sie* können doch nicht all das glauben – ein nüchterner Geschäftsmann wie Sie?«

»Das ist es ja gerade«, sagte Stripling, den höhnischen, unangenehmen Ton in Quiggins Stimme ignorierend, ja wahrscheinlich gar nicht wahrnehmend. »Es ist gerade die Tatsache, daß ich den ganzen Tag lang mit materiellen Dingen *beschäftigt* bin, die mich zu der Erkenntnis bringt, daß sie nicht das ganze Leben ausmachen.«

Ihm quollen jetzt die Augen aus dem Kopf, so daß ihm wahrscheinlich bewußt geworden war, daß Quiggin ihn absichtlich reizte. Er war es fraglos gewohnt, einem gewissen Maß an Opposition gegenüber seinen Auffassungen zu begegnen, doch wurde wahrscheinlich dieser Widerspruch gewöhnlich in einer weniger direkten und dialektischen Weise laut als diesmal. Quiggin lächelte weiterhin höhnisch.

»In mir finden Sie gewiß keinen Verfechter der Methoden der Londoner Finanzwelt«, sagte er. »Aber das, was Sie ›materielle Dinge‹ nennen, repräsentiert wenigstens die Wirklichkeit.«

»So gut wie gar nicht.«

»Ach, kommen Sie.«

»Geld ist eine Täuschung.«

»Nicht, wenn man keines hat.«

»Gerade dann wird man sich der Unwirklichkeit des Geldes am meisten bewußt.«

»Warum machen Sie sich dann nicht frei von dem Ihren?«

»Vielleicht tue ich das bald.«

»Lassen Sie mich wissen, wenn Sie sich dazu entschließen.«

»Sie müssen den Faden verstehen, der sich durch das Leben zieht«, sagte Stripling. Er sprach jetzt ziemlich wild und sah sonderbarer aus als je zuvor. »Es ist nicht wichtig, daß es Unreinheiten und Irrtümer in der Methode eines Menschen gibt, den rechten Weg zu suchen. Was zählt ist, *daß* er ihn sucht – und weiß, daß ein Weg gefunden werden kann.«

»Beginn – Widerstand – Gleichgewicht«, sagte Mrs. Erdleigh in ihrer sanftesten Simme, als wolle sie Stripling wohlverdiente moralische Unterstützung bieten. »Man muß das akzeptieren – These – Antithese – Synthese.«

»Das ist genau das, was ich meine«, sagte Stripling, als brächten ihm ihre Worte augenblicklich Erleichterung. »Brahma – Wischnu – Schiwa.«

»Es klang ganz hegelianisch, bis Sie die indischen Götter ins Spiel brachten«, sagte Quiggin ärgerlich.

Er hätte den Streit ohne Zweifel fortgesetzt, wenn nicht in diesem Moment von Jean ein neues Element eingeführt worden wäre – ein Gegenstand, der sofort den Mittelpunkt des Interesses bildete.

Sie war im Verlauf des Gesprächs aus dem Zimmer geschlüpft. Ich hatte mich gerade gefragt, ob auch ich mich still von den anderen entfernen und nach ihr sehen könne, als sie mit einem Ding in der Hand zurückkehrte, das auf den ersten Blick wie eine kleine hölzerne Palette für Ölfarben aussah. An diesem herzförmigen Brett waren zwei Rollen oder Räder angebracht, und in seinem hinteren Teil steckte ein Bleistift. Mir fiel die Begebenheit wieder ein, als Sunny Farebrother so viele von Striplings gestärkten Kragen in einer kleinen Vorrichtung ruiniert hatte, an deren Vertrieb er geschäftlich beteiligt war, und ich fragte mich, ob es sich bei diesem Ding um etwas Ähnliches handele. Aber Mrs. Erdleigh erkannte sofort die Bedeutung des Spielzeugs und lachte ein wenig mißbilligend.

»Eine Planchette?« sagte sie. »Wissen Sie, ich bin eigentlich dagegen. Ich glaube, die guten Einflüsse tun sich in der Regel nicht durch eine Planchette kund. Und die Dinge, die sie schreibt, verursachen manchmal soviel böses Blut.«

»Sie gehört eigentlich Baby«, sagte Jean. »Irgend jemand hatte ihr davon erzählt, und sie ließ sich von Sir Magnus Donners eine besorgen. Sie brachte sie einmal mit zu uns, als sie wegen irgendeines jungen Mannes deprimiert war. Wir hatten aber damals keinen Erfolg mit dem Ding. Sie vergaß, sie wieder mitzunehmen, und ich habe sie seitdem immer mit mir 'rumgeschleppt und ihr wiederzugeben versucht.«

Striplings Augen leuchteten auf und weiteten sich wieder.

»Sollen wir es tun?« fragte er mit einer leicht bebenden Stimme. »Ach ja, bitte.«

»Nun«, sagte Mrs. Erdleigh. Sie sprach freundlich – wie zu einem Kind, das ein Spiel vorgeschlagen hat, das unausweichlich mit dem Bruch von Porzellan verbunden ist. »Ich *weiß,* daß Kummer die Folge sein wird, wenn wir es tun.«

»Aber einmal«, bettelte Stripling. »Meinst du nicht, einmal, Myra? Es ist ein so miserables Wetter heute nachmittag.«

»Dann beschwer dich hinterher nicht, daß ich dich nicht gewarnt hätte.«

Obwohl ich oft von Planchetten gehört hatte, hatte ich

zufälligerweise noch nie ein solches Brett in Aktion gesehen; und ich war selbst neugierig herauszufinden, ob das, was es schrieb, wirklich so überraschende Enthüllungen vermittelte, wie sie manchmal von Leuten beschrieben werden, die häufig mit ihm zu spielen pflegen. Den beiden Templers war selbst der Name neu. Stripling erklärte, die Maschine würde auf ein Stück leeres Papier gestellt, auf das dann der Bleistift Wörter schriebe, wenn zwei oder drei Personen ihre Finger leicht auf das Holzbrett legten; Rollen und Bleistiftspitze würden sich dabei ohne eine bewußte Einwirkung bewegen. Stripling war offensichtlich entzückt, sich einmal dieser verbotenen Praxis hingeben zu dürfen, trotz Mrs. Erdleighs milden Widerspruchs. Ob ihre Mißbilligung wirklich tiefere Gründe hatte oder nur auf die Überzeugung zurückging, daß das Spiel gerade in dieser Gesellschaft unklug sei, ließ sich nicht mit Bestimmtheit sagen.

Quiggin war deutlich verärgert, sogar ziemlich beleidigt, über diesen Schritt hin zu einem wirklichen, konkreten Versuch, okkulte Kräfte zu beschwören.

»Ich dachte, solche Dinge wären seit dem Hof Napoleons III. vergessen«, sagte er. »Sie glauben doch nicht wirklich, daß sie etwas schreibt, oder?«

»Sie werden vielleicht erstaunt sein über das Wissen, das sie über Ihr eigenes Leben ausbreitet, alter Junge«, sagte Stripling; er versuchte, die Forschheit früherer Jahre zurückzugewinnen.

»Sicher – wenn jemand sie manipuliert.«

»Es ist kaum möglich, sie zu manipulieren, alter Junge. Versuchen Sie mal etwas zu schreiben, wenn nur Sie allein das Brett benutzen. Sie werden sehen, das ist verdammt schwer.«

Quiggin stieß ein ärgerliches Lachen hervor. Einige Bögen blauen Papiers mit roten Linien, wie es für die Buchführung benutzt wird, fanden sich in einer Schublade. Einer dieser großen Bögen wurde auf dem Tisch ausgebreitet. Das Experiment begann, mit Mona, Stripling und Mrs. Erdleigh als Ausführenden, von denen die letztere, nachdem sie einmal ihren Protest angemeldet hatte, kein Zeichen dafür erkennen ließ, daß es ihr unangenehm war, an dem Verfahren teilzunehmen, wenn es denn unbedingt stattfinden müsse. Templer stand der ganzen Sache offensichtlich völlig skeptisch gegenüber und ließ sich nicht einmal dazu bewegen, sie auch nur so ernst zu nehmen, daß er wenigstens mitmachte. Auch Quiggin lehnte es ab, sich zu beteiligen, zeigte aber ein fast fieberhaftes Interesse an den Vorgängen.

Natürlich war Quiggin hoch erfreut, als ein Versuch von mehreren Minuten nicht das geringste Ergebnis zeitigte. In verschieden zusammengesetzten Gruppen probierten dann die übrigen von uns, das Brett in Gang zu setzen. Alle diese Bemühungen waren erfolglos. Manchmal schoß der Bleistift heftig über das Papier und bedeckte Bogen auf Bogen – immer wieder wurden neue Blätter untergelegt – mit Strichen und Gekritzel. Meistens aber bewegte er sich gar nicht.

»Keiner von euch scheint viel zu erreichen«, sagte Templer.

»Vielleicht ist es Zeitverschwendung«, sagte Mrs. Erdleigh. »Die Planchette kann sehr launisch sein. Es gibt möglicherweise ein feindlich gesinntes Element in diesem Zimmer.«

»Das würde mich nicht im geringsten überraschen«, sagte Quiggin mit einer gewollt satirischen Betonung.

Er stand mit den Hacken auf dem Kaminvorsatz, die Hände in den Taschen – ein wenig in der Position, die Le Bas einzunehmen pflegte, wenn er uns darüber einen Vortrag hielt, daß wir vor dem Betreten des Hauses unsere Schuhe abstreifen müßten –, sehr zufrieden mit dem Verlauf, den die Dinge nahmen.

»Sie sind einfach abscheulich«, sagte Mona.

Sie schnitt ihm ein Gesicht, sicher ein Zeichen eines gewissen wiedererwachten Interesses.

»Ich meine, Sie sollten nicht an solche Dinge glauben«, sagte Quiggin mit einer näselnden Stimme.

»Ich *tue* es aber.«

Sie lächelte ermunternd. Wahrscheinlich kam sie zu der Überzeugung, daß sich das okkulte Phänomen, zumindest durch sein Nichterscheinen, als etwas ziemlich Langweiliges erwies und daß sie vielleicht mehr Spaß haben würde, wenn sie zu ihrem ursprünglichen Vorhaben zurückkehrte und Quiggins eigene Möglichkeiten erkundete. Wie dem auch sei, dieses Wortgeplänkel wurde unmittelbar von einer plötzlichen Entwicklung innerhalb der Gruppe gefolgt, deren Finger gerade auf dem Brett ruhten. Jean und Mona hatten mit Stripling als dem dritten Partner ihr Glück versucht. Jean stand nun vom Tisch auf und sagte, mir einen jener zugleich liebevollen und forschenden Blicke zuwerfend, die einen solchen Sturm in meinem Innern entfachten: »Probieren Sie es mal.«

Ich setzte mich auf den Stuhl und legte meine Finger leicht auf die Stelle, die die ihren eingenommen hatten. Als ich vorher mit Mrs. Erdleigh und Mona – die darauf bestand, an jeder Sitzung teilzunehmen – ein Trio gebildet hatte, war nichts Bemerkenswertes geschehen. Jetzt aber begann die Planchette fast augenblicklich eine langsame, regelmäßige Bewegung zu vollziehen.

Zuerst, als ich die Bewegung verspürte, dachte ich, Stripling müsse das Brett absichtlich manipulieren. Seine Augen hatten einen gläsernen Ausdruck angenommen und sein schlaffer, ziemlich brutaler Mund hing schwer nach unten. Dann kam das regelmäßige, rhythmische Auf und Ab plötzlich zum Stillstand. Als ob er mit uns allen ungeduldig sei, schoß der Bleistift über das Papier hinaus auf das polierte Holz des Tisches. Ein Satz war geschrieben worden. Von Striplings Platz aus gesehen, stand er auf dem Kopf. Ja, die einzige Person, die man mit einigem Recht hätte beschuldigen können, die Wörter geschrieben zu haben, war ich selbst.

Es war eine lange, schräge Schrift, dem Stil nach viktorianisch. Mrs. Erdleigh tat einen Schritt nach vorn und las laut:

»Karl ist verärgert.«

Daraufhin entstand eine große Erregung. Alle drängten sich um unsere Stühle herum.

»Sie müssen fragen, wer ›Karl‹ ist«, sagte Mrs. Erdleigh lächelnd.

Sie war die einzige, die ganz unberührt blieb von dieser plötzlichen Manifestation. Solche Dinge erstaunten sie nicht länger.

Quiggin dagegen kam schnell herum zu meiner Seite des Tisches. Er schien hin- und hergerissen zwischen dem Wunsch, mich zu beschuldigen, diese Worte zum Schabernack geschrieben zu haben, und seinem gleichzeitigen Widerwillen zuzugeben (was dann unter diesen Umständen offensichtlich notwendig gewesen wäre), daß eine solche Täuschung ganz außerordentliche manipulative Geschicklichkeit verlangt haben mußte. Am Ende sagte er nichts, sondern stand nur da und sah mich finster an.

»Spricht Karl?« fragte Stripling mit einer respektvollen, ja ehrerbietigen Stimme.

Wir legten unsere Hände wieder auf das Brett.

»Wer sonst?« schrieb die Planchette.

»Sollen wir fortfahren?«

»Antwortet er immer«, schrieb sie auf deutsch.

»Ist das deutsch?« fragte Stripling.

»Was heißt das, Pete?« rief Mona mit schriller Stimme.

Templer schien ein wenig überrascht.

»Heißt das nicht: ›Er antwortet immer‹?« sagte er. »Mein Deutsch ist reines Handelsdeutsch – nicht für die Kommunikation mit dem Jenseits gedacht.«

»Haben Sie eine Botschaft? Bitte schreiben Sie englisch, wenn es geht.«

Striplings Stimme bebte wieder leicht, als er das sagte.

»Nichts auf der Linken.«

Das war ausgesprochen rätselhaft.

»Meint er, wir sollen das Kaffeetablett wegnehmen?« Mona schrie fast. Sie war jetzt völlig erregt. »Er sagt nicht, wessen Linke. Vielleicht sollten wir den ganzen Tisch abräumen.«

Quiggin trat einen Schritt näher.

»Wer von euch produziert diesen Schwindel?« sagte er schroff. »Ich glaube, du bist das, Nick.«

Er grinste mühsam, aber ich konnte sehen, daß er äußerst aufgebracht war. Ich erklärte ihm, daß ich leider nicht die Gabe besitze, klare viktorianische Kalligraphie mit beträchtlicher Geschwindigkeit und dazu noch seitwärts und auch auf dem Kopf zu schreiben, besonders, wenn ich das Papier, auf dem geschrieben würde, nicht zu sehen vermöchte.

»Du mußt wissen, daß ›Nichts auf der Linken‹ ein Zitat ist«, insistierte Quiggin.

»Von wem ist es?«

»Du hast doch Geschichte studiert, oder?«

»Ich muß diesen Teil ausgelassen haben.«

»Von Robespierre natürlich«, sagte Quiggin mit großer Verachtung. »Er meinte das politisch. Nimmt denn niemand in diesem Land die Politik ernst?«

Ich verstand nicht, warum er so ärgerlich geworden war.

»Laßt uns weitermachen«, sagte Templer, der jetzt endlich einiges Interesse zu zeigen begann. »Vielleicht drückt er sich klarer aus, wenn wir ihn drängen.«

»Das ist *zu* aufregend«, sagte Mona und preßte die Hände zusammen. Wir unternahmen einen weiteren Versuch.

»Wollt die Weibergemeinschaft –«

Das war eine unbehagliche Bemerkung. Es war unmöglich vorauszusagen, was das Instrument als nächstes schreiben würde. Jeder von uns war jedoch viel zu gefesselt, um zu bemerken, ob der Kommentar irgendeinem der Anwesenden Verlegenheit bereitete.

»Also hör mal –«, begann Quiggin.

Ehe er den Satz vollenden konnte, rannte das Brett wieder los unter unseren Fingern.

»Die Gewalt ist der Geburtshelfer.«

»Ich hoffe nur, er erzählt uns jetzt nicht zuviel über die Hebammenkunst«, sagte Templer.

Quiggin wandte sich wieder an mich. Er war offensichtlich in großer Wut.

»Du mußt doch wissen, woher diese Sätze stammen«, sagte er. »So unwissend kannst du doch nicht sein.«

»Ich hab' keine Ahnung.«

»Du glaubst wohl, du seist komisch.«

»Das ist immer mein Ziel.«

»Marx natürlich, Marx«, sagte Quiggin gereizt; aber vielleicht war er jetzt schwankend geworden in seiner Überzeugung, daß ich verantwortlich sei für den Schwindel mit der Schrift. »*Das Kapital* ..... Das Kommunistische Manifest.«

»Es ist also Karl Marx, ja?« fragte Mona.

Der Name war ihr offenbar vage vertraut – ohne Zweifel von ihrer früheren Zeit her, als sie Gypsy Jones gekannt und sich vielleicht sogar an solchen Aktivitäten wie dem Verkauf von *Krieg Zahlt Sich Niemals Aus!* beteiligt hatte.

»Ihr macht euch ja lächerlich«, sagte Quiggin, Mona in diesen Tadel einschließend. Er sprach heftiger, als er das wahrscheinlich beabsichtigt hatte. »Es war ganz offensichtlich, daß einer von euch das Ding manipuliert hat. Ich gebe zu, ich kann im Augenblick nicht sagen, wer von euch es war. Ich vermute, es war Nick, denn er ist der einzige, der weiß, daß ich ein praktizierender Marxist bin – und er hat mich überredet herzukommen.«

»Ich wußte nichts dergleichen – und ich hab' dir schon gesagt, daß ich nicht auf dem Kopf schreiben kann.«

»Nun mal ruhig Blut«, sagte Templer. »Sie können doch einen Mitgast nicht beschuldigen, er betrüge bei der Planchette. Es sind schon um geringfügigere Dinge Duelle ausgetragen worden. Das wird sich zu einem zweiten Tranby-

Croft-Fall entwickeln, wenn wir unseren Ton nicht mäßigen.«

Quiggin machte eine Geste der Verzweiflung über eine so frivole, unernste Haltung.

»Ich kann einfach nicht glauben, daß niemand hier das Zitat ›Die Gewalt ist der Geburtshelfer jeder alten Gesellschaft, die mit einer neuen schwanger geht‹ kennt«, sagte er. »Als nächstes werdet ihr mir erzählen, ihr hättet noch nie die Worte ›Die Arbeiter haben kein Vaterland‹ gehört.«

»Ich glaube, Karl Marx hat schon vorher Kontakt aufgenommen«, sagte Stripling langsam und mit großer Feierlichkeit. »War das nicht ein revolutionärer Schriftsteller?«

»Richtig«, sagte Quiggin mit großer Ironie. »Er *war* ein revolutionärer Schriftsteller.«

»Laßt uns doch bitte weitermachen«, sagte Mona.

Diesmal waren die Worte in einer kleinen, pedantischen Handschrift geschrieben, ein wenig so wie die von Onkel Giles.

»Er ist krank.«

»Wer ist krank?«

»Das weißt du wohl.«

»Wo ist er?«

»In seinem Zimmer.«

»Wo ist sein Zimmer?«

»Das Haus der Bücher.«

Die Schrift wurde kleiner und kleiner. Ich hatte das Gefühl, an einer jener Szenen in *Alice im Wunderland* teilzunehmen, in denen die Charaktere ihre Größe verändern.

»Was mag er wohl jetzt meinen?« fragte Mona.

»Du hast eine Pflicht.«

Quiggins Stimme schien sich von der mit Verachtung gepaarten Verärgerung zu einer Art allgemeiner innerer Unruhe entwickelt zu haben.

»Könnte das Ding nicht vielleicht von St. John Clarke sprechen?« gab ich zu bedenken.

Quiggins Reaktion auf diese Bemerkung war unerwartet heftig. Seine bläßliche Haut wurde weiß, und statt mit seiner üblichen Schroffheit zu sprechen, sagte er mit einer ruhigen, besorgten Stimme: »Ich hab' mich auch schon genau das gleiche gefragt. Ich weiß nicht, ob es wirklich richtig war, ihn allein zu lassen. Hör'n Sie, kann ich mal die Wohnung anrufen – nur um sicherzugehen, daß alles in Ordnung ist?«

»Natürlich«, sagte Templer.

»Geht's hier entlang?«

Wir machten einen weiteren Versuch. Das Brett bewegte sich und hielt wieder an, ehe Quiggin die Tür erreicht hatte. Diesmal war das Ergebnis enttäuschend. Die Planchette hatte nur ein einziges Worg geschrieben; es war ein einsilbiges, unanständiges. Mona errötete.

»Das passiert manchmal«, sagte Mrs. Erdleigh ruhig.

Sie sprach, als sei es genauso alltäglich, solche Dinge auf blauem, liniertem Buchungspapier geschrieben zu sehen wie auf der Tür oder Wand in einer Gasse. Sie trennte diese Hälfte sauber von dem Bogen ab, zerriß sie in kleine Stücke und warf sie in den Papierkorb.

»Nur allzu oft«, sagte Stripling mit einem Seufzer.

Er hatte sich offenbar damit abgefunden, daß sein Vergnügen dieses Nachmittags nun zu Ende war. Mona kicherte.

»Wir wollen jetzt aufhören«, sagte Mrs. Erdleigh. Sie sprach mit der Stimme der Autorität. »Es hat wirklich keinen Sinn fortzufahren, wenn einmal ein schlechter Einfluß durchgedrungen ist.«

»Ich bin überrascht, daß er ein solches Wort kennt«, sagte Templer.

Wir saßen eine Zeitlang da und schwiegen. Quiggins Gang zum Telephon hatte die Wucht einer jener völlig unerwarteten Bekehrungen, bei denen ein notorischer Trunkenbold schwört, nie wieder Alkohol anzurühren, oder ein erklärter Pazifist in die Armee eintritt. Es war fast nicht zu glauben, daß die Planchette ihn dazu gebracht hatte, hastig das Zimmer zu verlassen, um sich nach St. John Clarkes Befinden zu erkundigen – selbst wenn man einräumte, welche Bedeutung der Romancier für seinen Lebensunterhalt besaß.

»Wir werden bald aufbrechen müssen, *mon cher*«, sagte Mrs. Erdleigh und zeigte Stripling das Zifferblatt ihrer Uhr.

»Bleibt doch zum Tee«, sagte Templer, »er wird jeden Augenblick gebracht.«

»Nein, wir müssen uns wirklich auf den Weg machen, Pete«, sagte Stripling, als sei er sich bewußt, daß er sich jetzt, nachdem man ihm mit der Planchette seinen Willen gelassen hatte, besonders gut betragen müsse. »Es war ein wundervoller Nachmittag. Ganz wie in den alten Zeiten. Ich wünschte, der gute Sunny wäre hiergewesen. Äußerst interessant zudem.«

Er hatte offensichtlich nicht erfaßt, warum Quiggin zum Telephon geeilt war, und hatte wohl auch nicht die geringste Ahnung, welche erstaunliche Wirkung die letzten paar Sätze der Planchette auf einen so professionellen Skeptiker gehabt hatten. Vielleicht hätte er sich gefreut zu sehen, daß Quiggin wenigstens zu einem genügend starken Glauben gelangt war, um durch diese rätselhaften Bemerkungen in den Zustand der Nervosität versetzt zu werden. Wahrscheinlicher aber war, daß es ihn nicht besonders interessiert hätte. Für Stripling war dies eine ganz normale Art und Weise, seine freie Zeit zu verbringen. Er wäre nie in der Lage gewesen, sich vorzustellen, wie weit solche Aktivitäten entfernt lagen von Quiggins täglichem Leben und seiner Methode, die Welt anzugehen. In Stripling hatte profunder Glaube die Stelle der – wie auch immer gearteten – zögernden Phantasie eingenommen, die er vielleicht einmal für sich beansprucht haben mochte.

Quiggin kam jetzt zurück. Er war sogar noch betroffener als zuvor.

»Ich fürchte, ich muß sofort nach Hause fahren«, sagte er mit einiger Erregung. »Wissen Sie, wann ein Zug geht? Und kann man mich zum Bahnhof bringen? Es ist wirklich sehr dringend.«

»Liegt er im Sterben?« fragte Mona mit schmerzvoller Stimme.

Sie war außer Atem vor Erregung über diese offenbare Bestätigung einer Botschaft von dem, was Mrs. Erdleigh ›die andere Seite‹ nannte. Sie nahm Quiggins Arm, als wolle sie ihn beruhigen. Er antwortete nicht sofort, offensichtlich unschlüssig darüber, was er uns eröffnen solle. Dann wandte er sich an mich.

»Mark war am Apparat«, sagte er durch die Zähne.

Für Quiggin war es natürlich eine ernsthafte Sache, entdecken zu müssen, daß Members innerhalb weniger Stunden nach seinem eigenen Weggang wieder in der Wohnung St. John Clarkes etabliert war.

»Und *geht* es St. John Clarke schlechter?«

»Ich konnte das nicht mit Sicherheit herausfinden«, sagte Quiggin in einem fast jämmerlichen Ton. »Aber ich glaube, es muß so sein, da Mark zurückkommen durfte. Ich vermute, St. J. wollte etwas schnell erledigt haben und sagte dem Dienstmädchen, sie solle Mark anrufen, da ich nicht da war. Ich muß sofort fahren.«

Er wandte sich an die Templers.

»Ich fürchte, in der nächsten Stunde geht kein Zug«, sagte Templer, »aber Jimmy ist auf dem Weg nach London, nicht wahr, Jimmy? Er wird Sie mitnehmen.«

»Natürlich, alter Junge, natürlich.«

»Natürlich kann er das. Sie können also mit dem guten alten Jimmy fahren und werden im Nu in London sein. Er fährt wie der Teufel.«

»Nicht mehr«, sagte Mrs. Erdleigh lächelnd. »Er fährt jetzt vorsichtig.«

Ich bin sicher, Stripling und Mrs. Erdleigh anvertraut zu werden, war das letzte, das sich Quiggin in diesem Moment wünschte. Aber er hatte keine Wahl, wenn er mit so wenig

Verzögerung wie möglich nach London kommen wollte. Es war ein seltsames Charakteristikum des Nachmittags gewesen, wie er und Mrs. Erdleigh jeden direkten Kontakt miteinander irgendwie vermieden. Ohne Zweifel hatten beide mit völliger Klarheit erkannt, daß der jeweils andere nichts zu bieten hatte – daß jeder Austausch von Energie eine Verschwendung von Zeit gewesen wäre.

In Quiggins Gedanken hatte jetzt die Frage von St. John Clarkes verschlechtertem Gesundheitszustand der unmittelbaren Bedrohung, die sich aus Members' – vielleicht auf Dauer angelegten – Wiedereintritt in den Haushalt des Romanciers ergab, eindeutig Platz machen müssen. Seine Furcht, daß die beiden Entwicklungen parallel verlaufen könnten, war, da bin ich sicher, nicht notwendigerweise auf völlig zynische Voraussetzungen gegründet. In einem geschwächten Zustand konnte St. John Clarke leicht die Dispensierung Members' als Sekretär zu bereuen beginnen. Kranke Menschen sind oft schwankend und unschlüssig. Quiggins Besorgnis war verständlich. Ohne Zweifel hielt er sich politisch und moralisch für einen geeigneteren Sekretär als Members. Es war deshalb nicht verwunderlich, daß er so rasch wie möglich zum Operationsgebiet zurückzukehren wünschte.

Quiggin erkannte sofort, daß er die beiden wohl zwangsläufig begleiten mußte, und nahm Striplings Angebot, ihn mitzunehmen, an. Er tat das nur widerwillig, bestand aber gleichzeitig darauf, daß es jetzt, da die Frage entschieden sei, keine Verzögerung mehr geben dürfe. Diese plötzliche Auflösung der Gesellschaft mißfiel Mona, die nun wahrscheinlich meinte, daß sie die Gelegenheit, Quiggin in ihrem Haus zu haben, ungenutzt hatte verstreichen lassen, genauso wie am Tage zuvor ihre Begegnung im Ritz. Jedenfalls schien sie überwältigt von einem vagen, quälenden Bedauern darüber, wie die Dinge sich entwickelt hatten, überwältigt von all den vernunftlosen Gefühlen der Bitterkeit und des Verdrusses, denen Frauen so sehr unterworfen sind. Eine Zeitlang bat sie die drei, doch zu bleiben, aber es half nichts.

»Sie müssen aber *versprechen,* mich anzurufen.«

Sie nahm Quiggins Hand. Er schien überrascht, vielleicht sogar bewegt durch die Wärme, mit der sie sprach. Er antwortete gefühlvoller, als das gewöhnlich seine Art war, daß er sich bestimmt mit ihr in Verbindung setzen würde.

»Ich lasse Sie wissen, wie es St. J. geht.«

»Ach ja, *bitte.*«

»Ganz bestimmt.«

»Vergessen Sie es nicht.«

In ihrer Reisekleidung entsprach Mrs. Erdleigh wieder meinem ersten Eindruck von ihr im Ufford: die Priesterin eines esoterischen Kultes. Umhüllt von Schals, Schleiern und Stolen, nahm sie meine Hand.

»Sind Sie *ihr* schon begegnet?« erkundigte sie sich mit leiser Stimme.

»Ja.«

»Genauso, wie ich es Ihnen gesagt habe?«

»Ja.«

Mrs. Erdleigh lächelte in sich hinein. Sie kletterten in das Auto; Quiggin saß hinten im Wagen, finster dreinblickend, ohne Hut, aber in einem ziemlich dicken Mantel. Stripling fuhr forsch an, daß der harsche Schnee in einem Schauer von den Rädern spritzte. Das Auto verschwand in den düsteren Schatten der Nadelhölzer.

Wir gingen zurück zum Wohnzimmer. Templer warf sich in einen Sessel.

»Was für eine Party«, sagte er. »Der arme alte Jimmy hat sich diesmal aber wirklich was eingefangen. Ich würde mich sehr wundern, wenn er diese Frau nicht heiraten müßte. Sie ist wie Rider Haggards *Sie*: ›Sie, der man gehorchen muß‹.«

»Ich meine, sie ist wundervoll«, sagte Mona.

»Das meint Jimmy auch«, sagte Templer. »Weißt du, sie sieht ein wenig aus wie Babs. Da ist etwas in der Art, wie sie sich hält.«

Auch ich hatte eine seltsame entfernte Ähnlichkeit zwischen Mrs. Erdleigh und seiner älteren Schwester bemerkt. Mona aber widersprach heftig, und sie begannen sich zu streiten.

»Es war schon merkwürdig, wie all das Zeug über Marx herauskam«, sagte Templer. »Ich vermute, es schwirrte in dem Kopf des guten Quiggin herum und wurde irgendwie freigesetzt.«

»Natürlich, du kannst nie etwas glauben, was du nicht ganz einfach erklären kannst«, sagte Mona.

»Warum sollte ich«, sagte Templer.

Dem Tee folgten die Drinks. Monas Stimmung verschlechterte sich. Ich fühlte mich jetzt ausgesprochen müde. Jean hatte eine Arbeit hervorgeholt und nähte. Templer gähnte in seinem Sessel. Ich fragte mich, warum er und seine Frau nicht besser miteinander auskamen. Es war seltsam, daß er offensichtlich so vielen Frauen gefiel, ihr jedoch nicht.

»Es war ein ziemlich ermüdender Nachmittag«, sagte er.

»Mir hat es gefallen«, sagte Mona. »Es war mal etwas anderes.«

»Das stimmt.«

Sie begannen wieder, über die Planchette zu sprechen, und das führte zwangsläufig zu einem Streit. Mona stand auf.

»Laßt uns heute abend ausgehen.«

»Wohin?«

»Wir könnten im ›Skindles‹ zu Abend essen.«

»Das haben wir genau eintausendsiebenundzwanzigmal getan. Ich hab' mitgezählt.«

»Dann im ›Pik-As‹.«

»Du weißt, wie ich über das ›Pik-As‹ denke, nach dem, was mir da passiert ist.«

»Aber ich mag es.«

»Und überhaupt, wäre es nicht netter, heute abend hier zu essen? Außer natürlich, Nick und Jean wollten unbedingt was unternehmen.«

Ich legte keinen besonderen Wert darauf, zum Abendessen auszugehen; Jean wollte sich nicht festlegen. Die Templers fuhren fort in ihrem Streit. Plötzlich brach Mona in Tränen aus.

»Du willst *nie* etwas, das *ich* will«, sagte sie. »Wenn ich nicht ausgehen kann, werde ich ins Bett gehen. Man kann mir etwas auf einem Tablett nach oben schicken. Ich hab' mich sowieso den ganzen Tag nicht wohl gefühlt.«

Sie wandte sich von ihm ab und rannte fast aus dem Zimmer.

»O Teufel«, sagte Templer. »Ich glaube, ich muß das wieder in Ordnung bringen. Nehmt euch noch etwas zu trinken, wenn ihr noch was braucht.«

Er folgte seiner Frau. Jean und ich waren allein. Sie gab mir ihre Hand und lächelte, widersetzte sich aber einer engeren Umarmung.

»Heute abend?«

»Nein.«

»Warum nicht?«

»Heute ist es schlecht.«

»Ich verstehe.«

»Es tut mir leid.«

»Wann?«

»Jederzeit.«

»Wirst du zu mir in die Wohnung kommen?«

»Natürlich.«

»Wann?«

»Ich hab's dir gesagt. Wann immer du willst.«

»Dienstag?«

»Nein, nicht Dienstag.«

»Mittwoch dann?«

»Für Mittwoch kann ich's auch nicht einrichten.«

»Aber du sagtest, jederzeit.«

»Jederzeit, außer Dienstag oder Mittwoch.«

Ich versuchte, mich zu erinnern, welche Pläne ich bereits gemacht hatte und welche geändert werden könnten. Für Donnerstag hatte ich schon ein Knäuel von Verabredungen, die ich kaum kurzfristig verschieben konnte, ohne daß unendliche Schwierigkeiten entstehen würden. Wir mußten jetzt schnell zu einer Vereinbarung kommen, denn Templer konnte jeden Moment ins Zimmer zurückkehren.

»Freitag?«

Sie schien unschlüssig. Ich dachte, sie würde auf Donnerstag bestehen. Vielleicht spielte sie auch mit dem Gedanken, das zu tun. Ein gewisses Maß an Launenhaftigkeit entspricht schließlich der weiblichen Natur – befriedigt vielleicht ein gewisses physiologisches Bedürfnis beider Geschlechter. Einer Frau, die dich liebt, gefällt es, dich von Zeit zu Zeit zu quälen, wenn nicht wirklich zu verletzen. Falls es Jeans erste Absicht gewesen war, weitere Schwierigkeiten zu machen, so gab sie diesen Plan wieder auf, sagte aber gleichwohl nichts. Sie schien kein Gefühl für die Dringlichkeit zu besitzen, rasch eine Übereinkunft treffen zu müssen – so daß wir nicht die Verbindung miteinander verlören und auf das verzögernde Briefeschreiben zurückgeworfen würden. Ich durchlitt eine heftige Erregung. Dieses Gespräch gab mir einfach keinen Raum, meine Gefühle auszudrücken. Vielleicht erschien es ihr ebenso unwirklich. Falls es sich so verhielt, zeigte sie sich nicht geneigt – war sie vielleicht nicht fähig –, den Druck zu mildern. Frauen genießen wahrscheinlich solche Augenblicke, deren Intensität und Unsicherheit ihnen ohne Zweifel ein erhöhtes Bewußtsein ihrer Macht vermitteln. Trotz der offensichtlichen Kälte in Jeans Verhalten standen Tränen in ihren Augen. Als seien wir bereits zu einer definitiven und unklugen Übereinkunft gekommen, änderte sie plötzlich ihre Methode.

»Du mußt diskret sein«, sagte sie.

»Gut.«

»Aber wirklich diskret.«

»Ich verspreche es.«

»Wirst du es sein?«

»Ja.«

Während wir redeten, waren wir einander auf eine Weise nahe gekommen, die ein praktisches Gespräch schwierig machte. Ich war müde und ziemlich ärgerlich und sehr verliebt in sie – am Rande eines jener Ausbrüche der Gereiztheit, die so leicht durch die Liebe entfacht werden.

»Ich komme am Freitag zu dir in deine Wohnung«, sagte sie abrupt.

4

An einem der ersten Tage des Frühlings, das Licht einer blassen Sonne flimmerte hinter dem Dunst über dem Piccadilly, wurde in dem oberen Stockwerk einer der Galerien dieser Straße die Isbister-Gedenkausstellung eröffnet. Ich besuchte die Vernissage teils aus geschäftlichen Gründen, teils aus einer gewissen Schwäche für schlechte Bilder, besonders schlechte Portraits. Ein solcher Geschmack ist schwer zu rechtfertigen. Vielleicht ist diese Neigung nichts anderes als die morbide Neugier zu sehen, wieviel der Maler von sich selbst verrät. Bilder können, abgesehen von ihrem ästhetischen Interesse, die geheimnisvolle Faszination jener rätselhaften Kritzeleien auf Wänden ausüben, jenes Ausdrucks von Gott weiß welchem psychologischen Drang auf seiten des Ausführenden; die Faszination der auf ewig anonymen Zeichnung Widmerpools zum Beispiel im *cabinet* von La Génadière.

In Isbisters Werk lag etwas von diesem inneren Wahnsinn. Die bewußte Naivität, mit der er seine Industriellen, Kirchenmänner und Bürgermeister, von ihm dargestellt mit der ganzen Grobheit seines üblichen Farbauftrags, stets akzeptierte, vermittelte eine seltsam unheimliche Wirkung. Es wäre vielleicht genauer, zu sagen, daß Isbister immer daranging, das zu malen, was er für die jeweils gerade moderne Auffassung von solchen Leuten hielt. So pflegte er in seiner frühen Periode einen General oder den Vorstandsvorsitzenden eines großen Konzerns mit den für sie passenden Attributen des romantischen Erfolgs der Viktorianischen Zeit darzustellen – den ersteren als Helden des Schlachtfeldes, den letzteren als einen von jung an Strebenden, dessen trefflicher Ehrgeiz sich erfüllt hat. Als aber militärische Autorität und industrielle Leistung mehr und mehr politischer und ökonomischer Verunglimpfung ausgesetzt wurden, führte Isbister, mit den Zeiten Schritt haltend, ein gewisses Maß von – seinem Urteil nach – satirischem Kommentar ein. Die Betonung lag nun auf dem roten Gesicht und den Orden des Generals oder dem gewaltigen Schreibtisch und der Zigarre des Industriellen. Die Bilder deuteten jetzt an, daß die Dinge nicht allzu gut stehen könnten, wenn solche Leute das Sagen hätten. Vom finanziellen Standpunkt aus gesehen, hatte Isbister wahrscheinlich recht, solche Veränderungen vorzunehmen, denn die Zahl derer, die sich von ihm malen ließen, schien keineswegs abzunehmen. Vielleicht hatten auch diese Personen das zwanghafte Bedürfnis, in einer zeitgenössischen Ausdrucksform dargestellt zu werden, selbst wenn diese geschmacklos war. Das diente als so etwas wie eine Versicherung gegen die Angriffe von Leuten wie Quiggin: als eine Art öffentliche Entschuldigung und Buße. Das Resultat war ohne Zweifel sonderbar. Ja, ich ertappte mich oft dabei, daß ich, selbst wenn etwas in der Nähe hing, das weit mehr Beachtung verdiente, verstohlene Blicke auf einen Isbister warf, der durch seine aggressive Gestaltung die anderen Bilder um ihn herum beherrschte.

Wenn sich die Dinge wie geplant entwickelt hätten, hätte *Die Kunst Horace Isbisters* jetzt auf dem Tisch nahe der Tür, an dem eine junge Frau mit spitzer Nase und schwarzem, als Ponyfrisur geschnittenem Haar die Aufsicht führte, zum Verkauf ausgelegen. Wie die Dinge aber lagen, war es zweifelhaft, ob der Band überhaupt je erscheinen würde. Der erste Besucher, den ich in der Galerie sah, war Sir Gavin Walpole-Wilson, der in der Mitte des Raumes stand, den Bildern keine Beachtung schenkte, aber die Menge über den Rand seiner gewaltigen Hornbrille beobachtete, die er weit auf seiner Nase nach vorn geschoben hatte. Sein Mantel aus grobem Stoff hing offen herab, vollgestopft mit langen Umschlägen und Zeitschriften, die aus den Taschen herausragten. Er schien nicht älter geworden, vielleicht aber eine Spur verrückter. Wir hatten uns seit den Tagen, als ich vor

Debütantinnenbällen bei den Walpole-Wilsons zu Abend zu essen pflegte, nicht mehr gesehen – eine Zeit, die jetzt unendlich fern lag. Sehr zu meinem Erstaunen schien er mich sofort wiederzuerkennen, obwohl es unwahrscheinlich war, daß er sich noch an meinen Namen erinnerte. Ich erkundigte mich nach Eleanor.

»Sie verbringt jetzt all ihre Zeit auf dem Lande«, sagte Sir Gavin. »Wie Sie sich vielleicht erinnern, war Eleanor nie richtig glücklich, wenn sie nicht in Hinton lebte.«

Ein trauriger Ton lag in seiner Stimme. Ich wußte, er gestand mir seine und seiner Frau Niederlage ein. Seine Tochter hatte den langen Konflikt mit ihren Eltern gewonnen. Ich fragte mich, ob Eleanor ihr Haar noch immer in einem hinten am Kopf zusammengesteckten Knoten trug und Hunde mit Signalen aus einer Pfeife abrichtete. Es war unwahrscheinlich, daß sie sich sehr geändert hatte.

»Ich nehme an, sie findet dort eine Menge zu tun«, brachte ich vor.

»Ihre Zucht füllt sie ganz aus«, sagte Sir Gavin.

Es lag fast Widerwille in seiner Stimme. Da er jedoch bemerkte, daß ich nicht sicher war, was diese Erklärung von Eleanors gegenwärtigen Lebensumständen genau bedeutete, fügte er barsch hinzu:

»Labradorhunde.«

»Wie Sultan?«

»Nach Sultans Tod fing sie an, sie zu züchten. Und dann ist sie häufig mit ihrer Freundin Norah Tolland zusammen.«

Mit beiderseitigem Einverständnis ließen wir das Thema Eleanor fallen. Er nahm meinen Arm und führte mich quer durch die Galerie, bis wir vor dem Dreiviertelportrait eines Mannes mit grauem Schnurrbart und in der Uniform des diplomatischen Korps standen, dem Sir Gavin, wenn man der Wahrheit die Ehre geben wollte, ziemlich ähnlich sah.

»Ist das nicht schrecklich?«

»Fürchterlich.«

»Es ist Saltonstall«, sagte Sir Gavin; seine Stimme deutete an, daß eine gerechte Vergeltung ihren Lauf genommen hatte. »Saltonstall, der immer so tat, als sei er *ein Mann von Geschmack.*«

»Isbister hat ihn gemalt, als sei er eher ein Weihnachtsbaum von Geschmack.«

»Wissen Sie, das Portrait meines Schwiegervaters ist eine ganz andere Sache«, sagte Sir Gavin, als sei er unfähig, seine Augen von dem Bild seines früheren Kollegen abzuwenden. »Da besteht überhaupt keine Parallele. Es ist wahr, mein Schwiegervater hat sich von Isbister malen lassen. Isbister war das, was er mochte. Er besaß eine große Sammlung ausgesprochen schlechter Bilder, die wir nach seinem Tod nur schwer veräußern konnten. Er kaufte sie einzig und allein, weil er die Themen liebte. Er verstand etwas von Reederei und Finanzierungen – nicht von der Malerei. Aber er tat nie so, als sei er ein Mann von Geschmack. Weit davon entfernt.«

»Deacons *Kyros als Knabe* in der Eingangshalle am Eaton Square ist aus dieser Sammlung, nicht wahr?«

Ich mußte einfach dieses Bild erwähnen, das mir einst so viel bedeutet hatte; und die Toten zu nennen ist immer auch eine Art Tribut an sie – ein Tribut, den, wie ich meinte, Mr. Deacon verdiente.

»Ich glaube schon«, sagte Sir Gavin. »Es entspricht seinem Stil. Doch Saltonstall dagegen, mit seinem *vers de societé* und seinem ganzen Gerede von Foujita und Pruna und Gott weiß was noch – aber wenn es dann um sein eigenes Portrait geht, muß es Isbister sein. Lassen Sie uns mal sehen, wie sie meinen Schwiegervater aufgehängt haben.«

Wir gingen weiter zum Portrait Lord Aberavons, das, entfernt von seinem üblichen Platz im Eßzimmer auf Hinton Hoo, jetzt von dem Königlichen Rat Sir Horrocks Rusby und Kardinal Whelan flankiert wurde. Lady Walpole-Wilsons Vater war in der Peersrobe dargestellt, die er über der Uniform des Vertreters des Königlichen Regierungsbeauftragten für eine Grafschaft trug: verschiedene Scharlachtöne kontrastierten mit einem karmesinroten Samtvorhang – ein Farbexperiment, das man wohl kaum als gelungen betrachten konnte. Durch die Verandatür hinter Lord Aberavon erstreckte sich eine weite Landschaft – möglicherweise das Tal von Glamorgan –, in der mit den Farbwerten ebenfalls etwas ernstlich schiefgelaufen war. Selbst Isbister mußte sich, als er noch lebte, dieser Fehlerhaftigkeiten bewußt gewesen sein.

Ich warf einen Blick auf den Kardinal daneben – betrachtenswert als das einzige Bild, das ich je Widmerpool spontan hatte loben hören. Auch hier waren die Rottöne mit ziemlicher Grausamkeit behandelt worden. Sir Gavin schüttelte den Kopf und ging weiter, um sich zwei von Isbisters Genrebildern anzusehen: ›Geistlicher, einen Apfel essend‹ und ›Die alten Humoristen‹. Ich stand jetzt neben Clapham, einem Direktor des Verlags, der St. John Clarkes Bücher veröffentlichte. Er sprach gerade mit Smethyck, einem hohen Angestellten eines Museums, den ich von der Universität her flüchtig kannte.

»Wann kommt euer Buch über Isbister heraus?« fragte Clapham sofort. »Ihr habt es doch schon vor einiger Zeit angekündigt. Dies wäre der richtige Augenblick gewesen – mit der Einleitung von St. John Clarke.«

Clapham sagte das in einem vorwurfsvollen Ton. Seine Stimme deutete den Verdruß an, den alle Verleger empfinden, wenn einer ihrer Autoren sie, wie geringfügig auch immer, mit einem Kollegen hintergeht.

»Ich hab' St. John Clarke neulich besucht«, fuhr Clapham fort. »Es hat mich gefreut zu sehen, daß er gute Fortschritte macht nach seiner Krankheit. Er las gerade einen der jungen kommunistischen Dichter. Wir hatten ein interessantes Gespräch.«

»Liest denn jetzt noch jemand St. John Clarke?« fragte Smethyck ohne besonderes Interesse.

Wie viele Menschen seines Berufes war Smethyck ziemlich stolz auf sein Äußeres, das er gerade in der dunklen, spiegelähnlichen Oberfläche Sir Horrocks Rusbys, der aus irgendeinem unerfindlichen Grunde unter Glas steckte, sorgfältig geprüft hatte. Clapham geriet sofort in hellen Zorn über einen solchen Hochmut.

»Natürlich wird St. John Clarke gelesen«, sagte er bissig, »wenn vielleicht auch nicht in Ihren über-intellektuellen Kreisen, wo alles, was normale Menschen verstehen, verspottet wird.«

»Ich persönlich habe überhaupt keine Meinung zu St. John Clarke«, sagte Smethyck, ohne sich umzuwenden. »Ich habe noch nie etwas von ihm gelesen. Ich wollte nur wissen, ob seine Bücher gekauft werden.«

Er fuhr fort, den Schnitt seines Anzugs in dem zufälligen Spiegel zu prüfen, und entschied schließlich, daß sein Haar an einer Seite glattgestrichen werden müsse.

»Ich gebe Ihnen beiden gegenüber gerne zu«, sagte Clapham, einen oder zwei Schritte näher kommend und mit ziemlich belegter Stimme sprechend, »daß mir am Schluß von *Felder von Amaranten* Tränen in den Augen standen.«

Smethyck gab darauf keine Antwort, und auch mir fiel keine passende Erwiderung ein.

»Das war vor einigen Jahren«, sagte Clapham.

Diese Erläuterung ließ offen, ob St. John Clarke noch immer die Kraft besaß, solche starken Emotionen in einem Verleger zu erregen, oder ob Clapham seine Gefühle inzwischen besser zu beherrschen vermochte.

»Ach, da ist Sillery«, sagte Smethyck, den das Thema St. John Clarke stark zu langweilen schien. »Ich hörte, er sollte auch von Isbister gemalt werden, wenn dieser wieder gesund geworden wäre. Laß uns zu ihm gehen und mit ihm reden.«

Wir verließen Clapham, der noch immer etwas über die Höhe von St. John Clarkes Verkaufszahlen und die Feinheit seines frühen Stils murmelte. Ich hatte Sillery seit Mrs.

Andriadis' Party drei oder vier Jahre zuvor nicht mehr gesehen, aber zufälligerweise gehört, daß er kürzlich aus Amerika zurückgekehrt sei, wo er eine Gastprofessur innegehabt hatte oder auf einer Vortragsreise gewesen war. Sein weißes Haar und sein dunkler Nietzsche-Schnurrbart waren unverändert, aber seine Kleidung schien älter als je zuvor. Er trug einen entrollten Schirm in der einen Hand und in der anderen einen großen schwarzen, sehr schmierigen Homburg. Er grinste breit, als er uns erblickte.

»Hallo, Sillers«, sagte Smethyck, der einer von Sillerys Lieblingen unter den Studenten gewesen war, die seinen *salon* bildeten. »Ich wußte gar nicht, daß Sie an Kunst interessiert sind.«

»Nicht an Kunst interessiert?« sagte Sillery, den diese Anschuldigung sichtlich amüsierte. »Welch eine Vorstellung! Dennoch, ich bin zufälligerweise aus halbamtlichen Gründen hier, sozusagen. Ich nehme an, Sie auch, Michael. Es geht nämlich die Sage, dat dat College ein Gemälde von mein ollen Kopp ham will. Kann mir nich vorstellen, warum die son Ding habn wolln, aber so isset numa. 'türlich, Isbister kannet ja getz nich mehr machen, denn der hat ja den Löffel wekkeschmissen, aber ich dachte, ich komm einfach ma her und kuck mich ma an, wat man so erwartet.«

»Und was meinen Sie, Sillers?«

»Ist vielleicht ganz gut, daß er verstorben ist«, kicherte Sillery, plötzlich seine Schauspielerei aufgebend. »Jedenfalls meine ich immer, daß ein Künstler eine ziemliche Peinlichkeit ist für sein eigenes Werk. Aber was für Sachen aus den neunziger Jahren ich doch jetzt sage. Das muß davon kommen, daß ich mit so vielen Amerikanern gesprochen habe.«

»Aber Sie können sich doch nicht von jemandem malen lassen wollen, der auch nur entfernt wie Isbister arbeitet«, sagte Smethyck. »Sie können doch sicher einen Maler kriegen, der ein wenig moderner ist. Wie wäre es mit diesem Barnby zum Beispiel?«

»Oh, aber was die Kunst angeht, sind wir sehr konservativ an unseren älteren Universitäten«, sagte Sillery und grinste voller Entzücken. »Ich selbst würde ja auch nicht gerade Isbister wollen, obwohl ich neulich abends hörte, wie der Rektor ihn mit Antonio Moro verglich. Aber der Rektor versteht wohl nicht viel von den darstellenden Künsten, fürchte ich. *Ich* will doch auch gar nicht, daß das elende Bild gemalt wird. Warum sollten sich Angehörige des College meine alte Visage ankucken wollen, möchte ich gerne wissen?«

Wir bestätigten ihm beide, daß sein Portrait bestimmt von jedem an der Universität begrüßt würde.

»Bei Brightman bin ich mir da nicht sicher«, sagte Sillery und zeigte für eine Sekunde seine Zähne. »Bei Brightman bin ich mir da überhaupt nicht sicher. Ich glaube nicht, daß Brightman ein Bild von mir haben möchte. Aber was haben Sie so gemacht, Nicholas? Weitere Bücher geschrieben, nehme ich an. Es tut mir leid, aber ich habe das erste noch nicht gelesen. Sind Sie jetzt noch manchmal mit Charles Stringham zusammen?«

»Seit einer Ewigkeit nicht.«

»Schade, das mit der Scheidung«, sagte Sillery. »Ihr jungen Männer müßt ja unbedingt heiraten. Es ist oft ein Fehler. Ich höre, er trinkt jetzt ein ganz klein bißchen zuviel. Es war auch ein Fehler, von Donners-Brebner wegzugehen.«

»Ich nehme an, Sie haben gehört, daß J. G. Quiggin Mark Members' Stelle bei St. John Clarke übernommen hat?«

»Das ist umwerfend, nicht wahr?« stimmte Sillery mir zu. »So etwas passiert halt immer, wenn zwei clevere Jungs aus demselben Ort kommen. Sie müssen einfach miteinander konkurrieren. Den armen Mark scheint das ganz schön aus der Fassung gebracht zu haben. Ich kann mir nicht vorstellen, warum. Schließlich gibt es noch viele andere glänzende Preise zu erringen für Männer mit starkem Herzen und scharfem Schwert, wie Lord Birkenhead so schön gesagt hat.

Übrigens werde ich Quiggin heute nachmittag treffen – eine kleine politische Sache – Quiggin führt in letzter Zeit ein sehr bewegtes Leben, scheint es.«

Sillery lachte glucksend. Offensichtlich gab es ein Geheimnis, das er nicht enthüllen wollte. Seiner eigenen Auffassung nach hatte er inzwischen das Gespräch sowieso schon lange genug geführt.

»Ich sah Sie mit Gavin Walpole-Wilson sprechen«, sagte er. »Ich selbst müßte auch mit ihm reden, über die anhaltenden Feindseligkeiten zwischen Bolivien und Paraguay. Die ziehen sich schon zu lange hin. Ich möchte deswegen mit seiner Schwester Kontakt aufnehmen. Eine ihrer Organisationen soll da mal was tun. Es wird Zeit, daß liberal gesinnte Leute eingreifen. Man kann nicht zulassen, daß sie sich so gegenseitig die Hälse abschneiden. Aber ich muß mich beeilen, sonst komm' ich noch zu spät zu Quiggin.«

Er schlurfte davon. Smethyck lächelte zu mir hin und schüttelte den Kopf; gleichzeitig deutete er an, daß er für den Nachmittag genug gesehen habe.

Ich schlenderte weiter durch die Galerie. In dem Katalog war mir ein Bild mit dem Titel ›Die Gräfin Ardglass mit treuem Mädchen‹ aufgefallen, und als ich vor ihm ankam, betrachtete Lady Ardglass selbst gerade das Portrait. Sie stützte sich auf den Arm eines der adretten grauhaarigen Männer, die sie im Ritz begleitet hatten – oder vielleicht handelte es sich hier um ein anderes Exemplar dieser Kategorie: so den anderen gleich, daß er nicht zu unterscheiden war. Isbister hatte sie in einem offenen Hemd und in Reithosen gemalt, neben ihrer Stute stehend, einen Arm durch die Zügel gesteckt. Viel Aufmerksamkeit war dem Hochglanz ihrer braunen Stiefel geschenkt worden.

»Schade, daß Jumbo nie das Geld dafür aufbringen konnte«, sagte Bijou gerade. »Warum machst du kein Angebot, Jack, und schenkst es mir zu meinem Geburtstag? Du kriegst es wahrscheinlich spottbillig.«

»Ich bin zu sehr pleite«, sagte der grauhaarige Mann.

»Das sagst du immer. Wenn du mir das Auto geschenkt hättest, das du mir versprochen hast, hätte ich wenigstens die neun Shilling gespart, die ich heute morgen schon für Taxis ausgegeben habe.«

Jean sprach nie von ihrem Mann, und ich kannte auch nicht die Einzelheiten der Episode mit Lady Ardglass, die sie schließlich auseinandergebracht hatte. Gleichwohl kam mir jetzt, wo ich Bijou sah, unwillkürlich der Gedanke, daß sie und ich durch das, was geschehen war, irgendwie miteinander verbunden wurden. Ich fragte mich dann, was Duport wohl mit mir gemeinsam haben mochte, das ihn und mich durch Jean verknüpfte. Männer, die enge Freunde sind, mögen gewöhnlich unterschiedliche Frauentypen; vielleicht vollzogen sich auch gegenteilige Prozesse, und die Tatsache, daß er mir so unsympathisch erschienen war, als wir uns Jahre zuvor kennengelernt hatten, mußte auf ein tiefliegendes Gefühl der Rivalität zurückgeführt werden. Ich würde Jean an diesem Nachmittag sehen. Sie hatte sich für etwa eine Woche die Wohnung einer Freundin ausgeliehen, um sich nach etwas umzusehen, wo sie für länger wohnen könne. Das hatte die Dinge leichter gemacht. Emotionale Krisen fördern immer das dringende Bedürfnis nach äußerer Handlung, so daß die Zeiten, in denen wir am meisten hoffen, von den praktischen Problemen des Lebens frei zu sein, stets jene sind, in denen die Notwendigkeit, uns mit der konkreten Welt auseinanderzusetzen, größer denn je ist.

Wegen familiärer Angelegenheiten, die damit zu tun hatten, daß sie eine Kinderfrau für ihre Tochter suchte, würde Jean erst am späten Nachmittag zu Hause sein. Ich vergeudete noch einige Zeit in der Isbister-Ausstellung, ehe ich durch den Hyde Park zu dem Haus spazierte, in dem sie wohnte. Ich hatte erwartet, Quiggin in der Galerie zu treffen, aber Sillerys Bemerkungen deuteten an, daß er dort nicht erscheinen würde. Bei unserer letzten Begegnung, kurz nach dem Wochenende bei den Templers, hatte es sich gezeigt, daß Quiggin, trotz Members' zeitweiligem Wiederauftauchen an St. John Clarkes Krankenbett, in seiner neuen Stellung weiterhin fest etabliert war. Es schien ihm nun kaum noch bewußt zu sein, daß es je eine Zeit gegeben hatte, in der er nicht als der Sekretär des Romanciers fungiert hatte. Er sprach jetzt über die Schwächen seines Arbeitgebers mit einer müden, doch nachsichtigen Vertrautheit, als habe er den Posten schon seit Jahren inne. Er hatte bei dieser Gelegenheit meine Frage über seine Fahrt nach London mit Mrs. Erdleigh und Jimmy Stripling rasch beiseite gewischt.

»Was für ein Paar«, war sein Kommentar gewesen.

Ich hatte zugeben müssen, daß sie in der Tat außergewöhnlich seien. Quiggin war dann mit seinem Bericht über St. John Clarke und dessen Gesundheitszustand und Verschrobenheiten fortgefahren. Der neue Sekretär stellte die letzteren in einem entschieden anderen Licht dar, als Members das getan hatte. Jede Handlung St. John Clarkes wurde nun in marxistischer Terminologie beschrieben, als habe eine politische Circe den Romancier über Nacht in ein völlig linksgerichtetes Wesen verwandelt. Ohne Zweifel hielt Quiggin es wegen des weitverbreiteten Klatsches über St. John Clarkes Wechsel seines Sekretärs für notwendig, seine neue Situation mit Entschlossenheit zu handhaben; denn in Kreisen, in denen Members und Quiggin verkehrten, war ein nicht enden wollender Streit darüber ausgetragen worden, wer von ihnen sich ›schlecht benommen‹ habe.

Da ich es vom Standpunkt meiner Firma aus für das beste hielt, sozusagen diplomatische Beziehungen mit der neuen Regierung aufzunehmen, hatte ich ihn gefragt, ob für uns irgendeine Hoffnung bestünde, die Isbister-Einleitung in der nahen Zukunft zu bekommen. Quiggins Antwort war eine bestätigende Geste mit seinen Händen gewesen. Ich hatte dieselbe Bewegung zuvor schon bei Members gesehen; vielleicht hatten beide sie von St. John Clarke abgeguckt.

»Das war genau das, was ich mit dir besprechen wollte, als ich ins Ritz kam«, hatte Quiggin gesagt. »Aber du wolltest ja unbedingt mit deinen reichen Freunden ausgehen.«

»Du mußt zugeben, ich habe dafür gesorgt, daß du mit meinen reichen Freunden, wie du sie nennst, bei der ersten Gelegenheit – innerhalb vierundzwanzig Stunden, genauer gesagt – zusammensein konntest.«

Quiggin lächelte und neigte den Kopf, als pflichte er meiner Behauptung bei, daß eine gewisse Wiedergutmachung doch wohl geleistet worden sei.

»Wie ich dir schon zu erklären versuchte«, sagte er, »haben sich die Ansichten St. J.s in letzter Zeit beträchtlich geändert. Ja, er hat sich völlig zu meiner eigenen Auffassung bekehrt – daß die gegenwärtige Situation nicht mehr lang so fortbestehen kann. *Wir werden es nicht dulden*. Alle denkenden Menschen stimmen darin überein. St. J. *will* die Einleitung schreiben, wenn sich sein Gesundheitszustand ein wenig gebessert hat – und er Zeit von seinen politischen Interessen erübrigen kann – aber er ist entschlossen, das Isbister-Vorwort von einem marxistischen Standpunkt aus zu schreiben.«

»Da hättest du dich doch um Informationen aus erster Hand bemühen sollen, als Marx über die Planchette Kontakt mit uns aufnahm.«

Quiggin runzelte die Stirn über diese Frivolität.

»Was für ein Blödsinn das war«, sagte er. »Ich nehme an, Mark und seine Psychoanalytiker-Freunde würden das mit einer ihrer Abhandlungen über das Unterbewußte erklären. Vielleicht hätten sie in dieser besonderen Hinsicht sogar recht. Ohne Zweifel würden sie noch 'ne Menge irrelevantes Zeug über den Surrealismus hinzufügen. Aber um auf Isbisters Bilder zurückzukommen, ich glaube, sie wären kein schlechter Gegenstand, wenn man sie mit dieser besonderen Methode anginge.«

»Allein schon über das Portrait von Peter Templers Vater könnte man eine lange marxistische Predigt halten.«

»Das könnte man in der Tat«, sagte Quiggin, der sich nicht ganz sicher zu sein schien, ob der vorliegende Gegenstand mit der nötigen Ernsthaftigkeit behandelt wurde. »Aber was für eine charmante Person doch Mrs. Templer ist. Sie hat sich sehr verändert seit ihrer Zeit als Modell oder Mannequin, oder was immer sie war. Schade nur, daß sie jetzt nie mehr mit irgendwelchen intelligenten Leuten zusammenzusein scheint. Ich kann mir nicht vorstellen, wie sie diesen Börsenmakler-Ehemann erträgt. Wie reich ist er?«

»Er hat ganz schön was eingebüßt in der Wirtschaftskrise.«

»Wie kommen sie miteinander aus?«

»Gut, soweit ich weiß.«

»St. J. sagt immer, ›es gibt nichts Traurigeres als eine glückliche Ehe‹.«

»Ist das der Grund, warum er sie nicht selbst riskiert?«

»Ich möchte meinen, Mona wird mit jemandem durchbrennen«, sagte Quiggin in einem entschiedenen Ton.

Ich hielt diese Bemerkung für unverschämt; andererseits gab es aber sicher keinen Grund, warum Quiggin und Templer einander mögen sollten. Vielleicht hatte Quiggin den richtigen Instinkt, dachte ich, so ungern ich ihm auch offen zugestimmt hätte. Es konnte nicht bezweifelt werden, daß die Ehe der Templers nicht glücklich war. Gleichwohl hatte ich nicht die geringste Absicht, mit Quiggin über die beiden zu sprechen. Ihm die Vorzüge Templers darzulegen, wäre mir sowieso sinnlos erschienen. Quiggin hätte sie nicht zu würdigen gewußt, selbst wenn man sie ihm zur Kenntnis gebracht hätte; obschon er, wenn es ihm gepaßt hätte, jederzeit bereit gewesen wäre, seine Meinung über Templer oder auch sonst jemanden völlig zu ändern.

Inzwischen war ich sehr skeptisch geworden, ob ich die Isbister-Einleitung, sei sie nun marxistischer oder irgendeiner anderen Art, überhaupt je zu Gesicht bekommen würde. Für sich betrachtet, erschien mir Quiggins letzter Hinweis dazu nicht besonders überraschend. Wenn man in Betracht zog, daß St. John Clarke inzwischen den Sprung in den ›Modernismus‹ vollzogen hatte, war dieses Vorhaben wohl nicht ungewöhnlicher, als Isbisters Bilder vom psychoanalytischen, surrealistischen, katholischen, gesellschaftlichen oder von sonst einem besonderen Standpunkt aus anzugehen. Ja, die Anwendung solcher dogmatischen Methoden war damals sehr in Mode und hatte die stark persönlich gefärbten kritischen Höhenflüge einer früheren Generation, die in einigen Kreisen noch weiter fortgeführt wurden, sowie die streng technische Kritik der ästhetischen Puritaner, die seit dem Krieg das Feld beherrscht hatten, inzwischen abgelöst.

Das Vorwort würde jetzt ohne Zweifel davon sprechen, daß sich Isbister über die von ihm gemalten Reichen und Honoratioren ›eins ins Fäustchen gelacht‹ habe; und das, obwohl Members, der einmal zusammen mit St. John Clarke anläßlich eines Empfangs Isbisters Studio in St. John's Wood besucht hatte, behauptete, daß nichts die Servilität des Malers gegenüber seinen reicheren Kunden hätte übertreffen können. Members war in solchen Dingen nicht immer verläßlich, aber ohne Zweifel stimmte es, daß Isbisters Portraits in der Regel versuchten, seinen Klienten zu schmeicheln, und sich gleichzeitig bemühten, kritische Kommentare zu liefern, die leicht vom Publikum verstanden werden konnten. Vielleicht war es dieser innere Widerstreit, der seinen Bildern jene besondere Faszination gab, von der ich schon sprach. Wie dem auch sei, was meine Firma anging, so konnte das Ziel nur sein, die Einleitung zu bekommen und das Buch zu veröffentlichen.

»Was macht Mark jetzt eigentlich?« fragte ich.

Quiggin schien erstaunt über diese Frage; so als ob jeder inzwischen wissen müßte, daß es Members sehr gut ginge.

»Er ist bei Boggis & Stone – du weißt, die waren einmal die *Vox Populi Press*. Wir haben ihm den Posten besorgt.«

»Wer ist ›wir‹?«

»St. J. und ich. St. J. hat das zum größten Teil über Howard Craggs arrangiert. Wie du weißt, war Craggs mal der geschäftsführende Direktor der *Vox Populi.*«

»Aber ich dachte immer, Mark interessiere sich nicht besonders für Politik. Sind nicht alle Bücher bei Boggis & Stone über Lenin und Trotzki und Litwinow und die Oktoberrevolution und so was alles?«

Quiggin stimmte mir, mit einem Anflug gezwungener Belustigung, zu.

»Nun, haben sich nicht die meisten von uns schon viel zu lange irgendwelchen Illusionen hingegeben?« sagte er in einem Ton, als wende er sich an mein besseres Ich. »Wird es nicht Zeit, daß Mark – und auch andere – langsam Notiz davon nehmen, was in der Welt vor sich geht?«

»Kann er von dem leben, was er bei Boggis & Stone verdient?«

»Zusammen mit seinem Journalismus kommt er zurecht. Es stimmt, ein so kleiner Verlag kann kein allzu großzügiges Gehalt zahlen. Er kriegt auch noch einen gewissen Betrag von St. J. dafür, daß er einmal im Monat kommt und ihm die Bücher ordnet.«

So wie er das sagte, konnte ich mir nicht vorstellen, daß Quiggin über diese letzte Vereinbarung sehr begeistert war.

»Offen gesagt«, fuhr er fort, »habe ich St. J. überredet, dafür zu sorgen, daß Mark eine gewisse Basis in einer politisch bewußter lebenden Welt bekäme. Das ist es, wo unser aller Zukunft liegt.«

»Ist auch Gypsy Jones von der *Vox Populi* zu Boggis & Stone übergewechselt?«

Quiggin lachte, diesmal wirklich belustigt.

»O nein«, sagte er. »Ich hatte ganz vergessen, daß du sie kennst. Sie hat die *Vox Populi* lange vor der Fusion verlassen. Sie hat jetzt was Besseres zu tun.«

Er machte eine Pause und benetzte seine Lippen; dann fügte er ziemlich geheimnisvoll hinzu:

»Es heißt, daß Gypsy in der Partei sehr geschätzt ist.«

Diese Bemerkung sagte mir damals nicht viel. Ich fand es auch interessanter zu sehen, wie umsichtig Quiggin seine Pläne geschmiedet haben mußte, wenn er Members eine Stelle besorgt hatte, noch bevor dieser aus seinem Job geworfen worden war. Ohne Zweifel, das zeigte Vorausplanung.

»Schreibst du an einem neuen Buch?« fragte Quiggin.

»Ich versuche es zumindest, und du?«

»Ich fand dein erstes gut«, sagte Quiggin.

Trotz dieser maßvollen Anerkennung klang in seinen Worten die Warnung mit, daß man die Dinge, was Bücher anging, nicht zu weit treiben dürfe.

»Ich persönlich bin nicht allzu wild darauf, schnell ein Buch zu veröffentlichen«, sagte er. »Ich sammle noch immer Material für meinen Dokumentarbericht, *Nicht-abgebrochene Brücken.*«

Ich traf Members – und hörte seine Version der Geschichte – erst sehr viel später wieder, genauer gesagt, an dem Nachmittag der Isbister-Gedenkausstellung. Ich begegnete ihm auf meinem Weg durch den Hyde Park in der Nähe der Statue des Achilles (zufälligerweise fast an der Stelle, wo ich an dem Tag, an dem wir dann zusammen das Albert Memorial besuchten, Barbara Goring und Eleanor Walpole-Wilson getroffen hatte).

Die Temperatur draußen war wieder zurückgegangen. Über dem Park lag eine nasse Kälte, und eine Art Meeresdunst hing wie ein Schleier um die Bäume. Members sah ärmlicher aus, als man das bei ihm gewohnt war: ärmlich und besorgt. Während unserer Studentenzeit war er ein hochgewachsener, geschmeidiger, gestikulierender Jüngling mit Sommersprossen und runden, glänzenden Augen gewesen, der, geistesabwesend und allein wie Matthew Arnolds Zigeuner-Scholar, durch die Gassen und Sträßchen der Universitätsstadt hastete oder mit Bekannten, die er nur wegen ihrer seltsamen Ähnlichkeit mit sich selbst ausgewählt zu haben schien, die Schaufenster der Stadt entlangbummelte. Jetzt hatte er sich zu einem wortkargen, abgemagerten, sehr zielstrebigen jungen Mann mit klarem Profil und frostigen Manieren entwickelt. Sein Name wurde nun mehr und mehr bekannt. Ja, die Kritik hatte durchweg so anerkennend von seinem letzten Gedichtband gesprochen – jenem, den, mal stärker, mal schwächer, eine Unterströmung psychoanalytischer Phraseologie durchzog –, daß selbst Quiggin (gewöhnlich so sparsam mit Lob wie Onkel Giles) während einer seiner aufgeschlosseneren Augenblicke auf einer Sherry-Party so weit gegangen war, öffentlich zuzugeben:

»Mark hat es geschafft.«

Als St. John Clarkes Sekretär hatte Members sich als kompetent erwiesen, jederzeit mit den profansten Problemen fertig zu werden. Den bierseligen Beteuerungen eines heruntergekommenen Kumpels des Romanciers aus der Vergangenheit zum Beispiel der sich unerwartet auf der Türschwelle – oder genauer gesagt, auf dem Treppenabsatz des Mietshauses, in dem St. John Clarke lebte – eingefunden hatte, um sich »der alten Zeiten« wegen einen ›Fünfziger‹ zu leihen, konnte Members ein rasches Ende bereiten. Ein solcher Kumpan aus früheren lustigen Tagen hätte wahrscheinlich, wenn er, bei entsprechender Hartnäckigkeit, zu dem Romancier selbst vorgedrungen wäre, Glück gehabt und den ›halben Taler‹, wie St. John Clarke diese Summe immer nannte, auch bekommen. Mit Members als Prellbock dagegen sah er sich sehr schnell wieder zum Lift geleitet und, beim Hinunterfahren, gezwungen, sich für den gegenwärtigen Augenblick und die Zukunft zu überlegen, gegen welche anderen Opfer er seine finanziellen Attacken wohl richten könne.

In einem anderen Fall lag das anstehende Problem vielleicht in dem Verhalten irgendeiner großen Dame, die zwar davon Kenntnis hatte, daß St. John Clarke eine Person von einer gewissen begrenzten Bedeutung war, aber gleichwohl die eigentlichen Gründe für seine Berühmtheit nicht kannte. Wiederum verstand es Members dann, die verfahrene Situation in Ordnung zu bringen. Lady Huntercombe muß sich an ihrer eigenen Tafel eines solchen gesellschaftlichen Mißklangs schuldig gemacht haben (ehe es einen Sekretär gab, der solche Dinge durch ein nachträgliches Wort wieder einzurenken verstand), denn Members zitierte gern ein *mot* seines Herrn, demzufolge das Dinner bei den Huntercombes »nur zwei dramatische Aspekte besessen hat – der Wein war eine Farce und die Speisen ein Tragödie«.

Eigentlich war die Trennung von einem Sekretär, der seine oft schwierigen Aufgaben so wirkungsvoll erledigte, ein voreiliger Schritt seitens eines Mannes, der gern schmerzlos durch die Klippen und Untiefen des gesellschaftlichen Lebens gesteuert wird. Ja, als ich später auf diese Entlassung zurückblickte, erschien sie mir fast wie ein Markstein in der allgemeinen Auflösung der Gesellschaft in ihrer traditionellen Form. Es war ein Akt individueller Torheit St. John Clarkes, ein Stück Leichtfertigkeit, das sehr gut die Mischung aus Selbstsicherheit und *ennui* illustriert, die zu der Zeit so viel zur Entwicklung der geistigen Verfassung von Leuten wie St. John Clarke beitrug. Natürlich erkannte ich damals nicht die tieferen Bedeutungen dieser Handlung. Das Duell zwischen Members und Quiggin erschien mir nur als ein Konflikt, den zu beobachten unterhaltsam war, und nicht als ein Zeichen des Zerfalls gesellschaftlicher Grundlagen.

An diesem naßkalten Nachmittag im Park hatte Members seine übliche Frostigkeit teilweise abgelegt. Er schien froh zu sein, mit jemandem – gleichgültig, wer es auch sei – über seine kürzliche Entlassung reden zu können. Seinen stark taillierten Mantel näher an sich ziehend und seine scharfen braunen Knopfaugen verengend, kam er sofort auf dieses Thema zu sprechen. Die Trennung von St. John Clarke und die Verbindung mit der Firma Boggis & Stone hatten seine frühere Ähnlichkeit mit einer raffiniert konstruierten Marionette oder Stoffpuppe irgendwie wiederaufleben lassen.

»Das Verhältnis zwischen St. J. und mir war schon einige Monate lang ein wenig gespannt gewesen«, sagte er. »Wegen einer absolut trivialen Sache – ich war mit einem Mädchen zum Abendessen ausgegangen. Dummerweise hatte ich St. J. erzählt, ich ginge zu einem Vortrag über die Kleine Entente. Zufällig führte Howard Craggs – mit dem ich jetzt zusammenarbeite – den Sprecher des Abends ein, und so dauerte es natürlich keine vierundzwanzig Stunden, bis er St. J. gegenüber erwähnte, daß ich bei dem Vortrag nicht zugegen war. Es war zwar peinlich, aber ich glaubte nicht, daß St. J. mir das wirklich übelnehme.«

»Aber warum wolltest du überhaupt etwas über die Kleine Entente hören?«

»St. J. hatte angefangen, sich stark für ›die europäische Situation‹, wie er das nannte, zu interessieren«, sagte Members, mein Erstaunen als fast unverschämt beiseite wischend. »Ich hab' immer gerne seine Marotten unterstützt.«

»Aber ich dachte, seine große Sache sei der Elfenbeinturm?«

»Natürlich habe ich später herausgefunden, daß Quiggin ihn auf ›die europäische Situation‹ gebracht hatte«, gab Members widerwillig zu. »Aber schließlich hat ein Künstler ja gewisse Verantwortlichkeiten. Ich nehme an, auch du bist ein Befürworter des Völkerbundes, mein lieber Nicholas.«

Er lächelte während dieser letzten Sätze, doch klangen sie, als wolle er mir einen leichten, doch wohlverdienten Tadel erteilen. Dabei nahm seine Stimme unwillkürlich Quiggins nasale Intonation an und machte so die Erklärung ganz überflüssig, daß es sich hier um eine Ansicht Quiggins handelte. Wahrscheinlich waren auch die Worte genau die von Quiggin.

»Aber es war doch gerade die Politik, die du bei Quiggin immer getadelt hast.«

»Vielleicht hatte Quiggin in dieser Beziehung recht, wenn

auch in keiner anderen«, sagte Members und stieß sein blechernes, bitteres Lachen aus.

»Und dann?«

»Es zeigte sich, daß sich St. J. *doch* ziemlich verletzt fühlte.«

Members hielt für einen Augenblick inne, so als wisse er nicht, wie er am besten mit der Erklärung der Situation fortfahren solle. Er schüttelte einige Male den Kopf in seiner Manier des alten, geistesabwesenden Zigeuner-Scholaren. Dann begann er gleichsam an einer neuen Stelle in seiner Geschichte.

»Wie du wahrscheinlich weißt«, fuhr er fort, »kann ich, ohne zu prahlen behaupten, daß ich eine Menge getan habe, um St. J.'s Einstellung gegenüber intellektuellen Dingen zu verändern und – warum sollte ich das nicht sagen – zu verbessern. Weißt du, als ich zuerst zu ihm kam, dachte er, Matisse sei eine *plage* – nein, im Ernst.«

Er unternahm nicht den geringsten Versuch, seine Gesichtszüge zu entspannen, und stimmte auch nicht in meine hörbare Belustigung ein über eine solche Lage. Statt dessen setzte er seinen Bericht über St. John Clarkes Unzulänglichkeiten fort.

»Diese vielzitierte Bemerkung von ihm, ›Gorki ist ein russischer d'Annunzio‹ – er hat sie von mir. Ich sagte einmal zufällig beim Tee, daß meiner Meinung nach d'Annunzios Karriere, wenn er in Nischni-Nowgorod geboren worden wäre, einen ganz ähnlichen Verlauf wie die von Gorki genommen hätte. Das einzige, was St. J. tat, war, die Worte umzukehren und als seine eigenen zu gebrauchen.«

»Aber du siehst ihn doch noch hin und wieder?«

Members warf sein bemerkenswertes Profil zur Seite wie ein edelblütiges, aber verärgertes Pferd.

»Ja – und nein«, gab er zu. »Es ist ziemlich peinlich. Ich weiß nicht, wieviel Quiggin dir erzählt hat, und ob er die Wahrheit gesagt hat.«

»Er sagte, du kämest gelegentlich zu ihnen, um nach den Büchern zu sehen.«

»Nur sehr selten. Irgendwie muß ich ja meinen Lebensunterhalt verdienen. Außerdem hänge ich an St. J. – selbst jetzt noch, nachdem er sich so verhalten hat. Ich brauch' dir nicht zu sagen, daß er sich nicht gerne von seinem Geld trennt. Ich krieg' für meine Arbeit an den Büchern kaum genug, um damit meine Busfahrten bezahlen zu können. Es ist auch ziemlich unangenehm, dauernd diesem *âme de boue* aus dem Wege zu gehen, wenn ich die Wohnung besuche. Er lungert gewöhnlich irgendwo herum und bespitzelt jeden, der über die Türschwelle tritt.«

»Und wie steht es mit St. John Clarkes Bekehrung zum Marxismus?«

»Als ich St. J. zuerst dazu überredete, die Welt mit zeitgenössischen Augen zu sehen«, sagte Members langsam und mit dem Ton eines Menschen, der entschlossen ist, sich bei seiner Geschichte nicht von jemandem treiben zu lassen, dessen Interesse daran allein von vulgärer Neugier bewegt wird, »als ich ihn zuerst dazu überredete, ergriff ich die früheste Gelegenheit, ihm Quiggin vorzustellen. Schließlich hielt ich Quiggin für meinen Freund; und was immer man über sein Verhalten als Freund denken mag – er hat, oder hatte, ein gewisses Talent.«

Members wartete auf meine Zustimmung, ehe er fortfuhr – so als verleihe der Gedanke, von einem talentlosen Quiggin verdrängt worden zu sein, seiner eigenen Stellung zusätzlichen Schrecken. Ich pflichtete ihm bei, daß Quiggins Talent nur allzu augenfällig sei.

»Von Anfang an fürchtete ich, daß die Sache wegen St. J.s Überempfindlichkeit gegenüber dem Äußeren von Leuten schief gehen könnte. Zum Beispiel bestand ich darauf, daß Quiggin ein sauberes Hemd anziehen müsse, wenn er St. J. besuchen würde. Ich sagte ihm, er müsse sich um seine Fingernägel kümmern, und gab ihm sogar dafür ein Manikürstäbchen.«

»Und die Vorbereitungen waren erfolgreich?«

»Sie trafen sich einige Male. Quiggin wurde sogar in die Wohnung eingeladen. Sie verstanden sich besser, als ich erwartet hatte. Das gebe ich zu. Dennoch, ich hatte nie das Gefühl, daß die Begegnungen wirklich *erfreulich* waren. Ich bedauerte das, denn ich dachte, Quiggins Ideen wären nützlich für St. J. Ich stimme nicht immer mit Quiggins Haltung gegenüber solchen Dingen wie zum Beispiel den Künsten überein, aber er ist sehr lebhaft an den Tendenzen der Gegenwart interessiert. Wie dem auch sei, ich entschloß mich schließlich, Quiggin zu sagen, ich fürchte, daß St. J. nicht besonders begeistert von ihm sei.«

»Hat Quiggin das hingenommen?«

»In der Tat«, sagte Members, wieder mit einem bitteren Ton in der Stimme. »Er nahm es ohne den geringsten Einwand hin. Allein das hätte mir schon eine Warnung sein müssen. Ich weiß jetzt, daß sie sich, bald nachdem ich sie einander vorgestellt hatte, während meiner Abwesenheit zu sehen begannen.«

Members hielt an dieser Stelle inne. Vielleicht fühlte er, daß es fast ans Absurde grenzte, mit seiner Anklage so weit zu gehen.

»Natürlich, es gibt keinen besonderen Grund, warum sie sich nicht hätten treffen sollen«, räumte er ein. »Es war nur seltsam und ziemlich unfreundlich, daß keiner von ihnen diese Begegnungen mir gegenüber erwähnte. St. J. trifft immer gerne neue Menschen. ›Nicht geschlossene Freundschaften sind wie ungemachte Betten‹, hat er oft gesagt, ›man sollte sich früh am Morgen um sie kümmern‹«.

Members zog den Atem tief ein, so daß es fast wie ein Seufzer klang. Es entstand eine Pause.

»Aber ich dachte, er wäre Menschen gegenüber so empfindlich?«

»Nicht, wenn er einmal zu der Auffassung gelangt ist, sie würden erfolgreich sein.«

»Und das glaubt er von Quiggin?«

Members nickte.

»Dann fiel mir auf, daß St. J. damit begann, alles als ›bourgeois‹ zu bezeichnen«, sagte er. »Einen Hut zu tragen war ›bourgeois‹, Pudding mit der Gabel zu essen war ›bourgeois‹, das Ritz war ›bourgeois‹, Lady Huntercombe war ›bourgeois‹ – er meinte natürlich ›bourgeoise‹, aber Französisch ist nicht eine von St. J.'s starken Seiten. Dann sagte er eines Morgens beim Frühstück, Cézanne sei ›bourgeois‹. Zuerst dachte ich, er meine, daß nur von Angehörigen der Mittelklasse ein zu großer Wert auf solche Dinge gelegt würde – daß der wahre Aristokrat es sich leisten könne, sie zu ignorieren. Es war eines von St. J.'s Lieblingsthemen, daß die ›natürlichen Aristokraten‹ die einzig wahren seien. Er selbst hielt sich für einen ›natürlichen Aristokraten‹. Er meinte gleichwohl, daß ein ›natürlicher Aristokrat‹ einen Anspruch darauf habe, mit Aristokraten im landläufigen Sinne zu verkehren, und hatte neuerdings mehr und mehr von seiner Zeit in sehr vornehmen Kreisen verbracht – ja alle fast zu hassen begonnen, die nicht zur eleganten Welt gehören oder wenigstens sehr reich sind. Ich erinnere mich zum Beispiel, wie er einmal den – nun, ich sag' dir nicht, wen, aber er ist ein Schriftsteller, dessen Romane sehr stark gekauft werden, und du errätst wahrscheinlich seinen Namen – wie er also diese Person beschrieben hat als ›die Sorte von Menschen, die etwa soviel von *placement* versteht, daß sie beim Hineinführen zum Dinner der Frau des jüngeren Sohnes eines Marquis den Vortritt geben würde vor der Tochter eines Earl, die mit einem Nichtadeligen verheiratet ist‹. Er beschäftigte sich viel mit solchen Dingen. Das war auch der Grund, warum ich zuerst Angst hatte, ihm Quiggin vorzustellen. Und dann – als wir über Cézanne zu sprechen begannen – stellte sich heraus, daß er das Wort ›bourgeois‹ die ganze Zeit über im marxistischen Sinne gebraucht hatte. Ich wußte gar nicht, daß er überhaupt je von Marx gehört hatte, und noch viel weniger, daß er sogar mit dessen Theorien vertraut war.«

»Ich meine, ich erinnere mich an einen Artikel, in dem er sich selbst als ›einen Liberalen im Sinne Gladstones‹, oder besser: als einen Liberalen von der altmodischsten Sorte bezeichnete.«

»Richtig, richtig«, sagte Members fast leidenschaftlich. »Übrigens habe *ich* den Artikel für ihn geschrieben. Du hättest es nicht besser ausdrücken können. *Ein Liberaler von der altmodischsten Sorte:* örtliches Entscheidungsrecht über den Verkauf von Alkohol – Verhältniswahlrecht – Trennung von Staat und Kirche in Wales – der ganze alte Krempel. Soweit etwa war er gekommen. Aber jetzt ist alles ›bourgeois‹ – vor allem der Liberalismus selbst, nehme ich stark an. Übrigens war die Politik das einzige Gebiet, auf dem er sich liberal zeigte.«

»Und es begann, nachdem er Quiggin kennengelernt hatte?«

»Ich bemerkte den Wandel erstmals, als er mich dazu überredete, mich an der – wie er das nannte – ›kollektiven Aktion seitens der Schriftsteller und Künstler‹ zu beteiligen – zu Protestversammlungen gegen die Mandschurei und so weiter zu gehen. Ich stimmte vor allem einfach deshalb zu, weil ich ihn bei Laune halten wollte. Es war übrigens ganz richtig, daß ich hinging, denn das führte indirekt zu einem neuen Job, als er mich fallenließ. Weißt du, was St. J. wirklich haben will, ist ein Sohn. Er möchte Vater sein, aber nicht verheiratet.«

»Ich dachte, jeder versuche immer, gerade das zu vermeiden.«

»Im Freudschen Sinne«, sagte Members ungeduldig. »Seine Wesensart verlangt nach einem Vater-Sohn-Verhältnis. Unglücklicherweise wird dann alles ein wenig zu lebensnah, und man steht einer Art künstlich konstruierter Ödipus-Situation gegenüber.«

»Kannst du ihn nicht vom Marxismus zur Psychoanalyse zurückbekehren?«

Members sah mich starr an.

»St. J. hat über das Unterbewußte immer die Nase gerümpft«, sagte er.

Wir wollten uns gerade trennen und unseres jeweiligen Weges gehen, als ein Lärm auf der Straße, die innerhalb des Parkgitters verläuft, meine Aufmerksamkeit erregte: ein harsches, heiseres, doch gleichzeitig schrilles, Beschwerde ausdrückendes Geräusch. Es waren menschliche Stimmen, die Proteste herausschrien. Als ich mich umwandte, sah ich durch den Dunst, der den Park mehr und mehr einhüllte, eine Menschenkolonne durch den Bogen in den Park einbiegen. Sie stapfte hinter einem berittenen Polizisten her, der in einem Abstand von etwa zwanzig Metern den Zug anführte. Offensichtlich war irgendeine politische ›Demonstration‹ auf ihrem Weg zur Nordseite des Parks, wo solche Versammlungen oft abgehalten wurden. Von Zeit zu Zeit stießen diese Menschen einen kehligen Ruf aus, oder es brüllte eine Einzelstimme aus der Kolonne irgendeine Ermahnung in die Luft. Jetzt erklang wieder ein schriller Schrei, ähnlich dem, der zuerst meine Aufmerksamkeit erregt hatte. Wir gingen auf die Straße zu, um besser sehen zu können.

Die erste Reihe wurde von zwei Männern in Sportmützen gebildet, der eine mit Bart, der andere mit einer dunklen Brille; sie trugen ein Spruchband zwischen sich, das den Anlaß und den Ort der Versammlung verkündete. Diesen folgte etwa ein halbes Dutzend bekannter Persönlichkeiten, die in fast verbissenem Ungleichschritt daherstampften, so als verurteilten sie selbst dieses unbedeutende Element des Militarismus. Dennoch ging etwas vage Offizielles von ihnen aus. Ich meinte, unter ihnen das Gesicht und die Gestalt eines weiblichen Mitglieds des Unterhauses zu erkennen, von dem gelegentlich Photos in den Zeitungen erschienen. Neben dieser Frau zottelte Sillery dahin. Er hatte seinen schwarzen Filzhut vom frühen Nachmittag gegen eine Sportmütze vertauscht, ähnlich der, die einer der Träger des

Spruchbandes aufhatte. Sein Schnauzbart und dicke Strähnen seines weißen Haares wehten wild in dem Wind. Hin und wieder ergriff er den Arm eines düster dreinblickenden Mannes neben ihm, der beim Gehen ein Bein nachzog. Er grinste die ganze Zeit vor sich hin und schien großes Vergnügen an seiner Rolle in dem Zug zu finden.

In der größeren Gruppe, die einige Meter hinter diesen bedeutenderen Personen dahertrottete, erkannte ich zwei Männer, die früher häufig Mr. Deacons Antiquitätenladen besucht hatten; ja, von einem der beiden hieß es, er habe Mr. Deacon auf einer seiner Ferienreisen nach Cornwall begleitet. Mir kam sofort der Gedanke, daß vielleicht auch Gypsy Jones, Mr. Deacons andere Gefährtin, an diesem Marsch teilnähme, aber ich konnte sie nirgendwo ausmachen. Wahrscheinlich gehörte sie, wie Quiggin angedeutet hatte, in ihrer eigenen Hierarchie inzwischen einem höheren Rang an als dem, der durch diese heterogene Ansammlung von Menschen repräsentiert wurde – offensichtlich fast alle ›Intellektuelle‹ der einen oder anderen Sorte.

Doch sosehr es mich interessierte, Sillery in solchen Umständen zu sehen, es gab einen weit bemerkenswerteren Aspekt des Zuges, der einen Augenblick später meine Aufmerksamkeit fesselte. Members muß diesen besonderen Anblick in demselben Moment wie ich wahrgenommen haben, denn ich hörte ihn neben mir einen scharfen Laut der Verärgerung ausstoßen.

Die Gruppe der Honoratioren, in der auch Sillery marschierte, wurde unmittelbar von drei weiteren Personen gefolgt. Da sie sich eng beieinander durch den Dunst bewegten, erschien mir dieses Trio zuerst wie ein groteskes Tier mit drei Köpfen, wie man es als Zierfigur an Wagen in einem Kirmeskarussel findet. Doch während sie so dahinstolperten, erwies es sich dann, daß sie drei voneinander getrennte Wesen waren: eine Gestalt in einem Rollstuhl und ein Mann und eine Frau, die diesen gemeinsam schoben. Zuerst konnte ich meinen Augen nicht trauen, wollte ihnen vielleicht auch nicht glauben, denn ich ließ meine Aufmerksamkeit für einen Moment durch Sillerys Stimme ablenken, die in einem hohen, fast lustigen Ton rief: ›Weg mit der Bedürftigkeitsprüfung bei der Sozialhilfe.‹ Er stieß diesen Schrei gerade in dem Augenblick aus, als er die Stelle passierte, wo Members und ich standen. Aber er war zu sehr mit seinen eigenen Anliegen beschäftigt, um uns dort zu bemerken, obwohl der Park fast leer war.

Dann warf ich einen weiteren Blick auf die drei anderen Personen, denn ich dachte, ich hätte mich vielleicht bei meiner ersten Annahme getäuscht. Doch im Gegenteil, meine anfängliche Wahrnehmung war richtig gewesen. Die Gestalt in dem Rollstuhl war St. John Clarke. Quiggin und Mona Templer schoben ihn einträchtig die Straße entlang.

»Mein Gott!« sagte Members sehr leise.

»Hast du Sillery gesehen?«

Ich fragte ihn das, weil mir kein passender Kommentar zu der interessanteren Gruppe einfiel. Members nahm keine Notiz von der Frage.

»Ich hätte nie gedacht, daß sie das wirklich tun würden«, sagte er.

Weder St. John Clarke noch Quiggin trugen einen Hut. Das weiße Haar des Romanciers, anders als das Sillerys nicht von einer Mütze bedeckt, wurde durch den kräftigen Wind, der jetzt durch das Geäst blies, hoch aufgeweht wie das eines gealterten Struwwelpeters. Quiggin war mit dem schwarzen Ledermantel bekleidet, den er im Ritz getragen hatte; ein dicker roter Wollschal lag hoch um seinen Hals, und sein Schädel war kurz geschoren wie der eines Sträflings. Er sah aus wie eine Figur in den Romanen Dostojewskis, zweifellos mit Absicht. Auch Mona war ohne Hut, ihre Locken zerzaust. Ihr Gesicht erschien weiß über dem Rollkragenpullover, den ein Tweedmantel sehr eleganten Schnitts bedeckte. Sie sah bemerkenswert hübsch aus und schien, wie Sillery, großen Spaß zu haben. Die Züge der beiden Männer dagegen zeigten nur unerbittliche Strenge. In Abständen von wenigen Minuten, immer wenn der Zug wieder einen allgemeinen Ruf ausstieß, schwenkte St. John Clarke ein zusammengerolltes Exemplar einer der Wochenzeitschriften und schrie in einer hohen, erregten Stimme den entsprechenden Slogan.

»Es ist ein absoluter Skandal«, sagte Members atemlos. »Ich hörte Gerüchte, daß etwas Derartiges geplant sei. Die Anstrengung kann St. J. leicht umbringen. Er dürfte gar nicht aufsein – geschweige denn an einer Veranstaltung im Freien teilnehmen, ehe das Wetter wärmer wird.«

Ich selbst war weniger darüber erstaunt, Quiggin und St. John Clarke in einer solchen Situation zu sehen, als Mona in der Gesellschaft dieser beiden zu finden. Für Quiggin hatte sich so etwas schließlich fast zu einer Routineangelegenheit entwickelt. Es war die ›kleine politische Sache‹, die Sillery auf der Vernissage erwähnt hatte. St. John Clarkes Teilnahme an einem solchen Marsch war, wenn man von seinem Gesundheitszustand absah, ebenfalls vorhersehbar, nach all dem, was mir Members und Quiggin über ihn erzählt hatten. Da er die Vorherrschaft Quiggins akzeptierte, würde er sich von nun an jeder Gruppe von Autoren, Professoren und Geistlichen anschließen, die damals in wachsender Zahl die Rednertribühnen bei linksgerichteten politischen Veranstaltungen bevölkerten. Bei einer öffentlichen ›Demonstration‹ mitzumachen war eine fast unvermeidliche Folge seines neuen Engagements. Er hatte zufälligerweise das Glück, sich bei diesem seinem ersten Auftreten in einem Rollstuhl zu befinden. In einem solchen Gefährt und mit seinen langen weißen Haaren gab er eine eindrucksvolle Gestalt ab; was ihn ohne Zweifel bei den Organisatoren sehr willkommen sein ließ und ihm selbst eine berechtigte Genugtuung sein mußte.

Es war Monas Anwesenheit, die mir zuerst unerklärlich erschien. Sie konnte kaum für diesen Tag nach London gekommen sein, um an alldem teilzunehmen. Vielleicht verbrachten die Templers aber wieder ein Wochenende in der Stadt, und sie hatte sich entschlossen, die ungewöhnliche Erfahrung zu machen und in dem Zug mitzumarschieren, während Peter sich irgendwo anders unterhielt. Dann kam mir – ganz plötzlich, wie das bei solchen Dingen geschieht – die Erleuchtung, und ich bedurfte keiner weiteren Erklärung. Mona hatte Templer verlassen. Sie lebte jetzt mit Quiggin zusammen. Irgendwie war mir das absolut klar. Die Art, wie die beiden nebeneinanderher gingen, ließ keinen Zweifel zu.

»Wohin gehen die?« fragte ich.

»Um den Hungermarsch zu treffen, der aus Mittelengland ankommt«, sagte Members in einem Ton, als sei das eine dumme, unbedeutende Frage. »Sie kampieren im Park, oder?«

»Diese Gruppe hier?«

»Nein, die Leute vom Hungermarsch natürlich.«

»Warum ist Mona dabei?«

»Wer ist Mona?«

»Die Frau, die neben Quiggin hergeht und ihm hilft, St. John Clarke zu schieben. Sie war ein Modell, erinnerst du dich? Ich sah dich vor Jahren einmal mit ihr auf einer Party.«

»Ach ja, das war die, nicht wahr?« sagte er gleichgültig. Der Name Mona schien ihm nichts zu bedeuten.

»Aber warum hilft sie ihm, den Rollstuhl zu schieben?«

»Wahrscheinlich, weil Quiggin so verdammt faul ist und die ganze Arbeit nicht allein tun will«, sagte er.

Offensichtlich wußte er nichts über den Verlauf von Monas Leben nach der Zeit, in der er sie gekannt hatte. Daß sie dabei half, St. John Clarke durch den Dunst des Hyde Parks zu rollen, war nur allzu natürlich bei einem Mädchen von der Sorte, zu der sie einmal gehört hatte. In Members' Augen war sie nichts als irgendeine ›kunstbeflissene‹ Frau, die sich Quiggin eingefangen hatte, damit sie ihn bei seinen linkspolitischen Aktivitäten unterstützte. Seine Gedanken waren völlig von St. John Clarke und Quiggin eingenommen. Ich konnte nicht umhin, beeindruckt zu sein von dem Ausmaß, in dem ihn der Verlust seiner Stellung als Sekretär aus dem Gleichgewicht gebracht hatte. Seine Gefühle waren ohne Zweifel tief verletzt worden. Mit fest zusammengepreßten Lippen beobachtete er die beiden, als sie an uns vorbeizogen.

Der Zug wand sich die Straße hinauf dem Marble Arch zu. Zwei Polizisten zu Fuß bildeten das Schlußlicht, umkreist von ein paar schrill pfeifenden Jungen auf Fahrrädern, die offensichtlich nichts mit dem Protestmarsch zu tun hatten. Die periodischen Rufe wurden allmählich schwächer, bis die Kolonne schließlich in den noch immer nebligen oberen Bereichen des Parks aus unseren Blicken verschwand.

Members drehte sich mir zu.

»Es ist nicht zu glauben«, sagte er.

»Ich dachte, St. John Clarke könne Frauen in seiner Nähe nicht ausstehen?«

»Ich nehme an, es kümmert ihn nicht länger«, sagte Members mit einer verzweiflungsvollen Stimme. »Quiggin wird ihn inzwischen dazu gebracht haben, sich mit allem abzufinden.«

Wir trennten uns nach dieser Bemerkung. Während ich meinen Weg durch den Park fortsetzte, war mir bewußt, daß ich Zeuge eines ausgesprochen seltsamen Schaustücks gewesen war. Jean hatte mir bereits mehr als einmal erzählt, daß die Templers nicht gut miteinander auskämen. Die Streitereien hatten ein paar Monate nach der Hochzeit begonnen, so schien es, als Mona damit anfing, sich über das langweilige Leben fern von London zu beklagen. Sie machte ununterbrochen Szenen, gewöhnlich ohne den geringsten Grund. Hinterher gab es immer Tränen und Versöhnungen, und Peter arrangierte dann immer irgend etwas ›Besonderes‹ für sie. Danach begann der ganze Kreislauf stets wieder von neuem. Jean mochte Mona, hielt sie aber als Ehefrau für ›unmöglich‹.

»Was ist das wirkliche Übel?« hatte ich gefragt.

»Ich glaube, sie mag Männer nicht.«

»Oh.«

»Aber ich glaube, sie mag auch keine Frauen. Sie interessiert sich nur für sich selbst.«

»Wie wird es enden?«

»Vielleicht raufen sie sich zusammen. Wenn Peter nicht das Interesse verliert. Er ist es gewohnt, seinen eigenen Willen durchzusetzen. Bisher hat er sich unerwartet gut verhalten.«

Sie hatte Peter sehr gern, war aber frei von jener zwanghaften Teilnahme am Leben des anderen, die Bruder und Schwester so oft miteinander verstrickt. Äußerlich hatten sie keine Ähnlichkeiten, doch hatte ihr Haar den gleichen spitz in die Stirn gehenden Ansatz wie seins. Auch in der Form ihres Halses gab es etwas, das an ihren Bruder erinnerte. Das war alles.

»Sie könnten eine Menge Kinder haben.«

»Ja, das stimmt.«

»Wäre das gut?«

»Sicherlich.«

Ich war erstaunt über die Entschiedenheit, mit der sie das sagte, denn damals waren Kinder ziemlich aus der Mode gekommen. Es schien mir stets seltsam und fast unwirklich, daß sie Polly so viel von ihrer Zeit widmete.

»Weißt du, ich glaube, Mona hat sich ein bißchen in deinen Freund J. G. Quiggin verliebt«, hatte sie lachend gesagt.

»Unmöglich.«

»Da bin ich mir nicht so sicher.«

»Ist er wieder in ihrem Haus aufgetaucht?«

»Nein, aber sie spricht dauernd von ihm.«

»Vielleicht hätte ich ihn besser nicht dort einführen sollen.«

»Vielleicht nicht«, hatte sie in einem ziemlich ernsten Ton geantwortet.

Damals war mir diese Vermutung lächerlich vorgekommen. Quiggin für den Rivalen Templers bei einer Frau – und noch dazu bei seiner eigenen Frau – zu halten, war zu absurd, um auch nur darüber nachzudenken.

»Aber sie hat doch kaum Notiz genommen von ihm.«

»Nun, ich hielt *dich* auch für ziemlich lahm, als du zuerst zu uns nach Hause kamst. Aber ich hab' das später wiedergutgemacht, oder?«

»Ich hab' dich sofort angebetet.«

»Ich bin sicher, das ist nicht wahr.«

»Aber bestimmt auf Stourwater.«

»Oh, auf Stourwater war ich auch sehr beeindruckt.«

»Und ich von dir.«

»Warum hast du dann nie geschrieben oder angerufen oder so etwas? *Warum nur nicht?*«

»Ich hab' angerufen – du warst verreist.«

»Du hättest es immer wieder versuchen sollen.«

»Ich war mir nicht sicher, ob du nicht eigentlich lesbisch bist.«

»Wie lächerlich; und auch ziemlich unverschämt von dir.«

»Ich mußte 'ne Menge hinnehmen.«

»Unsinn.«

»Doch, das ist wahr.«

»Wie absurd du bist.«

Wenn ihr die Röte schnell ins Gesicht stieg, erfüllte mich diese Veränderung immer mit Erregung. Selbst wenn sie dann still dasaß und kaum antwortete, wenn ich sie ansprach, erschienen mir solche Verstimmungen als ein notwendiger Teil von ihr: als etwas, das ich nicht völlig zu bedauern vermochte. Ihre hohe, weiße Stirn gab ihr ein in sich gekehrtes Aussehen, wie das einer großen Dame in einem mittelalterlichen Triptychon oder Schnitzwerk; und nur ihre Lippen und die elegant langen Wimpern ihrer schräggestellten Augen deuteten auf verborgene Sinnlichkeit. Aber Beschreibungen des Äußeren einer Frau können kaum mehr sein als ein Echo der Ausdrucksweise in Modezeitschriften. Ihr Wesen ist nur in einem gebrochenen Strahl zu erfassen – wie beim Licht, das durch Wasser dringt: die Strahlen ihres Charakters werden gebündelt durch die Person, mit der sie intim verbunden ist. Vielleicht war ich deshalb allein verantwortlich für die Art, wie sie mir erschien. Ein anderer Mann – Duport zum Beispiel – sah in ihr ohne Zweifel – ja, ihm war sie in Wirklichkeit – eine ganz andere Frau.

»Aber warum hast du bei unserer ersten Begegnung nie über Bücher und solche Dinge gesprochen?« hatte ich sie gefragt.

»Ich dachte, du interessierst dich nicht dafür.«

»Wie unmöglich von dir.«

»Jetzt sehe ich ein, daß es das war«, hatte sie in einem sehr demütigen Ton gesagt.

Sie teilte mit ihrem Bruder die Überzeugung, zu keiner besonderen gesellschaftlichen Welt zu gehören. Die anderen Gäste, die sich auf Stourwater um Sir Magnus Donners versammelt hatten, waren ihr im großen und ganzen unsympathisch gewesen.

»Ich bin da nur hingegangen, weil ich Babys Freundin war«, hatte sie gesagt. »Ich mag eigentlich Leute dieser Art nicht.«

»Aber es waren doch sicher alle möglichen Leute da?«

»Vielleicht bin ich ja auch nicht besonders an Leuten interessiert. Ich bin wahrscheinlich zu faul. Sie wollen dauernd mit einem schlafen oder so was.«

»Aber das will ich auch.«

»Ich weiß. Es ist unerträglich.«

Wir lachten, aber ich fühlte den Eishauch plötzlicher Eifersucht; die Furcht, daß sie diese Bemerkung absichtlich gemacht hatte, um mich zu quälen.

»Natürlich, Baby liebt das alles sehr«, fuhr sie fort. »Die Männer umsummen sie wie die Bienen. Sie hat eine so komische Art mit ihnen.«

»Was haben sie und Sir Magnus getrieben?«

»Das weiß nicht einmal ich. Was immer es auch war, Bijou Ardglass hat sich geweigert, sich mit ihm einzulassen.«

»Wurde ihr diese Stellung angeboten?«

»So sagte man mir. Sie zog es vor, mit Bob davonzulaufen.«

»Warum ist das zu Ende gegangen?«

»Bob konnte ihr nicht länger den Stil bieten, den sie gewohnt war – oder besser: den sie nicht gewohnt war, denn Jumbo Ardglass hatte nie viel Geld.«

Es war, wie immer, unmöglich, ihrem Ton nach zu beurteilen, was sie für Duport empfand. Ich fragte mich, ob sie ihn verlassen und mich heiraten würde. Ich hatte ihr diese Frage nicht gestellt und hatte auch keine klare Vorstellung, wie ihre Antwort ausfallen mochte. Falls sie zustimmte, würde sie, wie Lady Ardglass, sicherlich nicht in dem gleichen Stil unterhalten werden, den sie gewohnt war. Übrigens auch Mona nicht, wenn sie in der Tat mit Quiggin davongelaufen war. Für mich stand es fest, daß der endgültige häusliche Umbruch inzwischen bei den Templers stattgefunden hatte. Jean hatte recht gehabt. Etwas in der Art, wie Quiggin und Mona nebeneinanderher gegangen waren, band sie unerbittlich zusammen. »Frauen können bei allen möglichen Dingen immens beschränkt sein«, sagte Barnby gerne, »aber wo es um Gefühle geht, ist ihre Meinung immer erwägenswert.«

Der Dunst löste sich jetzt auf, und die Sonne schimmerte wieder schwach durch die Wolken über dem Serpentine-See. Ich ließ nur allzu bereitwillig meine Gedanken über die finanzielle Seite der Ehe fallen, während ich weiter durch den melancholischen Park schritt, und dachte über die Liebe nach – wie sie vom ersten Augenblick an ihre Gestalt ändert: mal ist sie im Aufstieg begriffen, mal im Niedergang. Gegenwärtig segelten wir in verhältnismäßig ruhigen Gewässern, denn wir lebten von Treffen zu Treffen, ohne einen Plan für die Zukunft. Jeans Hingabe blieb; die Hingabe, die mich bei jener ersten Umarmung, während das Auto durch den

Schneematsch auf der Großen Weststraße dahinglitt, so sehr überrascht hatte.

Aber in der Liebe, wie in allen anderen Dingen – mehr als in allen anderen Dingen –, muß es Schlechtes geben neben dem Guten; und durch ihr Schweigen oder durch irgendeine triviale Bemerkung konnte Jean mir unerwarteten Schmerz zufügen. Wenn ich nicht bei ihr war, erschienen mir alle Tätigkeiten als eine Verschwendung von Zeit; und doch war ich mir kurz vor unserem Wiedersehen manchmal eines seltsamen Gefühls der Feindseligkeit bewußt, das an die Stelle der Sehnsucht getreten war, die mein Herz zuvor tagelang erfüllt hatte. Dieses Gefühl, nicht mit ihr im Einklang zu sein, setzte sich gelegentlich bis in die ersten Minuten unserer Begegnung hinein fort. Dann löste sich, ganz plötzlich, die Spannung immer wieder auf; stets, so schien es mir, durch irgendeine geheimnisvolle Kraft, die von ihr ausging: nicht greifbar, nicht sichtbar, doch gleichwohl Teil des Gesamtprinzips ihres Verhaltens – ein bewußter Akt des Willens, durch den sie Macht ausübte. Manchmal schien es fast, als ließe sie mich fühlen, daß ein unerwartetes, zufälliges Ereignis und nicht ein sorgsam entwickelter Plan uns zuerst zusammengebracht hatte, oder wenigstens, daß ich immer auf eine solche Laune vorbereitet sein müsse. Vielleicht sind dies die inneren Irritationen, die die Liebe stets erzeugt: die überempfindsamen Nerven der Intimität; die quälende Furcht, daß die Dinge vielleicht fehlgehen.

Ich dachte noch über diese Dinge nach, als ich die Klingel der Wohnung im Erdgeschoß drückte. Sie lag in einem altmodischen Gebäudeblock aus rotem Backstein, irgendwo jenseits des Rutland-Tores, versteckt inmitten dunkler Querstraßen, die nirgendwo hinzuführen schienen. Eine Zeitlang antwortete niemand auf das Schellen. Ich wartete und spähte durch die Milchglasscheibe der Eingangstür und hatte das Gefühl, jede Sekunde sei eine Ewigkeit. Dann öffnete sich die Tür ein paar Zentimeter, und Jean schaute heraus. Ich sah ihr Gesicht nur für einen Augenblick. Sie lachte.

»Komm herein«, sagte sie schnell. »Es ist kalt.«

Während ich in die Diele trat und die Tür hinter mir schloß, rannte sie zurück den Korridor entlang. Ich sah, daß sie nichts anhatte außer einem Paar Pantoffeln.

»Das Feuer ist hier an«, rief sie aus dem Wohnzimmer.

Ich hing meinen Hut an das groteske, für diesen Zweck gedachte Möbelstück, das neben der Tür stand. Dann folgte ich ihr den Korridor hinunter und in das Zimmer. Die Möbel und die sonstige Einrichtung der Wohnung waren von einer erschreckenden Banalität.

»Warum hast du nichts an?«

»Bist du schockiert?«

»Was glaubst du?«

»Ich glaube, du bist schockiert.«

»Eher erstaunt als schockiert.«

»Ich wollte die Steifheit unserer letzten Begegnung wiedergutmachen.«

»Zeige ich dir nicht meine Dankbarkeit?«

»Doch, aber du darfst nicht so konventionell sein.«

»Aber wenn es der Postbote gewesen wäre?«

»Ich hätte ihn durch das Glas sehen können.«

»Er dich vielleicht auch.«

»Ich hatte einen Morgenrock zur Hand.«

»Jedenfalls war es ein lieber Gedanke.«

»Es gefällt dir?«

»Sehr.«

»Sag mir was Nettes.«

»Dieser Stil steht dir.«

»Nicht zu *outré*?«

»Im Gegenteil.«

»So magst du mich also?«

»Genauso.«

Es gibt im Grunde keine vollkommenere Freude als die,

die wir von einer Frau erfahren, wenn sie wirklich mit uns zusammensein will. Hier endlich fand ich tatsächliches Entkommen von der Welt. Die gewollte Anonymität der Umgebung verstärkte noch irgendwie das Gefühl, mit Jean allein zu sein. Da war kein Laut, nur ihr scharfes Einziehen der Luft. Doch ist die Liebe, trotz all der Flucht, die sie bietet, eng verbunden mit den alltäglichen Dingen, sogar mit den Angelegenheiten anderer Menschen. Ich wußte, Jean würde vor Neugier brennen, wenn ich ihr von dem Zug im Park erzählte. Gleichwohl, in ihrer erhöhten Form duldet die Leidenschaft kein anderes Element neben sich; und so konnte ich nichts von diesen Ereignissen berichten, ehe es dann Zeit wurde, uns zu entscheiden, wo wir zu Abend essen wollten.

Sie zog gerade ihre Strümpfe an, als ich es ihr sagte. Sie stieß einen kleinen, ungläubigen Schrei aus.

»Schließlich warst du ja die erste, die vermutete, etwas sei zwischen ihnen ›im Gange‹.«

»Aber sie wäre ja verrückt, wenn sie Peter verließe.«

Wir sprachen darüber. Daß Mona in einer politischen Demonstration mitmarschiert war, hielt Jean nicht für besonders erstaunlich. Sie meinte, Mona sei stets erpicht darauf, an allem teilzunehmen, was die Aufmerksamkeit auf sie zöge. Jean wollte auch nicht glauben, daß das Schieben von St. John Clarkes Rollstuhl ein äußeres Zeichen eines entscheidenden Schrittes zu einer Verbindung mit Quiggin sei.

»Sie muß es getan haben, weil Peter verreist ist. Das ist so ganz das, was ihr gefällt. Außerdem, es würde ihn genau in dem richtigen Maße verärgern. Ein bißchen, aber nicht zuviel.«

»Wo ist Peter?«

»Er verbringt das Wochenende bei Geschäftsfreunden. Mona hielt sie für zu langweilig, um mitzukommen.«

»Vielleicht hat sie sich also wirklich nur mal einen schönen Tag gemacht. Dennoch, das bestätigt deine Ansicht, daß Quiggin Erfolg hatte bei ihr.«

Sie zog den anderen Strumpf an.

»Sie hatten allerdings einen fürchterlichen Streit, kurz bevor Peter das Haus verließ«, sagte sie. »Weißt du, ich glaube fast, du hast recht.«

»Ruf doch mal an.«

»Nur um zu sehen, wie die Dinge stehen?«

»Warum nicht?«

»Soll ich?«

Sie war unentschlossen.

»Ich glaube, ich tue es«, sagte sie schließlich.

Immer noch nur halb angezogen, nahm sie das Telefon und legte sich auf das Sofa. Am anderen Ende der Leitung klingelte es eine kurze Zeit, ehe jemand antwortete. Dann hörte man eine Stimme aus Templers Haus. Jean stellte eine belanglose Frage. Es folgte eine kurze Unterhaltung. Ich sah ihrem Gesicht an, daß meine Vermutung der Wirklichkeit sehr nahe gekommen war. Sie hängte den Hörer wieder ein.

»Mona hat gestern das Haus verlassen und gesagt, sie wisse nicht, wann sie zurück sein werde. Sie hat eine ziemliche Menge Gepäck mitgenommen und keine Adresse hinterlassen. Ich glaube, die Burdens vermuten, daß etwas im Gange ist. Mrs. Burden sagte mir, Peter habe angerufen, weil er irgend etwas vergessen hatte. Sie sagte ihm, Mona sei unerwartet weggefahren.«

»Vielleicht macht sie ein paar Tage Urlaub.«

»Das glaube ich nicht«, sagte Jean.

Barnby pflegte zu sagen: »Alle Frauen fühlen sich durch die Neuigkeit stimuliert, daß eine Ehefrau ihren Mann verlassen hat.« Mir wurde jetzt ganz deutlich bewußt, daß sich die emotionale Atmosphäre in dem Zimmer geändert hatte. Vielleicht hätte ich länger warten sollen, ehe ich ihr die Geschichte erzählte. Doch wäre ein weiteres Aufschieben kaum möglich gewesen, ohne allzu geheimnistuerisch zu erscheinen. Ich habe oft über die Unterhaltung nachgedacht, die nun folgte, ohne je zu einem definitiven Schluß darüber zu kommen, warum die Dinge so verliefen, wie sie es dann taten.

Unser Gespräch hatte sich jenem Wochenende zugewandt, an dem Quiggin zuerst in das Haus der Templers eingeladen worden war. Ich hatte sinngemäß gesagt, daß, wenn Mona wirklich für immer ausgezogen sei, sich das Thema gut für eine von Mrs. Erdleighs Prophezeiungen geeignet hätte, und dann eine mehr oder weniger abwertende Bemerkung über Jimmy Stripling hinzugefügt. Plötzlich wurde mir bewußt, daß Jean sich über meine Worte ärgerte. Ihr Gesicht nahm einen zornigen Ausdruck an. Ich vermutete, sie nähme aus übertriebener Loyalität irgendwie daran Anstoß, daß ich über den ehemaligen Mann ihrer Schwester lachte. Ich konnte mir nicht vorstellen, warum das so sein sollte, denn im Hause der Templers wurde Stripling gewöhnlich als Gegenstand fast unaufhörlichen Spottes betrachtet.

»Ich weiß schon, er ist nicht *intelligent*«, sagte sie.

»Intelligenz ist nicht alles«, versuchte ich die Sache leichthin abzutun, »sieh dir nur die Mitglieder unserer Regierung an.«

»Neulich hast du gesagt, du fändest es fürchterlich schwer, mit Leuten zurechtzukommen, die nicht intelligent sind.«

»Ich meinte das nur in bezug auf das Schreiben.«

»Das klang aber gar nicht so.«

Das besondere Talent der Frauen zur Nachahmung und Anpassung befähigt sie, uns selbst nach kürzester Bekanntschaft mit unseren eigenen Argumenten zu konfrontieren; um wieviel mehr ist das der Fall, wenn ein intimes Verhältnis besteht. Ich fühlte, daß wir auf ein gefährliches Fahrwasser zusteuerten. Sie schürzte ihre Lippen und sah weg. Ich dachte, sie würde zu weinen beginnen. Ich konnte mir nicht denken, was schiefgelaufen war; und es überkam mich jenes fürchterliche Gefühl der Erschöpfung, das einen heimsucht, wenn sich ohne Grund und Warnung ein unvermeidlicher, sinnloser Streit mit jemandem entwickelt, den man liebt. Es schien jetzt keinen Ausweg zu geben. Jimmy Striplings intellektuelle Leistungen mit großem Lob zu überschütten würde von ihr nicht hingenommen werden, ihr vielleicht sogar als eine Satire erscheinen; andererseits würde mein Schweigen meine zweifellos geringe Meinung von seinen Fähigkeiten in dieser Richtung nur bestätigen. Ihre Bemerkung konnte natürlich auch eine allgemeinere Bedeutung haben und als Zeichen des Protests gegen eine Geisteshaltung gemeint sein, die intellektuellen Qualitäten automatisch den ersten Rang einräumt. Eine Zurückweisung dieses Prinzips war im Grunde nur allzu vernünftig, allerdings nicht eigentlich eine gerechte Waffe in den Händen Jeans; denn niemand – so schien es mir als ihrem Liebhaber – war letzten Endes mehr als sie auf Menschen angewiesen, die ›intelligent‹ waren in dem Sinne, in dem sie das Wort gebrauchte.

Vielleicht war es töricht, über etwas weiter nachzudenken, das allem Anschein nach nur eine gereizte Bemerkung war. Aber die Umstände waren ja von einer Art, die es besonders notwendig machte, gereizte Bemerkungen zu vermeiden. Sonst wäre es leichter gewesen, eine Entschuldigung zu finden.

Sehr oft lieben Frauen die Künste und jene, die sie ausüben, sind aber auch irgendwie eifersüchtig auf diese Aktivitäten. Sie mögen den scharfen Verstand, aber hassen die Analyse. Sie sind immer bereit, sich auf traditionelle statt auf intellektuelle Verteidigungspositionen zurückzuziehen. Wie ich schon berichtete, sprachen wir nie über Duport; und ich wußte selbst damals kaum, warum sie ihn geheiratet hatte – aber verheiratet waren sie nun einmal. Es schien mir deshalb möglich, daß das, was sie gesagt hatte, einen indirekten Bezug auf ihren Mann besaß – nämlich in dem Sinne, daß eine abfällige Kritik dieser Art ihn, und folglich auch sie, in ein schlechtes Licht setze. Ich hatte nichts über Duport gesagt (der, wie ich Jahre später entdecken sollte, einen tiefen Respekt hegte für ›Intelligenz‹), aber diese Möglichkeit mußte in Betracht gezogen werden.

Ich lag ganz falsch mit dieser Annahme; und ich bemerkte immer noch nicht den Ernst der Situation, war in der Tat völlig unvorbereitet auf das, was jetzt geschah. Einen Augenblick später nämlich sagte sie mir, ohne einen ersichtlichen Grund, daß sie mit Jimmy Stripling eine Liebesbeziehung gehabt habe.

»Wann?«

»Nachdem Babs ihn verlassen hatte«, sagte sie.

Sie wurde bleich, als würde sie ohnmächtig werden. Mich selbst überkam ein schreckliches Gefühl der Übelkeit, so als sei ich plötzlich aus dem Schlaf geweckt worden und sähe mich an eine Leiche gekettet. Das Verlangen, mich physisch von ihr und dem Ort, wo wir uns aufhielten, loszureißen, war verbunden mit der überwältigenden Empfindung, daß ich sie mehr denn je für mich wollte. Sie mir als Bob Duports Frau vorzustellen war schlimm genug, aber daß sie die Geliebte Jimmy Striplings gewesen war, erschien mir kaum erträglich. Und doch, ich konnte nicht einmal mir selbst gegenüber sagen, worüber ich mich denn beschwerte. Sie war mir nicht ›untreu‹ gewesen. Diese abscheuliche Sache hatte sich zu einer Zeit abgespielt, als ich ihr gegenüber nicht die geringsten Ansprüche besaß. Ich versuchte mich dadurch zu beruhigen, daß ich mich fragte, ob ich eine Verbindung mit einem Mann, den sonst zu mögen oder zu bewundern mir möglich gewesen wäre, vorgezogen hätte. Angesichts einer solchen Alternative kam ich zu der Überzeugung, insgesamt gesehen sei es wohl besser, daß Stripling war, wie er war – mit all den beklemmenden Phantasien, die dieser Situation innewohnten. Es blieb das Geheimnis, warum sie jenen besonderen Augenblick gewählt hatte, um diese Erfahrung zu enthüllen, aus der sie so eine Art Herausforderung machte.

Wenn wir in jemanden verliebt sind, wird dessen Leben – Vergangenheit, Gegenwart und Zukunft – auf eine seltsame Weise Teil unseres eigenen Lebens; gleichwohl tragen wir, da in Wirklichkeit zwei voneinander getrennte menschliche Wesen bestehenbleiben, doch nur unsere eigenen Vorurteile in die von uns vorgestellte Existenz der anderen Person hinein – und nicht einmal in ihre ›wirkliche‹ Existenz, denn nur die Person selbst kann abschätzen, was ihre ›wirkliche‹ Existenz gewesen ist. Ja, man könnte diese Situation vielleicht mit jener vergleichen, die ich später in der Armee erleben sollte, wo ein Offizier verantwortlich ist für das Verhalten einer Gruppe von Soldaten, die an einem Posten stationiert sind, der viel zu weit entfernt liegt, als daß er eine wirksame Kontrolle über sie ausüben könnte.

Nicht nur war es sehr schmerzlich, mir vorzustellen, daß sich Jean einem anderen Mann hingegeben hatte; die Pein vergrößerte sich noch durch meine Annahme, daß Stripling ihr – was natürlich unmöglich war – als der gleiche Mensch erschienen sein mußte, als der er mir erschien. Und doch hatte sie, früher einmal wenigstens, Stripling eindeutig mit ganz anderen Augen gesehen, oder eine solche Situation hätte sich nie ergeben können. Da sie nun Stripling für einen Mann gehalten hatte, für den zumindest eine vorübergehende *tendresse* – vielleicht sogar Liebe – zu empfinden ihr offensichtlich möglich war, hätte ich also diesen Zwischenfall, so unvergeßlich schrecklich er mir damals auch erschien, von einem rationaleren Standpunkt aus betrachtet wohl für einen bloßen Fehler ihres Urteilsvermögens gehalten. Aber in der Liebe gibt es keine Rationalität. Außerdem machte die Tatsache, daß sie ihn mit anderen als meinen Augen gesehen hatte, die Dinge noch schlimmer. Auf solche Weise sind wir, unausweichlich, an die Handlungen anderer Menschen gebunden.

Wir schwiegen, während wir uns weiter anzogen. Inzwischen war es ziemlich spät geworden. Ich fühlte mich hungrig und verspürte zugleich doch kein wirkliches Verlangen zu essen.

»Wohin sollen wir gehen?«

»Wohin du möchtest.«

»Aber wohin würdest du gerne gehen?«

»Es ist mir egal.«

»Wir könnten bei Foppa ein Sandwich essen.«

»In dem Club?«

»Ja.«

»Gut.«

Auf der Straße hakte sie sich bei mir ein. Ich schaute sie an und sah, daß sie ein wenig weinte; aber ich hatte immer noch keine genauere Vorstellung von ihren vorhergehenden Beweggründen. Mir war nur klar, daß in dem Kaleidoskop unserer miteinander verbundenen Gefühle ein scharfer Wandel stattgefunden hatte. In dem Muster, das sich aus dieser Transmutation farbiger Kristalle ergeben hatte, mochte sich eine gesteigerte Intimität herausgebildet haben. Vielleicht war das etwas, das sie beabsichtigt hatte.

»Ich glaube, ich hätte es dir nicht sagen sollen.«

»Es wäre früher oder später doch herausgekommen.«

»Aber nicht gerade zu diesem Zeitpunkt.«

»Vielleicht nicht.«

Dennoch, trotz allem war ich, als wir, ihr Kopf gegen meine Schulter gelehnt, durch die schäbigen Straßen Sohos fuhren, froh, daß sie immer noch mir zu gehören schien. Foppa hatte geöffnet. Das war ein kleiner Trost, denn es gab bei ihm manchmal Übergangszeiten, in denen das Restaurant schon geschlossen war und der Club seine Aktivitäten noch nicht aufgenommen hatte. Wir stiegen die enge Treppe hoch, über der ein eigentümlich italienischer Geruch hing: Minestrone, Salatöl, abgestandener Tabakrauch, vielleicht eine schwache Spur von Foppas Haarwasser.

Barnby hatte mich lange vorher in Foppas Club eingeführt. Einer der Vorzüge dieses Lokals war, daß nie jemand hierherkam, der einen von uns beiden kannte. Es bestand aus einem einzigen Raum über Foppas Restaurant. Theoretisch öffnete der Club erst, nachdem das Restaurant für den Abend geschlossen hatte, aber in der Praxis zog sich Foppa selbst, der sich verständlicherweise manchmal von seinen Kunden angeödet fühlte, oft nach oben zurück, um die Zeitung zu lesen oder Billardstöße zu üben. Bei solchen Gelegenheiten war er froh, schon zu einer früheren Stunde als üblich Gesellschaft zu haben. Andererseits pflegte er manchmal mit seinen Freunden in irgendwelche anderen Lokale zu gehen. Dann ließ er immer eine in Tintenschrift geschriebene Notiz an der Tür zurück, die besagte, daß Foppas Club wegen Säuberungsarbeiten vorübergehend geschlossen sei.

Am hinteren Ende dieses schmalen, verräucherten Zimmers lag ein Fenster; in einer Ecke stand eine Bar, in der anderen ein Tisch für russisches Billard. Die Wände waren weiß und kahl, und die Wermutflaschen über der kleinen Bar leuchteten in hellen Farbstreifen, die ein Spektrum in Rot, Weiß und Grün zu bilden schienen. Diese patriotischen Farben verbanden die Aperitifs und Liköre mit dem Portrait Viktor Emanuels II., das über dem Kaminsims hing. Der König Sardiniens und des vereinigten Italien war von einem Lorbeerkranz umgeben und trug einen stark taillierten militärischen Gehrock, der mit Knäueln gelber Achselschnüre verziert war. Die kühne Behandlung seines Kostüms durch den Künstler erinnerte fast an einen Entwurf von Bakst für eines der frühen russischen Ballette.

Hätte Foppa selbst seinen Schnurrbart zu der gleichen enormen Länge auswachsen lassen und seinem Kinn einen Knebelbart hinzugefügt, hätte er dem *re galantuomo* bemerkenswert ähnlich gesehen – mit genau demselben Gebaren königlicher Amüsiertheit darüber, daß jemand diese absurde Welt, in die das Schicksal uns geworfen hat, überhaupt je – und sei es nur für einen Augenblick – ernst zu nehmen vermochte. Über dem sorgfältig vergoldeten Rahmen dieses

Buntdrucks hing die schwarze, fesähnliche Kappe der schönen Miß Foppa, die sie auf Grund ihrer Zugehörigkeit zu einer hiesigen Ortsgruppe der Faschistischen Partei besaß; ihr Vater dagegen galt als ein bestenfalls lauwarmer Anhänger des Mussolini-Regimes. Foppa lebte seit vielen Jahren in London. Er hatte sogar während des Krieges als Koch in einem britischen Regiment der leichten Infanterie gedient, sich aber nie naturalisieren lassen.

»Schauen Sie mich an«, pflegte er zu sagen, wenn dieses Thema zur Sprache kam. »Ich bin kein Engländer. Man sieht es.«

Die Richtigkeit dieser Feststellung ließ sich nicht leugnen. Foppa war kein Engländer. In Gegenwart seiner Kunden äußerte er seine politischen Auffassungen gewöhnlich nicht, aber einmal hatte er mir ausnahmsweise ein Zeitungsbild des Duce gezeigt, auf dem dieser vom Balkon des Palazzo Venezia aus eine Rede hielt. Das war das Extremste, das er je unternommen hat, um seine Meinung kundzutun. Es genügte. Allein dadurch, daß er seinen üblichen Ausdruck toleranter Amüsiertheit nicht im geringsten verändert hatte, war es ihm gelungen, mir zu zeigen, daß ihm alles, was man möglicherweise als faschistischen Enthusiasmus deuten konnte, völlig abging. Dennoch, ich glaube, er hatte überhaupt keine Einwände gegen die Verbindung seiner Tochter zu dieser oder irgendeiner anderen Partei, die im Augenblick gerade an der Macht sein mochte.

Foppa war ausgesprochen klein. Er trug immer vorzügliche, geschmackvolle blaue oder braune Anzüge. Seine Füße steckten in qualvoll engen hellbraunen Schuhen, die vorn sehr spitz zuliefen und stets auf Hochglanz poliert waren. Im Sommer vertauschte er sie mit weißer, verzierter, mit Schlangenleder abgesetzter Fußbekleidung. Er liebte das Glücksspiel und nahm an Wochenenden manchmal in der Nähe Londons, vielleicht in Greenford in der Grafschaft Middlesex, an Trabrennen teil. Ein gerahmtes Photo hinter der Bar zeigte ihn bei einem solchen Wettbewerb – bewaffnet mit einer langen Peitsche, eine Jockeimütze auf dem Kopf, seine kleine Gestalt fast verborgen zwischen dem Schwanz seines Pferdes und dem riesigen Rad des Sulky. Der Schnappschuß erinnerte an eine Skizze von Degas oder Guys. Das war, ästhetisch gesprochen, die Welt, zu der Foppa gehörte. Er war ein äußerst gutmütiger, unabhängiger Mann, der seine Neigung zum Glücksspiel um hohe Einsätze nicht zügeln konnte – eine Leidenschaft, die ihn schließlich – glaube ich – in Schwierigkeiten brachte.

Jean und ich waren bereits mehrere Male in dem Club gewesen, denn sie liebte das russische Billard, ein Spiel, bei dem sie erstaunliche Geschicklichkeit zeigte. Ein in den Schlitz an dem Tisch geworfenes Sixpence-Stück holte die weißen Bälle und den einen roten an die Oberfläche. Nach einer Viertelstunde verschwanden die Bälle einer nach dem anderen und kehrten nicht mehr ins Spiel zurück, während die dann erzielten Punkte doppelt zählten. Foppa mochte Jean. Ihre Gewandtheit beim Billard war ihm Anlaß unaufhörlichen Erstaunens und Entzückens.

»Wahrscheinlich erzählt er all seinen Freunden, ich wäre seine Geliebte«, sagte sie oft.

Vielleicht hatte sie recht mit dieser Vermutung, obwohl ich annehme, daß Foppa, falls er derartige Geschichten erzählte, wahrscheinlich eher mit irgeneiner enormen Dame geprahlt hätte, wenigstens zweimal so groß wie er, eine Frau in der Manier Jordaens'. Seine Art von Humor deutete jedenfalls stets mehr in diese Richtung.

Ich dachte, der Club sei vielleicht ein guter Ort, um einen Teil meiner Fassung zurückzugewinnen. Das Lokal war nie sehr voll, doch spielte manchmal eine Gruppe von drei oder vier Leuten ernst Karten an einem der Tische in der Ecke. An diesem besonderen Abend war Foppa selbst in ein Spiel für zwei Personen vertieft, wahrscheinlich Pikett. Ihm gegenüber, mit dem Rücken zum Zimmer, saß ein Mann, von dem nichts zu sehen war außer seinem braunkarierten Anzug und seinem glattgebürsteten Haar; es war angegraut und oben auf dem Kopf schon sehr dünn. Foppa erhob sich sofort, schenkte uns Chianti ein und rief den Aufzugschacht hinunter, daß Sandwiches gemacht werden sollten. Obwohl der Koch angeblich aus Zypern stammte, war die traditionelle Wendung, mit der seine Aufmerksamkeit geweckt wurde, stets in Französisch.

»Là bas!« pflegte Foppa mit liturgischer Stimme zu intonieren, während er sich vorwärts in den Abgrund hineinlehnte, der bis hinunter in die Küche führte. »Là bas!«

Vielleicht kümmerte sich Miß Foppa immer abends um die Bereitung der Speisen. Wenn das so war, erschien sie jedoch nie im Club. Ihre ruhige, melancholische Schönheit wäre eine Zierde gewesen für das Lokal. Ich hatte freilich außer Jean noch nie eine Frau dort gesehen. Ohne Zweifel hätte die Kundschaft Einwände gemacht gegen die Anwesenheit jeder Dame, die auch nur im geringsten mit ihrem täglichen Leben verbunden war.

Zwei Soho-Italiener standen an der Bar. Der eine, eine hochgewachsene, kränklich-gelbe, düstere Gestalt, die aussah wie ein heruntergekommener ehemaliger Botschafter, rauchte eine kurze, stinkende Zigarre. Der andere, ein fader, roher Bursche, kleiner als sein Gefährte, doch ebenfalls mit einer gewissen Pose der Autorität, stellte unter seinem rehbraunen Velourhut die Andeutung eines Backenbartes zur Schau. Mit einem der Zahnstocher, die in Seidenpapier gewickelt an der Bar bereitstanden, stocherte er gedankenverloren in seinen Zähnen herum. Beide waren wahrscheinlich Oberkellner in der näheren Umgebung. Sie beobachteten Jean, wie sie das Queue sanft zwischen Finger und Daumen gleiten ließ, ehe sie den ersten Stoß ausführte. Der ›Botschafter‹ nahm die Zigarre aus dem Mund und sagte, während er seinen Kopf um einen Bruchteil drehte, in einem blasierten Ton durch fast geschlossene Lippen:

»Bella posizione.«

»E in gamba«, stimmte der andere zu. »Una fuori classe davvero.«

Der Abend war jetzt erfreulicher, obwohl immer noch leicht etwas schiefgehen mochte. Man konnte nie sicher sein. Die Menschen sind verschieden ausgerüstet, um mit gefühlsmäßigen Belastungen fertig zu werden. Insgesamt gesehen können Frauen eine Menge dieser Art von nervlicher Anspannung ertragen, ohne daß sie übermäßig darunter zu leiden scheinen. Das Spiel wurde von Jean gewonnen.

»Wie wäre es mit noch einem?«

Wir fragten die Italiener, ob sie auf den Billardtisch warteten, aber sie wollten nicht spielen. Wir hatten gerade die Bälle angeordnet und den Kegel aufgestellt, als sich die Tür des Clubs öffnete und zwei Personen ins Zimmer traten. Eine von ihnen war Barnby. Ich kannte die Frau in seiner Begleitung, brauchte aber eine Sekunde, ehe ich mich erinnerte, daß es sich um Lady Anne Stepney handelte. Ich war ihr seit mindestens drei Jahren nicht mehr begegnet. Barnby schien überrascht, vielleicht nicht allzu erfreut, jemanden bei Foppa zu treffen, der ihm bekannt war.

Obwohl es sich herausgestellt hatte, daß die Frau, die er nach seinem Wochenende bei den Manaschs im Zug getroffen hatte, in der Tat Anne Stepney war, hatte er aufgehört, in unseren Gesprächen freimütig von ihr zu reden. Gleichwohl wußte ich, daß er sie noch sah, und zwar auf Grund eines beiläufigen Wortes, das er einmal fallengelassen hatte. Ich hatte die beiden vorher noch nie zusammen in der Öffentlichkeit gesehen. Einige Wochen nachdem er sie zuerst erwähnt hatte, hatte ich Barnby gefragt, ob er schließlich ihre Identität herausgefunden habe. Er hatte barsch geantwortet:

»Ihr Name ist natürlich Stepney.«

Ich hatte mich manchmal gefragt, wie die beiden wohl miteinander auskämen, ob sie vielleicht gar planten zu heiraten. Ein Jahr mit einer Frau zusammenzusein, war für

Barnby eine lange Zeit. Wie die meisten Menschen seines Temperaments hatte er im großen und ganzen ziemlich strenge Ansichten hinsichtlich des moralischen Verhaltens anderer Leute. Allein aus diesem Grunde hätte er wahrscheinlich meine Beziehung zu Jean mißbilligt, wenn ich ihm davon erzählt hätte. Er war aber sowieso nicht besonders an solchen Dingen interessiert, wenn er nicht selbst an ihnen beteiligt war. So wußte er nur, daß etwas dieser Art im Gange war, und hätte nicht das geringste Verlangen gehabt, uns so unerwartet zu begegnen, wenn es sich hätte vermeiden lassen.

Die einzige Veränderung an Anne Stepney (die ich das letzte Mal auf Stringhams Hochzeit gesehen hatte) war, daß sie sich einen Stil in ihrer Kleidung angeeignet hatte, der indirekt auf eine Kunststudentin hindeutete – nichts Schokkierendes, nur eine allgemeine Betonung, daß sie auf eine gewisse Weise eng mit der Malerei oder Bildhauerei verbunden war. Ich glaube, Mona hatte gegen eine solche Erscheinung angekämpft, bei Anne Stepney dagegen war sie sicher mühsam erworben. Kleider dieser Art paßten ohne Zweifel zu ihren großen, dunklen Augen und ihrem rötlichen Haar, schienen auch der allgemeinen Atmosphäre der Unordentlichkeit, um nicht zu sagen Schmuddeligkeit, angemessen, die sie immer umgab. Ich wußte, daß sie sich inzwischen fast völlig von der Welt, in der sie aufgewachsen war, abgewandt hatte – einer Welt, in der ihre Schwester Peggy sich noch immer bewegte, zumindest in jenem Teil, der jungen, verheirateten Frauen dort überlassen ist.

Die Bridgnorths trugen das Verhalten ihrer Tochter mit philosophischem Gleichmut. Sie hatten all die üblichen Schritte unternommen, um ihr im Leben einen Start zu geben – einen Ball zu ihrer Einführung in die Gesellschaft und alles andere, was man vernünftigerweise von Eltern in ihren Verhältnissen erwarten kann. Am Ende hatten sie zugeben müssen, daß es ›in der modernen Zeit‹ unmöglich war, auf den

Hoffnungen und Maßstäben ihrer eigenen Generation zu bestehen. Sie hatten Anne erlaubt, ihre eigenen Wege zu gehen, während Lady Bridgnorth zu ihren Krankenhauskomitees zurückkehrte und Lord Bridgnorth zu seiner Politik und seinen Pferderennen. Sie trösteten sich wahrscheinlich mit dem Gedanken, daß Peggy, nach ihrer stillen Scheidung von Stringham, jetzt mit ihrem neuen Mann ein sehr friedliches Leben führte in dessen von Geistern heimgesuchtem, im Stil Palladios gebautem Haus in der Grafschaft Yorkshire, das angeblich St. John Clarke als Hintergrund für einen seiner Romane gedient hatte. Außerdem machte sich, wie ich gehört hatte, ihr ältester Sohn, Mountfichet, sehr gut auf der Universität, wo er ein besonderer Liebling Sillerys war.

Als wir einander vorgestellt wurden, schien es mir einfacher, die Tatsache unerwähnt zu lassen, daß wir uns schon vorher begegnet waren. Anne Stepney sah sich mit ernster Anerkennung in dem Lokal um. Auf Foppa und seinen Mitspieler zeigend, sagte sie:

»Ich finde immer, Kartenspieler geben ein so gutes Motiv ab.«

»Ganz so wie in einem Chardin«, schlug ich ihr vor.

»Meinen Sie?« antwortete sie. Ihr Ton deutete eher Widerspruch an als Zustimmung.

»Die Komposition?«

»Wissen Sie, ich bin eigentlich nur an Chardins Schlaglichtern interessiert«, sagte sie.

Ehe wir mit unserer Diskussion über die Komplexität der Technik Chardins fortfahren konnten, erhob sich Foppa, um uns mit weiteren Getränken zu versorgen. Er hatte uns bereits ein Zeichen gemacht, daß er sich für die Verzögerung entschuldige, die sich aus der Tatsache erklärte, daß sein Spiel kurz vor der Vollendung stand, als Barnby eintraf. Er schrieb jetzt das Ergebnis auf ein Blatt Papier und kam zu uns herüber. Diesmal folgte ihm der Mann, mit dem er Karten gespielt hatte, zur Bar. Man konnte jetzt mehr von ihm sehen. Sein Anzug war besser geschnitten und seine allgemeine Erscheinung vornehmer als in dem Club üblich. Er war für einen Moment am Tisch stehengeblieben, hatte sich gestreckt und eine Zigarette angezündet, während er aufmerksam zu unserer Gruppe herüberschaute. Einen Augenblick später machte er einen Schritt auf Anne Stepney zu und sagte in einer weichen, surrenden, ziemlich humorvollen Stimme, deren Ton beinahe etwas Hypnotisches besaß:

»Ich hörte Ihren Namen, als Sie vorgestellt wurden. Sie müssen Eddie Bridgnorths Tochter sein.«

Während er das sagte, sah ich ihn näher an und war erstaunt, daß ich ihn bis zu diesem Augenblick unbeachtet gelassen hatte. Er war kein gewöhnlicher Mensch. Das zeigte sich deutlich. Von nur mittlerer Größe, sogar ein wenig klein, wenn man ihn nicht mit Foppa verglich, war er schlank und hatte jenes undefinierbare, sich manchmal scheinbar selbst der Textur der Haut mitteilende Aussehen eines Mannes, der den Pferderennen ergeben ist. Sein Alter war schwer zu erraten; wahrscheinlich war er Mitte Vierzig. Er trug sehr saubere und ordentliche Kleidung. Sie war alt, geschmackvoll und gut erhalten, ein wenig wie die von Onkel Giles. Dieser Mann machte den Eindruck, als sei einmal viel Geld durch seine Hände gelaufen, ohne allerdings den Gedanken nahezulegen, daß er in diesem Augenblick besonders wohlhabend sei. Er war bartlos und trug einen steifen Kragen und den Binder der Garde-Brigade. Ich konnte mir nicht vorstellen, was ein solcher Mann bei Foppa tun mochte. Er hatte etwas an sich, das an Buster Foxe, den dritten Ehemann von Stringhams Mutter, erinnerte: die gleiche kühle, robuste, gesellschaftlich elegante Persönlichkeit – doch war sie herzlicher als die Busters. Es fehlte ihm auch jener in der Jugend erworbene Panzer professionellen Egoismus, der selbst den gutmütigsten Marineoffizier schützend umgibt. Vielleicht lag die Ähnlichkeit zu Buster schließlich doch nur in dem äußeren Anstrich, der allen Leuten derselben Generation eigen ist.

Anne Stepney antwortete ziemlich steif, daß ›Eddie Bridgnorth‹ in der Tat ihr Vater sei. Da sie sich entschlossen hatte, einzig und allein in der Gesellschaft von ›Künstlern‹ zu leben, ärgerte es sie vielleicht, in einem solchen Lokal jemandem seiner Art zu begegnen. Er hatte behauptet, Lord Bridgnorth zu kennen; so wußte sie nicht, welche Informationen er über sie besitzen mochte oder was er vielleicht später berichten würde, wenn er ihren Vater wiedersah. Doch der Mann mit dem Binder der Garde schien instinktiv zu verstehen, was sie fühlte, als sie erfuhr, daß er ihre Familie kenne.

»Ich bin Dicky Umfraville«, sagte er. »Vermutlich haben Sie noch nie von mir gehört, denn ich bin lange im Ausland gewesen. Früher war ich manchmal mit Ihrem Vater zusammen, als er noch *Yellow Jack* besaß. Ja, ich habe einmal eine dicke Stange Geld mit diesem Pferd gewonnen. Es ist jetzt nichts mehr davon übriggeblieben, muß ich leider gestehen.«

Er lächelte freundlich. Durch seine Zutraulichkeit und zugleich Bescheidenheit gelang es ihm, ein ungewöhnliches Gefühl der Sicherheit zu verbreiten. Anne Stepney schien kaum zu wissen, was sie auf seinen Bericht über sich selbst antworten sollte. Ich erinnerte mich, daß Sillery von Umfraville gesprochen hatte, als ich noch Student war. Vielleicht im Scherz hatte er zu Stringham gesagt, daß Umfraville ein Mann sei, vor dem man sich in acht nehmen müsse. Das war im Zusammenhang mit Stringhams Vater und dem Leben in Kenia gewesen. Stringham selbst hatte Umfraville in Kenia kennengelernt und von ihm als einem bekannten Herrenreiter gesprochen. Ich erinnerte mich auch, daß Stringham sich beschwert hatte, Le Bas habe ihn einmal mit Umfraville verwechselt, der mindestens fünfzehn Jahre zuvor ein Schüler in Le Bas' Haus gewesen war. Jetzt erkannte ich, daß Le Bas' Irrtum nicht allein der üblichen Unsicherheit eines Lehrers zugeschrieben werden durfte – trotz des Unterschieds im Alter und in der äußeren Erscheinung. Die Ähnlichkeit zwischen Stringham und Umfraville war eher moralischer als physischer Art. Sie ergab sich aus der gleichen Unzufriedenheit mit dem Leben, aus der gleichen fundamentalen Melancholie; allerdings waren Umfravilles Züge und sein Gesichtsausdruck ausgeprägter und, in gewisser Weise, gröber – vielleicht könnte man sogar sagen, brutaler – als Stringhams.

Es gab noch etwas anderes, das mir an Umfraville besonders auffiel, nämlich eine Eigentümlichkeit, die ich auch bei anderen Leuten seines Alters bemerkt hatte. Er schien noch jung zu sein, ein Mensch wie ich selbst; und doch taten seine Erscheinung und sein Betragen kund, daß er wenigstens ein paar Jahre seines Erwachsenendaseins vor dem Ausbruch des Krieges von 1914 erlebt hatte. Früher einmal hatte ich die Menschen, denen die Epoche meiner eigenen Jugend vertraut war, für ›ältere Leute‹ gehalten. Dann hatte ich entdeckt, daß es Menschen wie Umfraville gab, die die Kluft irgendwie zu überspannen schienen. Sie hatten teil an beiden Epochen und bestimmten in einem besonderen Maße den Ton der Nachkriegszeit – viel mehr eigentlich als die jüngeren Leute. Die meisten von ihnen waren, wie Umfraville, melancholisch – vielleicht wegen der Anstrengung, gleichzeitig in zwei verschiedenen geschichtlichen Perioden zu leben. Ohne Zweifel gehörte Umfraville zu dieser Kategorie. Er wandte sich jetzt weiter an Anne Stepney.

»Sind Sie schon einmal bei einem Trabrennen gewesen?«

»Nein.«

Sie war offensichtlich sehr verwundert über diese Frage.

»Das dachte ich mir«, sagte er und lachte über ihr Erstaunen. »Mein Interesse stammt aus der Zeit, als ich in den Staaten war. Die Yankees sind ganz wild auf Trabrennen. Die Franzosen auch. In England geht kaum jemand hin. Aber ich habe neulich unseren Foppa hier in Greenford kennengelernt, und wir kamen so gut miteinander aus, daß wir vereinbarten, zusammen nach Caversham zu fahren. Und plötzlich spiele ich schon mit ihm Pikett in seinem eigenen Laden.«

Foppa lachte über diesen Bericht von der Entstehung ihrer Freundschaft und rieb sich die Hände.

»Das Glück war heute abend auf Ihrer Seite, Mr. Umfraville«, sagte er. »Beim nächsten Mal nehme ich Revanche.«

»Bestimmt, Foppa, bestimmt.«

Obwohl die Karten für ihn ungünstig gefallen waren, schien sich Foppa zu freuen, Umfravilles in seinem Club zu haben. Später entdeckte ich, daß zu Umfravilles glücklichsten Gaben die Fähigkeit zählte, Leuten Geld abzunehmen, ohne sie dadurch zu verärgern.

Es folgten dann einige Augenblicke allgemeiner Unterhaltung, während der es sich herausstellte, daß Jean Barnby schon einmal bei einem ihrer Besuche auf Stourwater begegnet war. Sie wußte natürlich von seiner früheren Beziehung zu Baby Wentworth, doch als sie und ich uns vorher einmal darüber unterhalten hatten, war sie sich nicht sicher gewesen, ob sich die beiden je zur gleichen Zeit bei Sir Magnus Donners aufgehalten hatten. Jean und Barnby begannen jetzt ein Gespräch über eine große Wochenendgesellschaft auf Stourwater, an der sie beide teilgenommen hatten. Anne Stepney ging – möglicherweise, um weiteren direkten Kontakt mit Umfraville zu vermeiden, bis sie sich entschieden hatte, wie sie ihn am besten behandeln sollte – hinüber zur anderen Seite des Zimmers und sah sich das Bild Viktor Emanuels an. Folglich waren Umfraville und ich uns selbst überlassen. Ich fragte ihn, ob er sich daran erinnere, daß Stringham einmal in Kenia war.

»Charles Stringham?« fragte er. »Ja natürlich kannte ich ihn. Er ist der Sohn von Boffles Stringham. Ein sehr netter Junge. Aber ist er nicht mit *ihrer* Schwester verheiratet?«

Er senkte seine Stimme und schnellte den Kopf in Annes Richtung.

»Sie sind jetzt geschieden.«

»Ach ja, natürlich. Ich hatte das ganz vergessen. Übrigens, ich hörte, Charles sei in einer ziemlich schlimmen Verfassung. Er trinkt so viel, da könnte ein Kriegsschiff drin schwimmen. Natürlich, Boffles spuckt ja auch nicht gerade rein. Kennen Sie Charles schon lange?«

»Ich gehörte in der Schule zum selben Haus – dem von Le Bas.«

»Unmöglich.«

»Warum?«

»Weil ich auch bei Le Bas war. Nicht sehr lange, allerdings. Ich begann bei Corderey. Dann übernahm Le Bas das Haus von Corderey. Ziemlich bald darauf wurde ich gebeten, die Schule zu verlassen. Ich bin nicht eigentlich geschaßt worden, wie das manchmal böswilligerweise von meinen Freunden behauptet wird. Ich kriege Einladungen zu dem jährlichen Ehemaligentreffen zum Beispiel. Nicht daß ich jemals hingegangen wäre. Ich bin dann gewöhnlich im Ausland. Übrigens, dieses Jahr gehe ich vielleicht hin. Wie ist es mit Ihnen?«

»Vielleicht. Ich bin auch schon seit einigen Jahren nicht mehr dagewesen.«

»Ach, kommen Sie doch. Wir gehen zusammen hin und machen ganz toll was los. Wir nehmen das Claridge auseinander. Da findet es doch immer statt, nicht wahr?«

»Oder im Ritz.«

»Sie müssen kommen.«

Es lag eine Spur von Wahnsinn in der Art, wie er seine Sätze herausschoß; nicht ein Wahnsinn, der wütet; nicht einmal einer, der, im gewöhnlichen Sinne des Wortes, gefährlich ist; aber ein Warnzeichen, daß es bei ihm keinen angemessenen Mechanismus gab, der die normalen Kontrollen ausübte. Gleichzeitig lag auch etwas Zwingendes in seiner Freundlichkeit, in diesem plötzlichen Entschluß, daß wir zusammen an dem Ehemaligentreffen teilnehmen müßten. Obwohl ich den Typ von Mann, der der war, ziemlich gut kannte – oder mir zumindest schmeichelte, ihn gut zu kennen –, konnte ich nicht umhin, mich über die Einladung zu freuen. Und ich nahm mir sofort fest vor, zu dem Essen für Le Bas zu gehen, obwohl bis dahin meine Entscheidung alles andere als sicher gewesen war. Ja, es wäre wahr zu sagen, daß Umfraville mich völlig für sich gewonnen hatte – ohne Zweifel durch seine Schocktaktik, gegen die Sillery seine ursprüngliche Warnung ausgesprochen hatte. In solchen Dingen besaß Sillery, obgleich er oft Unsinn reden mochte, einen wohlfundierten Scharfsinn. Leute, die seine Ermahnungen in den Wind schlugen, bereuten es dann später manchmal.

»Kommen Sie oft hierher?« fragte Umfraville.

»Nur gelegentlich – um russisches Billard zu spielen.«

»Wie ist der Name der anderen charmanten Frau?«

»Jean Duport.«

»Hat sie etwas mit dem Burschen zu tun, der mit Bijou Ardglass zusammen ist?«

»Seine Frau.«

»Du liebe Zeit! Wie exzentrisch von ihm, wenn er so etwas Nettes zu Hause hat. Anne da drüben ist auch ein sehr hübsches Kind. Ziemlich wild, wie ich höre. Daß sie schon erwachsen ist! Es kommt mir vor, als hätte ich erst neulich die Anzeige von ihrer Geburt gelesen. Ich hätte nichts dagegen, sie einmal zum Abendessen einzuladen, wenn ich das Geld dafür besäße.«

»Leben Sie ständig in Kenia?«

»Eine Zeitlang habe ich das. Ich wurde es in letzter Zeit ziemlich leid. Es ist nicht mehr das, was es früher einmal war. Aber wissen Sie, auch mit England scheint etwas schlimm schiefgelaufen zu sein. Als ich vor zwei oder drei Jahren hier war, lagen die Dinge noch ganz anders. Damals gab es jeden Abend eine Party – zwei oder drei sogar. Jetzt hat sich alles verändert. Keine Partys, keine Fröhlichkeit; jeder spricht dauernd in fürchterlich ernsten Tönen über die Wirtschaft oder über allgemeine Abrüstung oder so was. Deshalb war ich froh, hierherzukommen und mit Foppa ein Spielchen zu machen. Bei ihm gibt es nicht diesen Unsinn über Wirtschaft oder allgemeine Abrüstung. Alle Leute, die ich kenne, sind so verdammt ernst geworden, was? Finden Sie das nicht auch?«

»Es ist die Wirtschaftskrise.«

Umfravilles Gesicht hatte einen angestrengten, besorgten Ausdruck angenommen, während er das sagte – fast den eines Priesters, der das Evangelium des Vergnügens einer Gemeinde predigt, die jetzt abgefallen ist von den hohen Prinzipien der Vergangenheit. Ein Blick der Hoffnungslosigkeit lag in seinen Augen, als wisse er, wie schrecklich gering seine Aussicht auf Erfolg sei und daß die Märtyrerkrone sein schließliches Schicksal wäre. Irgendwie erinnerte er mich in diesem Moment wieder an Buster Foxe. Ich hatte zwar Buster nie solche Auffassungen vertreten hören, doch im allgemeinen wurden sie damals nur allzu oft geäußert.

»Wie dem auch sei, es ist schön, daß Sie alle hier sind«, sagte er. »Lassen Sie uns noch etwas trinken.«

Barnby und Anne Stepney begannen jetzt, Billard zu spielen. Sie schienen nicht auf sehr gutem Fuß miteinander zu stehen und hatten sich vielleicht früher am Abend gestritten. Wenn Mrs. Erdleigh Gelegenheit gehabt hätte, die astrologischen Möglichkeiten des Tages zu prüfen, hätte sie vielleicht die Gruppen der Liebenden gewarnt, daß die Aspekte auf Unheilvolles deuteten. Jean kam herüber an die Bar. Sie nahm meinen Arm, als wolle sie Umfraville gegenüber betonen, daß wir eng miteinander verbunden seien. Sie tat das, obwohl sie selbst immer Diskretion verlangte. Dennoch, ihre Berührung gab mir ein Gefühl der Freude und Wärme. Umfraville lächelte fast väterlich, so als entdecke er wenigstens hier bei uns gewisse Anzeichen des Strebens nach Vergnügen. Er schien nicht geneigt, sein Spiel mit Foppa wiederaufzunehmen, der jetzt mit den beiden Italienern plauderte.

»Charles Stringham war eine Zeitlang mit Milly Andriadis liiert, nicht war?« fragte Umfraville.

»Vor etwa drei Jahren, kurz vor seiner Heirat.«

»Ich meine, es begann gerade, als ich das letzte Mal in London war. Ich glaub' nicht, daß das wirklich gut für ihn gewesen ist. Milly hat so eine Art, die die Männer erschöpft – gleichgültig, wer es ist. Selbst ihre gekrönten Häupter. Nach einer Weile können sie es nicht mehr aushalten. Ich erinnere mich, daß ein Freund von mir eine Reise um die Welt machen mußte, um sich zu erholen. In Hongkong kriegte er Delirium tremens. Er glaubte, er würde von nackten Frauen auf Einhörnern gejagt. Wie geht es Milly jetzt?«

»Ich bin ihr erst einmal begegnet – auf einer Party, zu der Charles mich mitgenommen hatte.«

»Warum besuchen wir sie nicht alle?«

»Ich glaube, niemand von uns kennt sie gut genug.«

»Aber *ich* könnte sie nicht besser kennen.«

»Wo wohnt sie?«

»Wo ist das Telephonbuch?« sagte Umfraville. »Ich nehme allerdings nicht an, daß sie sich zu dieser Jahreszeit in England aufhält.«

Er ging gedankenverloren davon und verschwand durch die Tür. Mir kam es so vor, als sei er ziemlich betrunken, aber ich war mir nicht sicher. Es konnte ebensogut möglich sein, daß dies sein erster Drink des Abends war. Das Geheimnis, das ihn umgab, ist in einem besonderen Maße starken Charakteren eigen, die ihr Leben ohne besondere Ziele gelebt haben. Jean schob ihre Hand in die meine.

»Wer ist das?«

Ich versuchte ihr zu erklären, wer Umfraville war.

»Ich fühle mich gut jetzt«, sagte sie.

»Wirklich?«

Ich war mir nicht sicher, ob auch ich mich gut fühlte. Wir sahen den beiden anderen beim Billardspielen zu. Die Partie war offensichtlich ein Krieg bis aufs Messer. Sie waren gleichwertige Gegner. Es konnte kein Zweifel mehr bestehen, daß es vor ihrer Ankunft bei Foppa eine Auseinandersetzung zwischen ihnen gegeben hatte. Vielleicht waren alle Frauen an diesem Abend in einer schwierigen Stimmung.

»Ich hab' oft von Umfraville gehört«, sagte Barnby, während er seinem Queue Kreide gab. »Hat er nicht in einem Jahr zwei Frauen mit nach St. Moritz genommen und ist, als er sie leid war, abgehauen, und sie mußten die Hotelrechnung bezahlen?«

»Mit wem ist er jetzt verheiratet?« fragte Anne Stepney.

»Im Moment ist er frei wie die Luft, glaube ich«, sagte Barnby. »Er war mehrere Male verheiratet, wenigstens dreimal. Eine seiner Frauen hat sich vergiftet. Eine andere hat ihn wegen eines Marquis verlassen – und ist dann fast sofort wieder mit einem Jockei durchgebrannt. Was mit der dritten passiert ist, weiß ich im Moment nicht. Dein Stoß, meine Liebe.«

Umfraville kam in das Lokal zurück. Er sah schweigend zu, bis das Spiel beendet war. Es wurde von Barnby gewonnen. Dann sprach er.

»Ich möchte einen Vorschlag machen«, sagte er. »Ich hab' gerade mit Milly Andriadis telephoniert und ihr erzählt, daß wir sie jetzt alle besuchen kämen.«

Mein erster Gedanke war, daß ich es mir nicht zur Gewohnheit machen könne, uneingeladen mit einer Gruppe von Freunden in Mrs. Andriadis' Haus zu erscheinen, selbst in Abständen von drei oder vier Jahren nicht. Einen Moment später erkannte ich die Absurdität einer solchen Scheu, denn Mrs. Andriadis würde sich – wenn ich einmal andere Bedenken beiseite ließ – nicht mehr im entferntesten daran erinnern, daß wir einander schon vorher begegnet waren. Gleichzeitig drängte sich meinem Bewußtsein das Schema des Lebens auf, das nicht nur eine Ähnlichkeit zwischen Dicky Umfraville und Stringham, sondern durch diese stellvertretende Einladung auch eine Wiederholung von Stringhams früherem Verhalten hervorgebracht hatte.

»Was bedeutet dieser Vorschlag?« fragte Anne Stepney.

Sie sprach in einem kalten Ton; aber ich glaube, Umfraville hatte bereits ein starkes Interesse in ihr geweckt. Jedenfalls erschien in ihren Augen jener eher verwirrte Blick, der bei Frauen manchmal das Vorspiel einer Zuneigung zu dem Mann ist, auf den er sich richtet.

»Jemand mit Namen Mrs. Andriadis«, sagte Umfraville. »Sie hat schon Partys gegeben, da waren Sie noch ganz klein. Eine ziemlich berühmte Dame. Eine sehr alte Freundin von mir. Ich dachte, wir könnten sie vielleicht besuchen gehen. Ich hab' gerade angerufen, und sie kann es gar nicht erwarten, uns bei sich zu begrüßen.«

»Oh, bitte laßt uns hingehen«, sagte Anne Stepney, plötzlich ihren gelangweilten, lustlosen Ton aufgebend. »Ich hab' mir immer so sehr gewünscht, Mrs. Andriadis kennenzulernen. War sie nicht die Geliebte eines Königs – war es – –«

»Er war es«, sagte Umfraville.

»Ich hab' so viele Geschichten über die wundervollen Partys gehört, die sie gibt.«

Umfraville tat einen Schritt nach vorn und nahm ihre Hand. »Eure Ladyschaft wünschen zu gehen«, sagte er leise, als spiele er die Rolle eines Höflings in einem lächerlich manierierten Zeremoniell. »Und also werden wir gehen. Ihr Wunsch ist uns Befehl.«

Er beugte seinen Kopf über ihre Fingerspitzen. Ich konnte nicht erkennen, ob seine Lippen sie auch wirklich berührten, aber die Burleske schien irgendwie außergewöhnlich komisch, so daß wir alle lachten. Doch trotz ihrer Absurdität war Umfravilles Geste von einer Anmut, die Anne Stepney sichtbar erfreute und schmeichelte. Sie errötete sogar ein wenig. Obwohl Barnby wie die übrigen von uns lachte, sah ich doch, daß er leicht verärgert war – wie es ja wohl auch die meisten Männer unter diesen Umständen gewesen wären. Er hatte ohne Zweifel Umfraville als einen Rivalen erkannt, der eine von seiner eigenen völlig verschiedene Technik besaß.

Ich warf einen Blick zu Jean hinüber, um zu sehen, ob sie sich der Expedition anzuschließen wünschte. Sie nickte schnell und lächelte. Ganz plötzlich war alles wieder gut zwischen uns.

»Ich bin Mrs. Andriadis erst zweimal begegnet«, sagte Barnby. »Aber wir sind bei beiden Gelegenheiten sehr gut miteinander ausgekommen – sie hat sogar eine Zeichnung von mir gekauft. Ich hoffe, sie wird es nicht übelnehmen, daß wir so viele sind?«

»Übelnehmen?« sagte Umfraville. »Mein lieber, guter Junge, ihr Herzchen wird hüpfen vor Freude. Lassen Sie uns gehen. Wir können uns alle in nur ein Taxi quetschen. Foppa, wir werden uns wiedersehen. Sie sollen Ihre Revanche haben.«

Mrs. Andriadis lebte natürlich nicht länger in dem Haus der Duports in der Hill Street, wohin mich Stringham zu der Party mitgenommen hatte. Es war von Duport zur Zeit seines finanziellen Zusammenbruchs verkauft worden. Es stellte sich heraus, daß sie jetzt in einem großen Wohnblock, der kurz zuvor in der Park Lane errichtet worden war, ihr Domizil aufgeschlagen hatte. Ich war neugierig zu sehen, welchen Eindruck ihre Lebensumstände bei einer erneuten Prüfung auf mich machen würden. Ihre Party hatte mir, so schien es damals, einen Blick auf eine neue und faszinierende Form des Lebens eröffnet, die ich vielleicht nie wieder erleben würde. Solch eine Welt erschien mir nun nicht nur weit weniger bemerkenswert als zuvor, ihre besonderen Eigentümlichkeiten hatten auch kaum noch etwas Verlockendes für mich. Ihre Elemente waren in der Tat um mich herum in die Höhe gewachsen wie eine seltsame tropische Vegetation – in einigen Richtungen üppiger zwar als in anderen; reizvoll hier und abstoßend dort; aber auf jedem gangbaren Pfad gleich dicht und beengend.

»Hat sie wirklich gesagt, wir wären ihr willkommen?«

fragte ich, als wir dichtgedrängt in dem Lift nach oben fuhren.

Umfravilles Antwort war weniger ermutigend, als man das vielleicht hätte erwarten können.

»Sie sagte: ›Oh Gott, du wieder, Dicky. Jemand hat mir doch erzählt, du hättest dich 1929 zu Tode getrunken.‹ Ich sagte: ›Ich komme jetzt direkt mit ein paar Freunden zu dir, um dir den Kuß zu geben, den ich vergaß, als wir zusammen in Havanna waren.‹ Sie sagte: ›Nun, ich hoffe, du bringst auch das Pferd gleich mit, das du mir schuldest und das du damals auch vergessen hast.‹ Danach warf sie den Hörer auf die Gabel.«

»Sie hat also keine Ahnung, wie viele wir sind?«

»Milly weiß, daß ich 'ne Menge Freunde habe.«

»Dennoch –«

»Keine Sorge, alter Junge. Milly wird euch alle mit offenen Armen empfangen. Besonders, da Sie ein Freund von Charles sind.«

Ich war mir im Gegenteil gar nicht so sicher, daß es klug wäre, Mrs. Andriadis gegenüber Stringhams Namen zu erwähnen.

»Wir mußten sie verklagen, nachdem sie unser Haus gemietet hatte«, sagte Jean.

»Ja, das glaube ich wohl«, sagte Umfraville.

Im Licht dieser Bemerkungen schienen die Umstände unseres Besuches nicht besonders günstig zu sein. Wir wurden von einer älteren Zofe, die das hilfsbereite und zugleich gebieterische Gebaren einer lange in einer Familie etablierten Kinderfrau oder Gouvernante hatte, in eine offensichtlich große Wohnung gelassen.

»Na Ethel«, sagte Umfraville, »wie geht es Ihnen? Eine sehr lange Zeit nach unserer letzten Begegnung.«

Ihr Gesicht hellte sich sofort auf, als sie ihn erkannte.

»Und wie geht es Ihnen, Mr. Umfraville? Ich hab' Sie seit der Zeit in Kuba nicht mehr gesehen. Sehr gut schauen Sie aus, Sir, wirklich. Wo haben Sie sich die Sonnenbräune geholt?«

»Nicht schlecht, Ethel. Das waren Zeiten in Kuba, was? Und wie geht es Mrs. A.?«

»Sie ist hin und wieder ein bißchen unpäßlich. Nicht mehr ganz die alte. Sie hat ihre guten und schlechten Tage.«

»Wer von uns hat die nicht? Wird sie sich freuen, mich zu sehen?«

Es schien ziemlich spät zu sein für eine solche Erkundigung. Ethel erwiderte ihm nicht sofort. Ihr Gesicht zog sich leicht zusammen, während sich ihre Aufmerksamkeit darauf konzentrierte, eine völlig wahrheitsgemäße Antwort auf diese delikate Frage zu geben.

»Sie hat sich gefreut, als Sie anriefen«, sagte sie. »Sehr sogar. Sie holte mich herein und erzählte es mir – genauso, wie sie es früher getan hätte. Aber dann kam ein Anruf von Mr. Guggenbühl, direkt nach Ihrem, und danach war sie, meine ich, nicht mehr so begeistert. Sie ist launisch, wissen Sie; immer gewesen.«

»Mr. Guggenbühl ist der Gegenwärtige, nehme ich an?«

Ethel lachte in der leichten, guten Art einer erprobten Dienerin, deren Takt keine Grenzen kennt. Sie unternahm nicht den leisesten Versuch, Mr. Guggenbühls Identität preiszugeben.

»Was ist er für ein Mann?« fragte Umfraville in einem schmeichlerischen Ton.

»Er ist ein deutscher Gentleman, Sir.«

»Alt, jung? Reich, arm?«

»Er ist ziemlich jung, Sir. Ich glaub' nicht, daß er besonders wohlhabend ist.«

»Einer von dieser Sorte also?« sagte Umfraville. »Jeder scheint heutzutage einen deutschen Jungen zu haben. Ich fühle mich schon gar nicht mehr up to date, weil ich selbst keinen im Schlepptau habe. Wohnt er hier?«

»Er bleibt manchmal.«

»Nun, wir werden uns nicht lange aufhalten«, sagte Umfraville. »Ich verstehe schon.«

Wir folgten ihm durch die von Ethel geöffnete Tür, die in ein eher luxuriöses als gemütliches Zimmer führte. Der erste Eindruck war der von schweren Damastvorhängen und fransenbesetzten Sesselbezügen. Die Möbel und die sonstige Einrichtung waren offensichtlich eng aufeinander abgestimmt, und die gegenwärtige Besitzerin hatte dem ursprünglichen Entwurf so gut wie nichts hinzugefügt. Die wenigen Bücher und Zeitschriften, die auf einem niedrigen Tisch in chinesischem Chippendale lagen, wirkten seltsam fremd und unpassend; das galt noch mehr für das Modelltheater, ähnlich einem Spielzeugtheater für Kinder, das auf einer Louis-seize-Kommode stand.

Mrs. Andriadis selbst lag in einem Sessel, ihre Beine ruhten auf einem runden Polster. Ihr Gesicht hatte sich seit der Zeit, als ich sie das letzte Mal gesehen hatte, überhaupt nicht verändert. Ihr pudergraues Haar war so schön frisiert wie damals; ihre dunklen Augenbrauen wölbten sich noch immer über stark glänzenden braunen Augen. Sie sah so hübsch aus wie früher und auch so voll von Energie. Sie trug keinen Schmuck, außer einem gewaltigen, quadratisch geschnittenen Diamanten an einem Finger.

An ihrer Kleidung dagegen hatte sich eine seltsame Veränderung vollzogen. Ihr kleiner Körper war nun eingehüllt in einen schwarzen Umhang, dessen Samtkragen am Hals durch eine kurze Metallkette zusammengehalten wurde. Dieses Kleidungsstück erinnerte an den Uniformumhang italienischer Offiziere, und wahrscheinlich handelte es sich auch um einen solchen. Unter dieser militärischen äußeren Bedeckung trug sie einen grauen Flanellpyjama mit schäbigem Dessin, viel zu groß für sie, ja offensichtlich für einen Mann gedacht. Ein Hosenbein war hochgerutscht und zeigte eine schlanke Wade und zierliche Knöchel. Sie erhob sich nicht, zeigte uns aber durch eine Bewegung mit ihrer Hand an, daß wir uns alle setzen sollten.

»Also Dicky«, sagte sie, »warum, zum Teufel, schleppst du mir hier zu so später Stunde so viele Leute heran?«

Sie sagte das trocken, doch nicht übelgelaunt, in jenem betonten Cockney-Akzent, an den ich mich noch erinnerte.

»Milly, Liebling, das sind die charmantesten Menschen, die du dir vorstellen kannst. Laß mich dir sagen, wer sie sind.«

Mrs. Andriadis lachte.

»*Ihn* kenne ich«, sagte sie und nickte in Barnbys Richtung.

»Lady Anne Stepney«, sagte Umfraville. »Erinnerst du dich noch, wie wir einmal mit den Gästen ihres Vaters zum St. Leger gefahren sind?«

»*Darüber* sagst du besser nichts«, sagte Mrs. Andriadis. »Eddie Bridgnorth ist jetzt eine Säule der Respektabilität. Wie geht es Ihrer Schwester, Anne? Es überrascht mich nicht, daß sie Charles Stringham aufgeben mußte. Er ist ein sehr charmanter Mann, aber keine Frau könnte lange mit ihm verheiratet sein.«

Anne Stepney sah ziemlich eingeschüchtert drein über diese herrische Anrede.

»Und Mrs. Duport«, sagte Umfraville.

»War das Ihr Haus, das ich in der Hill Street gemietet hatte?«

»Ja«, sagte Jean, »das stimmt.«

Ich fragte mich, ob diese Eröffnung jetzt von einem Ausbruch gefolgt werden würde. Die Scherereien mit dem Haus waren wegen eines zerbrochenen Spiegels und eines ausgebrannten Heizkessels entstanden, vielleicht auch noch wegen anderer Dinge. Ohne Zweifel hatte es eine Menge Unannehmlichkeiten gegeben. Doch in der überraschenden Art von Menschen, die ihr Leben in einem wilden Tempo leben, sagte Mrs. Andriadis nur mit leiser Stimme:

»Wissen Sie, meine Liebe, ich möchte mich für all das, was

in diesem verwünschten Haus passiert ist, bei Ihnen entschuldigen. Wenn ich Ihnen die ganze Geschichte erzählte, würden Sie mir zustimmen, daß die Schuld nicht völlig bei mir lag. Aber das ist alles viel zu langweilig, um es hier auszubreiten. Wenigstens haben Sie Ihr Geld gekriegt. Ich hoffe nur, es war auch wirklich genug für den Schaden.«

»Wir haben das Haus jetzt verkauft«, sagte Jean lachend. »Ich habe es sowieso nie besonders gemocht.«

»Und Mr. Jenkins«, sagte Umfraville. »Ein Freund von Charles –«

Sie sah mich scharf an.

»Ich glaube, ich habe auch Sie schon früher einmal gesehen«, sagte sie.

Ich hoffte, sie würde sich nicht an die Szene erinnern, die Mr. Deacon auf ihrer Party gemacht hatte. Aber sie ging der Sache nicht weiter nach.

»Ethel«, rief sie, »bring ein paar Gläser. Es ist Bier da für die, die keinen Whisky trinken können.«

Sie wandte sich an Umfraville.

»Ich freue mich sehr, euch alle zu sehen«, sagte sie, »aber ihr dürft nicht allzu lange bleiben, wenn Werner kommt. Er mag Leute wie euch nicht.«

»Dein neuester Bewunderer, Milly?«

»Werner Guggenbühl. Ein sehr charmanter deutscher Junge. Er wird fürchterlich müde sein, wenn er kommt. Er ist den ganzen Tag in einem Zug mitmarschiert.«

»Um die Hungermarschierer zu treffen?« fragte ich.

Mir war plötzlich der Gedanke gekommen, daß in dem außergewöhnlichen Schema, das das Leben formt, dieser Besuch bei Mrs. Andriadis Teil desselben Diagramms war, in dem auch St. John Clarke, Quiggin und Mona an diesem Nachmittag ihre Rolle gespielt hatten.

»Ich glaube ja. Sind Sie auch marschiert?«

»Nein – aber ich kenne einige Leute, die dabeiwaren.«

»In welch einer außergewöhnlichen Welt wir doch leben«,

sagte Umfraville. »All unsere Freunde marschieren im Park herum.«

»Eigentlich nett von Werner, meint ihr nicht?« sagte Mrs. Andriadis. »Wenn man bedenkt, daß dies nicht sein eigenes Land ist und was für schreckliche Dinge wir Deutschland zugefügt haben in dem Vertrag von Versailles.«

Ehe sie mehr über ihn sagen konnte, kam Guggenbühl selbst ins Zimmer. Er war dunkelhaarig und sah, auf eine sehr deutsche Weise, recht gut aus. Der ärgerliche Ausdruck in seinem Gesicht erinnerte an Quiggin. Er verbeugte sich leicht aus der Hüfte heraus, als er vorgestellt wurde, wandte sich jedoch niemandem von uns einzeln zu, nicht einmal Mrs. Andriadis, sondern warf lediglich einen kurzen Blick im Zimmer herum und starrte dann gerade vor sich hin. Ohne Zweifel war er der Besitzer des grauen Pyjamas. Er erinnerte mich an einen Freund Mr. Deacons namens Willi, der, in der Beschreibung Mr. Deacons, »einen großenTeil der Hitze des Kampfes zu tragen hatte bei Verdun, als Nation sich erhob gegen Nation«. Guggenbühl war ein wenig jünger als Willi, aber charakterlich mochten sie gut eine Menge gemeinsam haben.

»Und wie ist es dir heute ergangen, Werner?« fragte Mrs. Andriadis.

Sie sagte das mit einer einschmeichelnden Stimme, ganz anders, als sie bis zu diesem Augenblick gesprochen hatte. Ihr Ton ließ mich an Templer denken, wie er versucht hatte, Mona zu besänftigen. Sie war jedoch ebenso erfolglos, denn Guggenbühl machte eine ärgerliche Geste mit seiner Faust.

»Wie es heute war, fragst du?« sagte er. »Es war wie alles in diesem Land. Sozialdemokratisches Possenspiel. Laß uns nicht davon sprechen.«

Er wandte sich ab und ging zu dem Modelltheater hinüber. Von uns nahm er keine weitere Notiz mehr, sondern begann jetzt, die Szenerie zu verschieben oder sonst irgendwie mit der Ausrüstung auf dem hinteren Teil der Bühne herumzuspielen.

»Werner schreibt gerade an einem Theaterstück«, erklärte uns Mrs. Andriadis, die jetzt in einem viel versöhnlicheren Ton sprach. »Manchmal spielen wir abends den ersten Akt durch. Wie geht es voran, Werner?«

»O, wirklich?« sagte Anne Stepney. »Ich interessiere mich schrecklich für das Theater. Bitte sagen Sie uns doch, wovon das Stück handelt.«

Guggenbühl wandte daraufhin den Kopf zu uns hin.

»Ich glaube nicht, daß es Sie interessieren würde«, sagte er. »Wir haben genug von dem Theater der Bourgeoisie und der Kapitalisten. Jetzt gibt es *Volksbühnen* – für den Schauspieler, der genauso Arbeiter ist wie die Industriearbeiter – für den Schauspieler, der eine Maschine ist von Maschinen.«

»Ist das nicht schrecklich aufregend?« sagte Mrs. Andriadis. »Wißt ihr, die Oktoberrevolution war der eigentliche Wendepunkt in der Geschichte des Theaters.«

»Oh, ich bin ganz sicher, daß sie das war«, sagte Anne Stepney. »Ich hab' ne Menge über das Moskauer Künstlertheater gelesen.«

Guggenbühl stieß einen zischenden Laut durch seine Lippen, der beträchtliche Verachtung ausdrückte.

»Das Moskauer Künstlertheater ist noch gerade erträglich«, sagte er. »Aber was bietet es denn an Biomechanik oder *Trümmerkunst?* Dann nehmen Sie einmal Shakespeares *Ein Sommernachtstraum* oder Tollers *Masse Mensch*. Das moderne ethisch-soziale Drama mögen Sie nicht, vermute ich. Hauptmann, Kaiser, Stücke für Rosa Luxemburg und Karl Liebknecht, ja? Das neue korporative Leben. Die sozial bewußte Form. Wir Deutschen wissen, daß das Drama die höchste der Kunstformen ist. Keine bloße Unterhaltung, bitte. Es ist *Lebensstimmung*. Aber es sind die von der Mittelklasse unberührten Arbeiter, die etwas Spontanes schaffen werden. Sie erwähnten das Moskauer Künstlertheater. Es wurden also bei der Revolution sowohl der Theater- als auch der Kunstsowiet gegründet; Millionen, Milliarden von Rubeln wurden vom

Moskauer Sowiet der Soldatenräte abgezweigt. Hunderte, Tausende von Personen. Schauspieler, Sänger, Clowns, Tänzer, Musiker, Handwerker, Bühnenbildner, Mechaniker, Elektriker, Bühnenarbeiter, alle Arten von Arbeitern, alle ausgebildet, ja, und alle widmen sich dem Schaffen. Zwei Jahre, um eine einzige vollkommene Produktion herauszubringen – drei, vier, fünf, zehn Jahre, wenn nötig. Dann wieder fünfzig Stücke an fünfzig aufeinanderfolgenden Abenden. Es geht nicht darum, Geld zu machen, nein.«

Seine kalte, harte, belehrende Stimme hielt abrupt inne.

»Auch Bauchredner?« fragte Umfraville.

Die Bemerkung fand keine Beachtung, denn Anne Stepney schaltete sich wieder ein.

»Ich kann einfach nicht verstehen, warum wir bei uns keine Revolution machen«, sagte sie, »und auch etwas dieser Art beginnen.«

»Sie wollen in diesem Land eine Revolution haben?« sagte Guggenbühl grimmig lächelnd. »Wirklich? Dann stimme ich mit Ihnen überein.«

»Werner meint, daß die Zeit zu handeln gekommen ist«, sagte Mrs. Andriadis, jetzt zu ihrem entschiedenen Ton zurückkehrend. »Er sagt, wir hätten schon zu lange nur geredet.«

»Oh, das meine ich auch«, sagte Anne Stepney.

Ich fragte Guggenbühl, ob er am Nachmittag St. John Clarke getroffen habe. Auf diese Frage änderte sich sein Verhalten sofort.

»Sie kennen ihn? Den Schriftsteller?«

»Ich kenne den Mann und die Frau, die ihn geschoben haben.«

»Ach so.«

Er schien unsicher, wie er sich im Hinblick auf St. John Clarke verhalten solle. Vielleicht ärgerte er sich über sich selbst, weil er verächtliche Bemerkungen über den Zug vor jemandem gemacht hatte, der zwei der Teilnehmer kannte und ihnen vielleicht von seinen Worten berichten würde.

»Er ist ein berühmter Autor, glaube ich.«

»Ziemlich bekannt.«

»Er hat mich gebeten, ihn zu besuchen.«

»Werden Sie hingehen?«

»Natürlich.«

»Haben Sie Quiggin kennengelernt, seinen Sekretär, meinen Freund?«

»Ich glaube, er verreist bald, um zu heiraten.«

»Die Frau, die bei ihm war?«

»Ich glaube ja. Mr. Clarke bat mich, ihn zu besuchen, wenn Ihr Freund für einige Wochen verreist ist. Er sagt, er werde einsam sein und sich gerne mit mir unterhalten.«

Guggenbühl kehrte nach diesen Worten zu seinem Modelltheater zurück. Wahrscheinlich meinte er, er habe schon genug Zeit auf die in dem Zimmer versammelte Gesellschaft verschwendet. Außerdem wollte er wohl auch nicht zuviel einem Menschen gegenüber preisgeben, den er nicht kannte. Demonstrativ spielte er wieder mit den Kulissen. Wir tranken unser Bier. Selbst Umfraville schien ein wenig aus der Fassung gebracht durch Guggenbühl, der ohne Zweifel eine Atmosphäre seltsamer Unfreundlichkeit und Unruhe in das Zimmer gebracht hatte. Mrs. Andriadis dagegen fand vielleicht Vergnügen an der allgemeinen Gereiztheit, für die er verantwortlich war. Eine Art von Gast einer anderen aufzuzwingen, ist eine Form der Machtausübung, die den meisten Menschen sehr zusagt, die einen Großteil ihres Lebens darauf verwendet haben, Gesellschaften zu geben. Mrs. Andriadis, eine Gastgeberin mit langjähriger und wechselvoller Erfahrung, bildete hier wahrscheinlich keine Ausnahme. Offenbar hatte sie zudem, wie St. John Clarke, kürzlich eine politische Bekehrung durchgemacht, bei der ihr Guggenbühl als Vehikel gedient hatte. Ohne Zweifel drückte sich in seinem unerbittlichen Verhalten in vollkommener Form jene Rolle aus, die sie ihm in ihrer Vorstellung zudachte: die der Geißel für frivole Personen jener Sorte, die sie so gut kannte.

Wie dem auch sei, eine der wesentlichsten Gaben einer vollendeten Gastgeberin besteht in der Fähigkeit, Gäste ruhig und rasch zum Gehen zu bewegen, die schon länger geblieben sind, als sie erwünscht waren. Mrs. Andriadis muß dieses Talent in einem ungewöhnlichen Maße besessen haben. Ich kann mich nicht mehr an die Details erinnern, wie sie sich unserer Gesellschaft entledigte. Vielleicht hatte Umfraville Anstalten gemacht zu gehen, die sofort akzeptiert wurden. Es kam zu einer flüchtigen Verabschiedung, und irgendwie befanden wir uns nach einer unglaublich kurzen Zeit wieder auf der Park Lane.

»Sehen Sie«, sagte Umfraville. »Selbst Milly ...«.

Es folgte eine kurze Diskussion darüber, ob wir den Abend nun beschließen sollten oder nicht. Umfraville und Anne Stepney wollten noch nicht nach Hause gehen. Barnby konnte sich nicht recht entscheiden. Jean und ich waren uns einig, daß wir genug hatten. Am Ende entschlossen sich die beiden anderen, Umfraville zu einem Lokal zu begleiten, wo man ›noch etwas zu trinken‹ bekommen konnte. Das Verhalten anderer Leute schien mir unwichtig, denn irgendwie hatte sich der Tag wieder gerichtet, und Jean und ich schienen einander wieder nahe.

5

Als Templer bei der Beschreibung von Widmerpools neuer Beschäftigung von der ›Welt der Akzeptanz‹ gesprochen hatte, war mir dieser Ausdruck sofort besonders bemerkenswert vorgekommen. Selbst als ein technischer Begriff schien er anzudeuten, was wir alle tun – nicht nur in der Geschäftswelt, sondern auch in der Liebe, der Kunst, der Religion, der Philosophie, der Politik: eigentlich in allen menschlichen Bereichen. Die Welt der Akzeptanz, das war die Welt, in der das wesentliche Element – das Glück zum Beispiel – gezogen ist, sozusagen, auf die Verpflichtung, den Wechsel einzulösen. Manchmal werden die Waren geliefert, sogar ein kleiner Gewinn gemacht; manchmal werden die Waren nicht geliefert, und es folgt die Katastrophe; manchmal werden die Waren geliefert, aber der Wert der Währung hat sich geändert. Überdies ist, in einem anderen Sinne, die ganze Welt eine Welt der Akzeptanz, wenn man auf die Dreißig zugeht und zumindest einige seiner Illusionen aufgegeben hat. Die bloße Tatsache, daß man noch immer als ein menschliches Wesen existierte, bewies das.

Ich sah Templer selbst erst im folgenden Sommer wieder, als ich an dem Essen der ehemaligen Schüler des Hauses von Le Bas teilnahm. In jenem Jahr fand es im Ritz statt. Wir trafen uns in einem der unterirdischen Gänge, der zu dem Gesellschaftsraum führte, wo wir das Essen einnehmen würden. Es war ein warmer, ziemlich schwüler Juliabend. Templer trug, wie ein Franzose, eine weiße Weste zu seinem Smoking, eine Mode des Augenblicks, die inzwischen vielleicht schon ein wenig veraltet war.

»Wir scheinen uns dauernd in diesen prächtigen Hallen zu begegnen«, sagte er.

»Das stimmt.«

»Ich nehme an, du hast gehört, daß mir Mona davongelaufen ist«, fuhr er schnell fort. »Sie lebt jetzt mit diesem Freund von dir zusammen, dem mit dem bemerkenswerten Anzug und den ausgeprägten politischen Ansichten.«

Seine Stimme klang beiläufig, doch es schwang ein Ton der Besessenheit mit, so als ob seine Nerven stark angespannt seien. Seine äußere Erscheinung war unverändert, vielleicht war er ein wenig magerer.

Daß Mona ihn verlassen hatte, war in der Tat ein vieldiskutiertes Thema gewesen. Wenn eine Ehe zerbricht, neigt die Welt dazu, eher die Partei des Partners zu ergreifen, der die größte Lebenskraft zeigt, und nicht die dessen, der offenbar am wenigsten zu tadeln ist. Im Falle der Templers hatte sich die öffentliche Meinung Mona gegenüber als unerwartet wohlgesonnen erwiesen – wahrscheinlich weil Templer selbst den meisten der Leute, die mit mir über die Sache sprachen, unbekannt war. Die normalen Ungenauigkeiten des Klatsches wurden durch diese Unkenntnis noch vergrößert. Eine Version stellte Mona als eine ungeheuer reiche Frau dar, die von einem älteren, erfolglosen Börsenmakler schlecht behandelt wurde; eine andere beschrieb Templer als wegen seiner physischen Abneigung gegenüber Frauen unfähig, die Rolle des Ehemannes zu erfüllen. Ein dritter Bericht schloß eine zwanzigminütige Schlägerei zwischen den beiden Männern ein, an deren Ende Quiggin den Sieg davongetragen habe – eine Geschichte, die manchmal zu der Form variiert wurde, daß Templer Quiggin mit einem Jagdstock bewußtlos schlug. Einer wieder anderen Erzählung zufolge hatte ein in seine Sekretärin verschossener Templer Quiggin eine große Summe Geldes bezahlt, damit er ihn von Mona befreie.

Im allgemeinen sträuben sich die Menschen dagegen, selbst verhältnismäßig einfache Situationen zu verstehen, wenn es um Eheleute geht; ja, eine einfache Erklärung ist immer das Letzte, das sie hinzunehmen bereit sind. Hier handelte es sich ohne Zweifel um einen sehr komplizierten

Fall, um eine verblüffende Umkehrung dessen, was man wohl den normalen Ablauf der Ereignisse nennen kann. Templer, ein Mann, den Frauen ganz gewiß anziehend fanden, verliert seine Frau an Quiggin, der sich in der Gesellschaft von Frauen gewöhnlich unbehaglich fühlte: Mona, als Anna Karenina, richtet ihre romantischen Gefühle auf Karenin als Geliebten und nicht auf Wronski als Ehemann. Für mich wurde die Ironie noch dadurch besonders betont, daß Templer der erste Freund aus meiner Schulzeit war, der völlig vertraut zu sein schien mit dem anderen Geschlecht, ja der erste, der praktische Erfahrungen in dieser Richtung hatte. Doch könnte man den Konflikt zwischen den Geschlechtern vielleicht mit einer Auseinandersetzung zwischen Boxern vergleichen, in der die beste Technik nicht immer auch siegreich ist.

»Wovon werden sie leben?« sagte Templer. »Auf ihre Art ist Mona ein ziemlich teurer Luxus.«

Ich hatte mich das auch schon gefragt, besonders im Licht einer Erfahrung von einigen Wochen zuvor, als ich mit Barnby im Café Royal war. Damals gab es dort noch eine Damenkapelle auf der Estrade an der einen Seite des großen Raumes, wo Getränke serviert werden. Sie spielte gerade ›Auf einem persischen Markt‹, und in dieser lauten, überfüllten, grellen, irgendwie ein wenig bedrohlichen Atmosphäre, die besonders dazu gedacht schien, solche vertraulichen Dinge zu hören, erzählte mir Barnby, daß die Sache zwischen ihm und Anne Stepney zu Ende sei. Nach dem Abend bei Foppa hatte mich das nicht besonders überrascht. Barnby hatte gerade den Höhepunkt seiner Geschichte erreicht, als Quiggin und Mark Members auf ihrem Weg zu jenem Teil des Raums, wo man speisen konnte, Seite an Seite an unserem Tisch vorbeigingen. Das kam, gelinde gesagt, unerwartet. Offensichtlich standen sie auf sehr freundschaftlichem Fuß miteinander. Als sie uns sahen, lächelte Members nur kühl und abweisend, aber Quiggin blieb stehen, um mit mir zu sprechen. Er schien in einer ausgezeichneten Stimmung.

»Wie geht es dir, Nick?«

»Gut.«

»Mark und ich wollen feiern, daß *Nicht-abgebrochene Brükken* jetzt fertig ist«, sagte er. »Es ist etwas Wunderbares, ein Buch beendet zu haben.«

»Wann wird es erscheinen?«

»Im Herbst.«

Ich war mir sicher, daß Quiggin stehengeblieben war, um mir etwas mitzuteilen, das seine eigene Position näher erklären würde. Von seiner Warte aus war das sicher eine verständliche Absicht. Ich war neugierig zu hören, warum er und Members ihre Freundschaft erneuert hatten und was mit ihm und Mona los war. Was ich über die beiden wußte, hatte ich von Jean, die von ihrem Bruder nur erfahren hatte, daß sie ins Ausland gereist seien. Als ein Freund Templers wollte ich aber auch gleichzeitig nicht den Eindruck erwecken, ich sei nur allzu bereit, über die Tatsache hinwegzusehen, daß Quiggin mit seiner Frau durchgebrannt war.

»Mona und ich leben jetzt in Sussex«, sagte Quiggin mit einer Stimme, die man fast salbungsvoll hätte nennen können, so sehr vermied sie seinen üblichen harschen Ton. »Jemand hat uns da ein Häuschen überlassen. Ich bin nur für diesen Abend nach London gekommen, um Mark zu sehen und die endgültigen Vereinbarungen mit meinem Verleger zu treffen.«

Er sprach, als wäre er seit Jahren mit Mona verheiratet oder hätte zumindest schon sehr lange mit ihr zusammengelebt; genauso, wie er einige Monate zuvor so getan hatte, als sei er schon immer St. John Clarkes Sekretär gewesen. Man konnte kaum etwas anderes tun, als die Beziehung als ein *fait accompli* hinzunehmen. Solche Dinge müssen einfach sein.

»Kannst du denn von so weit weg für St. John Clarke arbeiten?«

»Wie meinst du das?«

Quiggins Gesicht verdüsterte sich und nahm dabei einen Ausdruck an, der andeutete, daß er den Namen St. John Clarke wohl gehört habe, daß es ihm aber unmöglich sei, ihn einzuordnen.

»Bist du denn nicht mehr sein Sekretär?«

»Ach du liebe Güte, nein«, sagte Quiggin, unfähig, ein Lachen zu unterdrücken über diese Vorstellung.

»Es ist mir neu, daß du ihn verlassen hast.«

»Aber er ist doch jetzt Trotzkist.«

»Und was bedeutet das?«

Quiggin lachte wieder. Offensichtlich wünschte er mir zu zeigen, daß er völlig mit mir übereinstimme: die Situation in Bezug auf St. John Clarke sei so absurd, daß man sie nur mit einem gewissen Maß an Heiterkeit ertragen könne. Lachen, so zeigte sein Verhalten an, sei eine kultiviertere Reaktion als die wilde Wut, die das natürliche Gefühl der meisten rechtdenkenden Menschen wäre, wenn sie diese Neuigkeiten zum ersten Mal hörten.

»Das bedeutet hauptsächlich«, sagte er, »daß er folglich jetzt einen Sekretär braucht, der auch ein Trotzkist ist.«

»Wen hat er jetzt?«

»Du würdest ihn nicht kennen.«

»Einen Ausländer?«

»Er hat einen jungen Deutschen gefunden, der ihm nun behilflich ist, einen gewissen Guggenbühl.«

»Ich bin ihm schon mal begegnet.«

»So?«, sagte Quiggin ohne Interesse. »Dann würde ich dir raten, Trotzkisten künftig aus dem Wege zu gehen, weißt du.«

»Ist das ganz plötzlich passiert?«

»Mein eigenes Ausscheiden war nicht ganz unfreiwillig«, sagte Quiggin. »Zuerst dachte ich, die Schwierigkeiten meiner häuslichen Situation würden den Mann nicht berühren. Ich – und auch Mona – haben alles getan, um ihm zu helfen und ihn bei Laune zu halten. Schließlich hatte es aber keinen Zweck mehr.«

Er ging danach weiter und führte auch Members weg, der sich mit einer Frau mit dunkler Brille unterhalten hatte, die an einem der Nachbartische saß.

»Wir werden bis zur Scheidung auf dem Land bleiben«, sagte er noch über die Schulter hin.

Der Geschichte zufolge, die man sich allgemein erzählte, hatte Quiggin Mona bei St. John Clarke als eine politische Sympathisantin eingeführt. Erst später hatte dann der Romancier ihre enge Verbindung mit Quiggin entdeckt. Er hatte sofort begonnen, Schwierigkeiten zu machen. Quiggin, der einsah, daß die Umstände eine Fortdauer seiner Anstellung nicht zuließen, hatte mit St. John Clarke eine ziemlich gute Vereinbarung getroffen und war gegangen. Guggenbühl mußte dieses Vakuum ausgefüllt haben. Niemand schien den genauen Augenblick zu kennen, an dem er an Quiggins Stelle getreten war; niemand wußte auch, welches Verhältnis er weiter zu Mrs. Andriadis unterhielt.

Wie Templer fragte ich mich, wie Quiggin und Mona wohl finanziell zurechtkämen, aber dort im Ritz konnten wir kaum solche Details näher untersuchen.

»Ich nehme an, Quiggin wird sich schon über Wasser halten«, sagte ich. »Zunächst einmal muß er gerade einen Vorschuß für sein Buch bekommen haben. Dennoch, ich glaube nicht, daß es sich um eine kolossale Summe handelte.«

»Diese Tante von Mona ist neulich gestorben«, sagte Templer. »Sie hat Mona ihre Ersparnisse hinterlassen – tausend Pfund oder so, glaube ich.«

»Sie werden also nicht verhungern.«

»Um die Wahrheit zu sagen, ich hab' ihr Taschengeld bisher noch nicht gestoppt«, sagte er und wurde ein wenig rot. »Ich nehme an, das werde ich nun bald tun müssen.«

Er schwieg.

»Ich muß sagen, es war eine fürchterliche Überraschung«,

sagte er. »Wir hatten oft Streit, aber ich hätte gewiß nie gedacht, daß sie mit einem Mann durchbrennen würde, der nun wirklich wie etwas aussieht, das die Katze herangeschleppt hat.«

Ich konnte nur lachen und ihm zustimmen. Diese Dinge lassen eine wirkliche Erklärung nicht zu. Monas Verhalten mußte vielleicht im Licht ihrer exaltierten Gefühle für Quiggin als literarische Figur gesehen werden. Ohne Zweifel war das verbunden mit einer Art Neid auf die früheren Erfolge ihres Mannes bei anderen Frauen, denn solche Erfolge beim anderen Geschlecht stellten ihn sozusagen in einen direkten Wettbewerb mit ihr. Schließlich ist es eher der Neid als die Eifersucht, was im Eheleben den meisten Ärger verursacht.

»Ich bin eigentlich heute abend hergekommen, um Widmerpool zu treffen«, sagte Templer, als ob er das Thema nun wechseln wolle. »Bob Duport ist wieder in England. Ich glaube, ich hab' dir erzählt, daß Widmerpool ihm vielleicht helfen kann, wieder auf die Beine zu kommen.«

Es gab mir ein unbehagliches Gefühl, daß er es ganz natürlich fand, mir das zu sagen. Jean hatte immer darauf bestanden, daß ihr Bruder nichts von uns beiden wisse. Wahrscheinlich hatte sie recht, obwohl ich mir nie sicher war, daß jemand, der, was die Beziehungen zwischen den Geschlechtern anging, so stark entwickelte Instinkte besaß, völlig ahnungslos sein sollte, daß seine Schwester in eine Liebesaffäre verwickelt war. Andererseits sah er uns nie zusammen. Ohne Zweifel hätte er, was Jean betraf, einen Liebhaber in ihrer Situation für nur natürlich gehalten. Er war eine Ausnahme von der allgemeinen Regel, nach der Barnby zum Beispiel bei anderen einen ungebührlichen Lebenswandel immer puritanisch verurteilte. Wie dem auch sei, wahrscheinlich erwähnte er Duport, wie Leute das unter solchen Umständen häufig tun: sie kennen die Tatsachen nicht, doch ein unbewußter innerer Prozeß bringt sie dazu, bedeutsame Namen miteinander zu verbinden. Dennoch, mich erfüllte eine böse Vorahnung. Ich würde Jean an diesem Abend nach dem Dinner sehen.

»Ich hoffe stark, daß sich die Dinge mit Jean flicken lassen, wenn Bobs Geschäfte wieder in Gang kommen«, sagte Templer. »Es kann doch nicht die ganze Familie in einem Zustand verharren, in dem Ehemänner und Ehefrauen dauernd davonlaufen. Ich höre, Bob schläft nicht mehr mit Bijou Ardglass, und das war der eigentliche Grund für den Ärger, glaube ich.«

»Die Freundin von Prinz Theodoric?«

»Genau die. Sie begann als Mannequin. Dann heiratete sie Ardglass als seine zweite Frau. Als er starb, gingen der Titel und fast das ganze Geld an einen entfernten Cousin, so daß sie sich irgendwie ihren Lebensunterhalt verdienen mußte. Dennoch war es unangenehm, daß sie sich ausgerechnet Bob herauspickte.«

Wir hatten inzwischen das Vorzimmer erreicht, in dem sich die ehemaligen Schüler Le Bas' versammelten. Le Bas selbst war noch nicht eingetroffen, aber Whitney, Maiden, Simson, Brandreth, Ghika und Fettiplace-Jones standen dort herum, nippten an ihren Getränken und sprachen gezwungen miteinander. An allen außer Ghika zeigten sich schon die Verschleißerscheinungen des Lebens. Whitney war fast nicht wiederzuerkennen mit seinem Schnurrbart; Maiden trug jetzt eine Brille; Simson war vorzeitig erkahlt; Fettiplace-Jones, der, ohne daß ihm das besonderes Vergnügen zu bereiten schien, gerade mit Widmerpool sprach, hatte, obwohl er noch immer wie ein distinguierter Student aussah, jene einschmeichelnde, fast kriecherische Art entwickelt, die einige Politiker annehmen, um den Anschein zu vermeiden, sie drängten sich nach vorn. Fettiplace-Jones war Haussprecher gewesen, als ich neu auf die Schule kam, aber am Ende jenes Trimesters abgegangen. Er war jetzt Mitglied des Parlaments für einen Wahlbezirk im Norden Englands.

Mehrere andere kamen nach Templer und mir herein. Das

Zimmer war bald ziemlich voll. Die meisten der Neuankömmlinge waren älter oder jünger als meine Generation, so daß ich sie nur von früheren Essen her vom Sehen kannte. Wie es sich ergeben hatte, hatte ich seit einiger Zeit nicht mehr an dem Dinner für Le Bas teilgenommen. Ich wußte kaum, warum ich in diesem Jahr gekommen war, denn es war außergewöhnlich, daß ein alter Freund wie Templer dort erschien. Ich glaube, ich empfand leichte Neugier zu sehen, ob Dicky Umfraville auch teilnehme und sein Versprechen wahr mache, ›das Hotel auseinanderzunehmen‹. Eine zufällige Begegnung mit Maiden, einem der Organisatoren, hatte schließlich den Ausschlag gegeben, und ich war hingegangen. Maiden nahm jetzt Templer beiseite, und gleichzeitig verließ Fettiplace-Jones Widmerpool, um mit Simson zu sprechen, der, wie man hörte, ein erfolgreicher Rechtsanwalt geworden war. Widmerpool stand jetzt neben mir.

»Aber hallo – hallo – Nicholas –«, sagte er.

Seine Augen funkelten durch die dicken Gläser seiner Brille, deren Seitenbügel sich tiefer und tiefer einbetteten in die Fettwülste unter seinen Schläfen. Gleichzeitig verströmte er jenes totenkopfähnliche Lächeln konventioneller Freundlichkeit, das man im allgemeinen mit Geselligkeiten politischer Sorte assoziiert. Er wurde immer fetter. Sein Smoking paßte ihm nicht mehr, hatte das vielleicht nie mit großem Erfolg getan. Und doch trug er dieses unglückliche Kleidungsstück mit größerer Selbstsicherheit, als er sie in den alten Tagen aufgebracht hätte, mit größerer Selbstsicherheit gewiß als jenen berüchtigten Mantel, der ihm in der Schule eine solche negative Berühmtheit verliehen hatte.

Wir waren uns während der vorhergehenden paar Jahre einige Male zufällig begegnet. Bei diesen Gelegenheiten stand er jeweils gerade kurz vor einer Auslandsreise für die Firma Donners-Brebner. »Ich bin ziemlich erfolgreich«, hatte er immer geantwortet, wenn ich ihn fragte, wie es ihm gehe. Seine kleinen Augen hatten hinter seiner Brille geglänzt, als er das sagte. Es bestand kein Grund, ihm diesen Erfolg nicht zu glauben, obwohl ich damals vermutet hatte, daß seine Stellung in seinen eigenen Augen vielleicht glanzvoller erscheine als in denen Templers oder anderer Figuren der Londoner Finanzwelt. Doch nun, nachdem ich unlängst erlebt hatte, wie Templer von ihm sprach, nahm ich an, daß ich Unrecht gehabt haben mußte mit meiner Vermutung, Widmerpool übertreibe. Zwar einige Jahre älter als ich, konnte er kaum mehr als etwas über dreißig sein. Ohne Zweifel war er ›erfolgreich‹. Mit dem Selbstvertrauen, das er entwickelt hatte, hatte er auch eine stolzierende Art zu gehen angenommen – eine seltsame Veränderung zu dem unsicheren, gummibeschuhten Schritt, mit dem er einst rhythmisch auf dem unendlichen Linoleum unserer Schultage entlanggequietscht war. Ich erinnerte mich, wie Barbara Goring (in die wir beide verliebt gewesen waren und an die ich jetzt seit Jahren nicht mehr gedacht hatte) ihm einmal auf einem Ball Zucker über den Kopf geschüttet hatte. Heute würde sie das kaum tun. Und doch hatte Widmerpool seine angeborene Seltsamkeit, man könnte fast sagen: seine Monstrosität, nicht völlig überwunden. Darin ähnelte er Quiggin. Vielleicht lag das an beider Entschlossenheit, allein durch den Willen zu leben. Jedenfalls bemerkte man Widmerpool sogleich, wenn man einen Raum betrat. Daß das so war, hätte ihm sicher Befriedigung gewährt.

»Weißt du, ich hätte fast deinen Vornamen vergessen«, sagte er nicht ohne Herzlichkeit. »Ich muß jetzt immer so viele Dinge im Kopf behalten. Ich habe Fettiplace-Jones gerade von Nordafrika erzählt. Meiner Meinung nach sollten wir Gibraltar an Spanien zurückgeben und im Austausch dafür Ceuta nehmen. Fettiplace-Jones war ganz meiner Meinung. Er gehört zu einer Gruppe von Abgeordneten, die besonders an der Außenpolitik interessiert sind. Ich bin gerade von diesem Teil der Welt zurückgekommen.«

»Für Donners-Brebner?«

Er nickte und blies die Luft durch seine Lippen, daß sie sich wölbten und ihm das Aussehen eines großen Fisches gaben.

»Aber bald nicht mehr«, sagte er und zog scharf den Atem ein. »Ich wechsle meinen Beruf.«

»Ich hab' Gerüchte gehört.«

»Worüber?«

»Daß du dich der Welt der Akzeptanz anschließen willst.«

»So könnte man das auch ausdrücken.«

Widmerpool kicherte.

»Und du?« fragte er.

»Nichts Besonderes.«

»Publizierst du immer noch diese Kunstbücher? Es waren doch Kunstbücher, nicht wahr?«

»Ja – und ich hab' selbst ein Buch geschrieben.«

»Wirklich, Nicholas? Welch eine Art von Buch?«

»Einen Roman, Kenneth.«

»Ist er schon veröffentlicht?«

»Vor einigen Monaten.«

»Oh.«

Seine Unkenntnis von Romanen und was damit zusammenhing, war offensichtlich profund. Das war eigentlich ganz verständlich. Vielleicht beruhte sie nur auf einem Mangel an Interesse seinerseits. Was auch immer der Grund war, sein Gesicht nahm einen nicht gerade beifälligen Ausdruck an, und er fragte auch nicht nach dem Titel des Buches. Doch da er einen Augenblick später wohl fühlte, daß seine Antwort etwas platt geklungen haben mochte, fügte er hinzu: »Gut ... gut« – ein wenig so wie Le Bas, wenn dieser mit einer Tätigkeit konfrontiert wurde, von der er nichts verstand und die ihm verdächtig vorkam, die kategorisch zu verbieten er allerdings auch keine Handhabe besaß.

»Um die Wahrheit zu sagen, ich sammle selbst ein paar Notizen für ein Buch«, sagte Widmerpool. »Eine ganz andere Art von Buch als deins natürlich. Wir sind also vielleicht bald beide Autoren. Nimmst du immer an diesem Dinner teil? In der Vergangenheit bin ich bei einer Reihe von ihnen im Ausland oder sonstwie verhindert gewesen, und ich dachte, ich sollte mal sehen, was so aus allen geworden ist. Auf diese Weise knüpft man manchmal nützliche Verbindungen an.«

In diesem Augenblick betrat Le Bas selbst das Zimmer, oder vielmehr, er platzte heftig herein, so als wolle er die dort versammelte Gesellschaft bei einer ungehörigen Tätigkeit überraschen. Es war die gleiche explosive Art, mit der er sich auch in der Schule durch das Haus bewegt hatte. Eine Sekunde lang gab er mir das Gefühl, ich stünde wieder unter seiner Aufsicht; und ein junger Mann mit sehr blondem Haar, dessen Namen ich nicht kannte, wurde über das bedrohliche Ungestüm seines früheren Hausdirektors puterrot im Gesicht, als hätte er ein schlechtes Gewissen.

Le Bas war jedoch, wie sich zeigte, in ausgezeichneter Stimmung. Er ging in dem Zimmer herum und schüttelte allen die Hand und gab zu jedem von uns einen Kommentar, der allerdings meistens hoffnungslos unangemessen war, weil Le Bas den Namen oder die Generation des jeweiligen Ehemaligen verwechselt hatte. Trotzdem überkam mich ein Gefühl der Wärme für ihn, das ich in der Schule nie empfunden hatte. Vielleicht war das so, weil er, wie eine Landschaft oder ein Gebäude, Erinnerungen an eine vergangene Zeit repräsentierte. Er war, wenn nicht Geschichte, dann doch wenigstens Teil meiner eigenen Biographie geworden. In seinem unendlich alten Smoking und dem abgewetzten Binder sah er, wie gewöhnlich, völlig unverändert aus. Seine Kleidung war so alt wie die Sillerys, doch weit besser geschnitten. Groß und von seltsam teutonischem Aussehen, rieb er sich noch immer seine roten, anscheinend chronisch wunden Augen, wenn er von Zeit zu Zeit seine randlose Brille abnahm. Er erreichte endlich den letzten der Anwesenden, die sich im Zimmer herum zu einer holprigen Reihe aufgestellt hatten, so als ob das Erscheinen ihres Hausdirektors in ihnen einen Rest von Schuldisziplin zu neuem Leben erweckt hätte. Nach dem letzten Händeschütteln nahm Le Bas eine jener schmerzlichen, fast gequälten Körperhaltungen an, in die er gewohnheitsmäßig verfiel. Die jetzt gewählte schien anzudeuten, daß er nach einem Weitsprung gerade mit seinen Fersen im Sand gelandet sei.

Maiden, der, wie ich schon sagte, einer der Organisatoren des Dinners war und mit der Margarine-Industrie zu tun hatte, begann nun nervös hin und her zu laufen, als dächte er, niemand bekäme ohne seine Anstrengungen an diesem Abend etwas zu essen. Er trat zu mir heran und murmelte erregt.

»Aus deinem Jahrgang hat noch jemand, Stringham, die Einladung angenommen«, sagte er. »Ich vermute, du weißt auch nicht, ob er noch kommt? Wir müßten wirklich bald mit dem Essen beginnen. Sollten wir auf ihn warten? Es ist wirklich nicht schön, wenn Leute zu solchen Gelegenheiten zu spät kommen.«

Er sprach, als wäre ich oder wenigstens meine ganze Generation für die Verzögerung verantwortlich. Die Nachricht, daß Stringham vielleicht an dem Essen teilnehmen werde, überraschte mich. Ich fragte Maiden, wie er die Einladung angenommen habe.

»In der Regel erscheint er hier nicht«, erklärte mir Maiden, »aber ich hab' ihn neulich abends zufällig im ›Silbernen Slipper‹ getroffen, und er versprach zu kommen. Er sagte, er werde teilnehmen, wenn er bis Freitag nüchtern genug sei. Er schrieb sich die Zeit und den Ort auf eine Speisekarte und steckte sie in eine Tasche. Was meinst du?«

»Ich meine, wir fangen am besten an.«

Maiden nickte und zog sein gelbliches, besorgtes Gesicht zusammen, das eine ähnliche Färbung angenommen zu haben schien wie die Ware, mit der er Handel trieb. Ich erinnerte mich an ihn als einen kleinen Jungen, der dauernd von der Furcht besessen war, zu spät zum Unterricht oder zum Sport zu kommen. Diese Tyrannei der Zeit verfolgte ihn offensichtlich mit der gleichen Stärke auch in seinem späteren Leben. Seine Bemühungen veranlaßten uns schließlich, in das Zimmer hinüberzumarschieren, in dem wir das Essen einnehmen sollten. Nach allem, was ich in der letzten Zeit von Stringham gehört hatte, hielt ich sein Erscheinen bei einem solchen Dinner für äußerst unwahrscheinlich.

Bei Tisch saß ich zwischen Templer und einer Gestalt, die immer an diesen Essen teilnahm, deren Namen ich aber nicht kannte: ein Mann mittleren Alters – er erschien mir damals sogar älter – mit einem grauen Schnurrbart. Ich hatte, ziemlich halbherzig, versucht, den Platz neben mir für Stringham freizuhalten, gab aber den Gedanken auf, als mich diese Person schüchtern fragte, ob sie den Stuhl einnehmen könne. Es waren sowieso einige Plätze am Ende des Tisches unbesetzt, wo Stringham sitzen konnte, falls er kam, denn es gab immer einen gewissen Spielraum hinsichtlich der Größe der Gesellschaft. Es war anzunehmen, daß der Mann mit dem grauen Schnurrbart unter Corderey zum Haus gehört hatte, in der Zeit, ehe Le Bas das Haus übernahm. Wenn das stimmte, war er der einzige Überlebende aus jener Periode, der je bei diesen Gelegenheiten erschien. Ich erinnerte mich, daß Maiden mir einmal erzählt hatte, einer von Cordereys Ehemaligen nehme immer teil, obwohl ihn niemand kenne. Vor dem Essen, als er für sich allein ein Glas Sherry trank, hatte er einen vollkommen zufriedenen Eindruck gemacht. Er hatte bisher noch nicht die geringste Anstrengung unternommen, mit irgendeinem anderen der Teilnehmer zu sprechen. Le Bas hatte ihn ohne große Begeisterung mit den Worten »Hallo, Tolland« begrüßt; aber Le Bas war, was seine Zuverlässigkeit in bezug auf Namen anging, berüchtigt, so daß der von ihm genannte nur nach weiterer Bestätigung als richtig angenommen werden konnte. Etwas in seinem Betragen erinnerte mich an Onkel Giles, obwohl dieser Mann natürlich beträchtlich jünger war. Zu meiner Zeit hatte es einen Tolland auf der Schule gegeben, aber ich hatte ihn nur vom Sehen her gekannt. Ich fragte Templer, ob er irgendwelche Neuigkeiten über Mrs. Erdleigh und Jimmy Stripling habe.

»Ich glaube, sie nimmt Jimmy ziemlich aus«, sagte er lachend. »Sie sind noch fest zusammen. Ich hab' Jimmy neulich im Pimm's getroffen.«

Da wieder einmal die Zeit gekommen war, zum Tee in das Ufford zu gehen, hatte ich Onkel Giles vor nicht allzu langer Zeit besucht. Dabei hatte ich mich, vielleicht törichterweise, nach Mrs. Erdleigh erkundigt. Die Frage hatte sich mir aufgedrängt, weil ich einerseits neugierig war zu hören, wie seine Version der Geschichte sein mochte, aber andererseits auch aus einem unentrinnbaren, wenn vielleicht ziemlich morbiden Interesse an Stripling. Ich hätte es besser wissen und nicht von dem Ausdruck völligen Unverständnisses überrascht sein sollen, der auf Onkel Giles' Gesicht erschien. Es war die gleiche, allerdings vollkommener ausgeführte Technik, die auch Quiggin benutzt hatte, als ich mich nach St. John Clarke erkundigte. Ohne Zweifel wäre es besser gewesen, Mrs. Erdleigh gar nicht zu erwähnen. Ich hätte von Anfang an wissen müssen, daß die Frage zu nichts führen würde.

»Mrs. Erdleigh?«

Er sagte das so, als ob er nicht nur noch nie von Mrs. Erdleigh gehört habe, sondern der Name auch unmöglich zu jemandem gehören könne, dem er je begegnet war.

»Die Dame, die uns die Zukunft vorausgesagt hat.«

»Welche Zukunft?«

»Als ich das letzte Mal hier war.«

»Ich verstehe nicht, worauf du hinauswillst.«

»Ich hab' sie beim Tee kennengelernt, als ich das letzte Mal hier war – Mrs. Erdleigh.«

»Ja, ich glaube, es hat hier jemand mit diesem Namen gewohnt.«

»Sie kam herein, und du hast mich ihr vorgestellt.«

»Hat so'n bißchen auf Schau gemacht, diese Frau, nicht wahr? Sie hat nicht lange hier gewohnt. Erzählte einem dauernd von ihren Schwierigkeiten. War die nicht mit einem Jangtse-Lotsen verheiratet? Oder war das eine andere Dame? Es gab ein bißchen Wirbel wegen der Rechnung, glaube ich. Sie war also an der Wahrsagerei interessiert? Wie hast du das herausgefunden?«

»Sie hat uns die Karten gelegt.«

»Ich hab' mich nie besonders für diesen Hellseh-Quatsch begeistern können«, sagte Onkel Giles in einem nicht unfreundlichen Ton. »Kann nicht gut sein für die Nerven, meiner Meinung nach. Es sind korrupte Leute, die meisten von ihnen, die sich darauf verlegen.«

Offensichtlich war das Thema damit für ihn erledigt. Vielleicht hatte Mrs. Erdleigh ihn, um ein Lieblingswort meines Onkels zu gebrauchen, ›enttäuscht‹. Sie selbst war offensichtlich sauber wie durch einen chirurgischen Schnitt aus seinem Leben entfernt und, durch den geheimnisvollen Prozeß absichtlichen Vergessens, selbst aus den Tiefen seines Bewußtseins ausgeschlossen. All das war zweifellos durch eine Anstrengung des Willens erreicht. Möglicherweise könnte jeder Mensch mit der gleichen Entschlossenheit ein ebenso unbehindertes Leben führen. Wie auch immer, ich habe Onkel Giles hier nur so nebenbei erwähnt.

»Jimmy ist ein ungewöhnlicher Bursche«, sagte Templer, als ob er über meine Frage nachgrübele. »Ich kann mir nicht vorstellen, warum Babs ihn geheiratet hat. Dennoch, er hat mehr Erfolg bei Frauen, als du vielleicht glaubst.«

Ehe er dieses Thema weiter ausführen konnte, wurde sein Gedankengang, sehr zu meiner Erleichterung, unterbrochen. Der Grund dafür war das plötzliche Erscheinen von Stringham. Er sah schrecklich bleich aus, und obwohl sich an ihm keine offensichtlichen Anzeichen eines Rausches erkennen ließen, vermutete ich, daß er bereits eine Menge getrunken hatte. Seine Augen wirkten glasig, er hielt sich kerzengerade und schritt mit der gemessenen Würde eines Menschen daher, der sich nicht vollkommen sicher ist, was um ihn herum geschieht. Er ging sogleich auf den Kopf des Tisches zu, wo Le Bas saß, und entschuldigte sich für seine Verspätung – der erste Gang wurde gerade abgeräumt. Dann kehrte er zum anderen Ende des Zimmers zurück, um den freien Stuhl neben Ghika einzunehmen.

»Charles sieht aus, als wäre er ganz schön in die Kanne gestiegen«, sagte Templer.

Ich stimmte ihm zu. Nach einer Beratung mit dem Weinkellner bestellte Stringham eine Flalsche Champagner. Da Ghika sich bereits mit einem Whisky-Soda versorgt hatte, stellte sich offensichtlich die Frage nicht, ob er sie mit seinem Nachbarn teilen wollte. Templer sagte darüber etwas zu mir und lachte. Es schien ihm Erleichterung verschafft zu haben, daß er über den Zusammenbruch seiner Ehe mit einem Freund gesprochen hatte, der die Umstände ein wenig kannte. Er war jetzt fröhlicher und erzählte von seinen Plänen, das Haus in der Nähe von Maidenhead zu verkaufen. Dann sprachen wir von Dingen, die in der Schule passiert waren.

»Kannst du dich noch daran erinnern, wie Charles dafür sorgte, daß Le Bas von der Polizei verhaftet wurde?« sagte Templer. »Die Braddock alias Thorne-Affäre.«

Wir saßen zu weit von Le Bas entfernt, als daß er diese Bemerkung hätte hören können. Templer sah zu Stringham hinüber. Ihre Blicke trafen sich, und Templer deutete mit seinem Kopf in Le Bas' Richtung und hielt seine Handgelenke zusammen, als trüge er Handschellen. Stringham schien sofort zu verstehen, was er meinte. Sein Gesicht hellte sich auf, und er tat so, als wolle er Ghika beim Kragen fassen. Diese Geste mußte dann Ghika erklärt werden, und in der Zwischenzeit verwickelte Parkinson, der auf der anderen Seite Templers saß, diesen in ein Gespräch über ein großes Cricket-Match, das zu der Zeit gerade ausgetragen wurde.

Ich wandte mich dem Mann mit dem grauen Schnurrbart zu. Er schien eine Annäherung zu erwarten, denn ehe ich Zeit fand zu sprechen, sagte er:

»Mein Name ist Tolland.«

»Sie waren unter Corderey im Haus, nicht wahr?«

»Ja, das stimmt. Es scheint jetzt lange her.«

»Waren Sie noch da, als Le Bas' Zeit begann?«

»Nein, ich hab' ihn knapp verpaßt.«

Er war unendlich melancholisch; er hatte eine sanfte Art, doch mit einer Andeutung von Kraft hinter dieser traurigen Freundlichkeit.

»War Umfraville zu Ihrer Zeit dort?«

»R. H. J. Umfraville?«

»Ich glaube ja. Er wird ›Dicky‹ genannt.«

Auf Tollands Gesicht erschien ein langsames Lächeln.

»Unsere Zeiten überlappten sich«, gab er zu.

Es entstand eine Pause.

»Umfraville war mein diensttuender jüngerer Schüler«, sagte Tolland, als zöge er diese Tatsache von irgendwo tief unten in seinem Innern hervor. »Zumindest glaube ich, daß er das war. Ich war natürlich auf einer viel höheren Stufe, und deshalb erinnere ich mich nicht mehr sehr genau an ihn.«

Eine schreckliche Niedergeschlagenheit schien ihn angesichts des Gedankens zu erfassen, daß es einen solchen Altersunterschied gebe zwischen ihm und Umfraville. Aus der Nähe betrachtet, fehlte es Tolland an heiterer Gelassenheit – ganz anders als die Art, mit der er seine Einsamkeit in der Menge getragen hatte. Mich überkam ein unbehagliches Gefühl bei dem Gedanken, daß ich mich vielleicht für den Rest des Abends mit ihm abgeben müsse. Auf der anderen Seite von ihm saß Whitney, und es bestand nicht die geringste Hoffnung, daß er mir in einem solchen Fall helfen würde.

»Ist Umfraville ein Freund von Ihnen?« fragte Tolland.

Er sprach, als drücke er mir sein Beileid aus.

»Ich hab' ihn kürzlich kennengelernt. Er sagte, er käme vielleicht heute abend.«

Tolland sah mich geistesabwesend an. Ich dachte, es sei vielleicht besser, das Thema Umfraville fallenzulassen. Doch einige Augenblicke später kam Tolland selbst darauf zurück.

»Ich glaube nicht, daß Umfraville heute abend kommen wird«, sagte er. »Ich hörte, daß er gerade geheiratet hat.«

Es schien zweifellos unwahrscheinlich, daß Umfraville noch während eines so späten Stadiums des Essens erscheinen würde; doch der angegebene Grund war unerwartet, ja sogar biblisch. Tolland schien nun zu bedauern, daß er mir diese Information so ohne weiteres gegeben hatte.

»Wen hat er geheiratet?«

Diese Frage schien ihn noch mehr aus der Fassung zu bringen. Er räusperte sich mehrere Male und nahm einen Schluck Rotwein, an dem er fast erstickt wäre.

»Offen gesagt, ich glaube, sie ist eine entfernte Cousine von mir – vielleicht aber auch nicht«, sagte er. »Ich kann mich nie an solche Dinge erinnern – doch ja, sie ist eine. Natürlich ist sie eine.«

»Ja?«

»Eines der Bridgnorth-Mädchen – Anne, glaube ich.«

»Anne Stepney?«

»Ja, ja, das ist sie. Sie kennen sie wahrscheinlich.«

»Ja, ich kenne sie.«

»Ich dachte es mir.«

»Aber sie ist um Jahre jünger.«

»Sie ist ein Stück jünger. Ja, sie ist ein Stück jünger. Ein ziemlich großes Stück jünger. Und er ist natürlich schon mal verheiratet gewesen.«

»Sie ist dann seine vierte Frau, oder?«

»Ja, ich glaube, das stimmt. Seine vierte Frau. Ich bin mir ziemlich sicher, sie ist seine vierte Frau.«

Tolland sah mich mit einem Ausdruck absoluter Verzweiflung an – nicht so sehr, glaube ich, über die mißliche

Lage, in die sich Anne Stepney gebracht hatte, als vielmehr über die Unvermeidlichkeit, mit der solche ungeheuren Dinge in einem Gespräch auftauchten. Die Nachricht kam ohne Zweifel unerwartet.

»Was halten die Bridgnorths davon?«

Es war vielleicht herzlos von mir, ihn zu diesem Thema noch weiter zu bedrängen, aber da er mir etwas so Außerordentliches erzählt hatte, wollte ich soviel wie möglich über die Umstände erfahren. Anders als erwartet, schien es ihm fast Erleichterung zu verschaffen, über diese Seite der Ehe zu berichten.

»Der Mann im Garde-Club, der es mir erzählte, sagte, sie fänden sich damit ab.«

»Gab es keine Heiratsanzeigen?«

»Sie haben in Paris geheiratet«, sagte Tolland. »Jedenfalls erzählte das dieser Mann im Garde-Club – oder war es der Arthur-Club? Als mein Bruder, Warminster, noch lebte, sprach er oft von Umfraville. Ich glaube, er mochte ihn. Vielleicht auch nicht, aber ich glaube doch.«

»Ich war mit einem Tolland auf der Schule.«

»Mein Neffe. Kannten Sie auch seinen Bruder, Erridge? Erridge hat jetzt die Nachfolge angetreten. Komischer Junge.«

Sir Gavin Walpole-Wilson hatte einmal von einer ›Norah Tolland‹ als der Freundin seiner Tochter Eleanor gesprochen. Sie erwies sich als eine Nichte.

»Warminster hatte zehn Kinder. Eine große Familie heutzutage.«

In diesem Augenblick erhoben wir uns, um auf das Wohl des Königs und danach auf das Le Bas' zu trinken. Dann stand Le Bas auf. Er ergriff den Tisch mit beiden Händen, als beabsichtige er, ihn umzukippen. Das war die Vorbereitung für seine übliche Rede, die sich Jahr für Jahr so gut wie gar nicht veränderte. Seine kehligen, sorgfältig artikulierten Konsonanten hallten durch den Raum.

»... erfüllt mich mit Genugtuung, heute abend hier so viele meiner früheren Schüler zu sehen ... weiß eigentlich nicht, was ich Ihnen alles sagen soll ... werde bestimmt keine lange Rede halten ... diese jährlichen Treffen haben ihre Bedeutung ... fördern ein Gefühl der Kontinuität ... geben vielleicht eine Gelegenheit zur Bestandsaufnahme ... Freundschaft ... habe ich zu einigen von Ihnen schon früher gesagt ... erfordert die Bewahrung ... wahrscheinlich erinnern sich die meisten von Ihnen an die Zeilen, die ich schon bei früheren Gelegenheiten zitiert habe:

Und ich saß beim Regal und vergaß, wo ich war,
Und ich dacht' an die Zeit in der Schule.
Und ich hört' verlorene Stimmen, und ich sah verlorene
Blick',
Vertieft in das Verzeichnis der Schüler.

... natürlich, im modernen Stil sind diese Verse nicht gehalten ... einige von uns finden solche Appelle an das Gefühl nicht besonders ansprechend ... typisch viktorianisch in ihren Schwerpunkten ... all die ... beschreiben sehr gut, was die meisten von uns – nun, wenigstens einige von uns – wohl fühlen – erfahren – wenn wir zusammenkommen und uns unterhalten über unsere ...«

Hier machte Le Bas, wie gewöhnlich, eine Pause – wahrscheinlich aus der Überzeugung, daß das Wort ›Schultage‹ in den Köpfen seiner Zuhörer verschiedene Assoziationen angesammelt hatte, an die er nur ungern zu appellieren schien. Gegen den Gebrauch von abgedroschenen Wörtern hatte er immer eine Abneigung gehabt. Er war sich, glaube ich, undeutlich bewußt, daß er etwas Klerikales an sich hatte, und folglich immer besonders bemüht, den Eindruck zu vermeiden, er halte eine Predigt. Schließlich fand er mit »... anderen Zeiten ...« einen Kompromiß und kehrte sofort zu dem Gedicht zurück, als ob die größere Schärfe, die die Zeilen jetzt annahmen, ihn von dem Verwurf der Gefühlsbetontheit reinigten, auf die er zuvor angespielt hatte. Er räusperte sich heftig.

»... Sie werden sich erinnern, wie es dann später heißt ...

> Verschied'ne war'n Trottel, verschiedene fad,
> Die Gesichter hab' ich halb schon vergessen.
> Ich lebte mit ihnen, als jung war die Welt,
> Und sie redeten endlosen Blödsinn.

... natürlich will ich damit nicht sagen, daß es so jemanden in meinem Haus gab ...«.

Dieser Kommentar rief stets ein gewisses Maß an mildem Gelächter und Beifall hervor. An jenem Abend stieß Whitney einen an die Jagd erinnernden Schrei aus; und Widmerpool grinste und trommelte mit seiner Gabel auf das Tischtuch; dabei schüttelte er leicht den Kopf, um anzudeuten, daß er nicht mit Le Bas' Annahme übereinstimme, seine ehemaligen Schüler seien völlig frei gewesen von solchen Mängeln.

»... sicherlich ist heute abend niemand von dieser Sorte hier ... aber es wäre gleichwohl ... nicht gut, so zu tun, als ob die ganze Zeit, die man in der Schule verbringt – nur eitel Wonne sei ... sicherlich nicht für einen Hausdirektor ...«

Hier gab es wieder zurückhaltendes Gelächter. Le Bas' Stimme wurde schwächer. Wie üblich hatte er augenscheinlich versucht, die Behauptung zu vermeiden, die Schulzeit sei der glücklichste Abschnitt im Leben eines Mannes, hatte aber gleichwohl befürchtet, sich bei einer allzu großen Richtungsänderung vielleicht in gefährliche Eingeständnisse zu verstricken, aus denen ein Entkommen schwierig sein konnte. Das war immer eine seiner Hauptängste als Lehrer gewesen. Er pflegte eine Strecke des Weges zu gehen, den der gesunde Menschenverstand vorzeichnete, um aber dann, von Vorsicht übermannt, auf halbem Wege stehenzubleiben und sich in einer unerwarteten, unlogischen Weise zu verhalten. Die meisten Konflikte zwischen ihm und einzelnen Jungen konnten auf dieses Zögern im letzten Moment zurückgeführt werden. Er machte jetzt eine Pause und begann danach wieder mit schnelleren Sätzen.

»... wie ich schon sagte ... habe ich nicht die Absicht, eine lange, weitschweifige Tischrede zu halten ... nichts ist langweiliger ... nein, vielmehr möchte ich – wie bei früheren Essen – einige von Ihnen bitten, uns einige Worte über ihre eigenen Tätigkeiten zu sagen, seit wir uns das letzte Mal trafen ... Zum Beispiel könnte uns vielleicht FettiplaceJones einiges von dem berichten, was im Unterhaus vorgeht ...«

Fettiplace-Jones brauchte nicht lange gedrängt zu werden, um dieser Bitte nachzukommen. Er war auf den Füßen, fast noch ehe Le Bas seine Rede beendet hatte. Er war ein großer, dunkelhaariger, ziemlich gutaussehender Mann. Eine Locke seines Haars fiel hin und wieder in seine hohe Stirn und gab ihm das Aussehen eines viktorianischen Staatsmannes in seinen jungen Jahren. Seine Jungfernrede (in der er Premierminister Ramsay McDonald in der Luft zerrissen hatte) hatte einigen Eindruck auf das Unterhaus gemacht, aber seitdem hatte er bei seinen parlamentarischen Auftritten so gut wie keine Brillanz mehr gezeigt; doch hieß es, er arbeite hart in den Ausschüssen. Indiens schließliche Unabhängigkeit war das Thema, über das er zu uns sprach, und er redete eine kleine Weile. Im folgte Simson, ein begeistertes Mitglied der Landwehr, der um Neueintritte warb. Widmerpool unterbrach Simsons Rede mehr als einmal mit einem »richtig, richtig«. Ich erinnerte mich, daß er mir gesagt hatte, auch er sei ein Offizier der Landwehr. Whitney hatte etwas über Tanganjika zu sagen. Andere folgten mit ihren erbetenen Beiträgen. Schließlich kam die Reihe der Redner zu einem Ende. Es schien, daß Le Bas die Zahl seiner früheren Schüler, denen er interessante oder förderliche Kommentare zu entlocken hoffte, erschöpft hatte. Stringham saß weit zurückgelehnt auf seinem Stuhl. Er war, glaube ich, wirklich eingeschlafen.

Das tiefe Summen von Gesprächen erfüllte den Raum. Ich

hatte mich schon gefragt, wie bald sich die Gesellschaft auflösen würde, als ich hörte, daß sich jemand erhob. Es war Widmerpool. Er stand an seinem Platz und sah auf den Tisch hinunter, während er an seinem Glas herumfingerte. Er stieß eine Art einleitendes Grunzen hervor.

»Ihr habt etwas über Politik und Indien gehört«, sagte er. Er sprach schnell und nicht sehr verständlich, mit jener belegten, gereizten Stimme, die ich so gut in Erinnerung hatte. »Ihr seid gebeten worden, der Landwehr beizutreten – eine Aufforderung, die ich auf das herzlichste unterstütze. Es wurde etwas über das Cricket der höchsten Spielklasse gesagt. Man hat uns zu einem so fernen Ort wie dem Kongobecken entführt und über einen so nahen wie dieses unser Hotel berichtet, wo einer der hier heute abend Anwesenden während seiner Ausbildung zum Geschäftsführer als Kellner gearbeitet hat. Jetzt möchte ich – ich selbst – einige Worte über meine Erfahrungen in der Londoner Finanzwelt sagen.«

Widmerpool hielt einen Augenblick lang inne, um einen Schluck Wasser zu trinken. Während des Essens hatte er eine Flasche Graves mit Maiden geteilt. Es bestand keine Frage, daß er absolut nüchtern war. Le Bas – ja, jeder der Anwesenden – war offensichtlich verblüfft über diese plötzliche, beunruhigende Ablenkung. Le Bas hatte Widmerpool nie gemocht, und da die Gesellschaft für Le Bas gegeben wurde und Le Bas Widmerpool nicht gebeten hatte zu sprechen, war dieses Verhalten ohne Zweifel unangebracht. Ja, es handelte sich um etwas noch nie Dagewesenes. Davon einmal abgesehen, gab es natürlich keinen zwingenden Grund, warum Widmerpool nicht aufstehen und über das Leben sprechen sollte, das er führte. Genauso wie es andere Redner getan hatten. In der Tat könnte man geltend machen, daß die von Le Bas ausgesprochene allgemeine Einladung zu reden eine Annahme einfach verlangte, schon guter Manieren halber. Vielleicht sah Widmerpool die Sache in diesem Licht und vermutete, Le Bas habe nur mit mehreren Namen den Anfang gemacht, um andere zu ermuntern, die Initiative selbst zu ergreifen und über ihr Leben zu berichten. All das war sicher richtig. Und doch, auf eine unerklärliche Weise herrschten bei diesem speziellen Treffen die Regeln der Schule, nicht die der Außenwelt. Wie erfolgreich Widmerpool in seinen eigenen Augen auch geworden sein mochte, in den Augen der Anwesenden war er noch nicht bedeutend. Er blieb eine Null, vielleicht gar eine Kuriosität; man erinnerte sich seiner nur, weil er einmal die falsche Art von Mantel getragen hatte. Sein Verhalten schien besonders empörend wegen der Leichtigkeit, mit der er uns, in diesem Augenblick wegen der speziellen Umstände, zwingen konnte, ihm ohne Protest zuzuhören.

»Das ist fürchterlich«, murmelte Templer.

Ich sah zu Stringham hinüber, der wieder aufgewacht war und jetzt, da er seine Flasche geleert hatte, Brandy trank. Er erwiderte mein Lächeln nicht, sondern verzog statt dessen sein Gesicht zu einer jener Imitationen Widmerpools, die er schon immer so gut gekonnt hatte. Gleich darauf nahm er wieder seinen natürlichen Ausdruck an, immer noch ohne zu lächeln. Die Wirkung der Grimasse war so verblüffend, daß ich fast laut losgelacht hätte. Gleichzeitig setzte aber etwas Starres, Furchterregendes in Stringhams eigenen Zügen meinem plötzlichen Lachanfall ein abruptes Ende. Sein Gesichtsausdruck erfüllte mich sogar mit Besorgnis darüber, was Stringham selbst wohl als nächstes tun mochte. Er war offensichtlich stark, wenn auch auf eine ruhige Weise, betrunken.

In der Zwischenzeit war Widmerpool in Schwung gekommen.

»... euch etwas über die innere Funktionsweise der Firma Donners-Brebner erzählen«, sagte er gerade mit einer etwas festeren Stimme als zu Anfang seiner Rede. »Ich kann wohl mit Sicherheit sagen, daß es niemanden unter euch gibt, der nicht besser gewappnet wäre, dem Leben gegenüberzutreten, wenn er die Erfahrung mitbrächte, einige Zeit in einem großen Konzern dieser Art angestellt gewesen zu sein. Mehrere von euch wissen jedoch bereits, daß ich meine Aufmerksamkeit bald Gebieten zuwenden werde, die ziemlich verschieden davon sind. Ja, ich habe mit einigen von euch über diese Veränderungen in meinem Leben gesprochen, als wir uns an der Börse trafen ...«

Er sah im Zimmer herum und ließ seine Blicke einen Moment lang auf Templer ruhen, wobei er wieder jenes totenkopfähnliche Grinsen annahm, mit dem er uns begrüßt hatte.

»Das wird jetzt peinlich«, sagte Templer.

Ich glaube, Templer überkam nun das Gefühl, zu leicht bereit gewesen zu sein, Widmerpool als einen ernsthaften Menschen zu akzeptieren. Man konnte unmöglich sagen, wovon Widmerpool als nächstes reden würde. Er war trunken vor Eigendünkel.

»... früher waren diese finanziellen Aktivitäten der Befriedigung der Gier des Menschen gewidmet. Heute haben wir ganz andere Ziele im Auge. Wir haben unter der verheerendsten Wirtschaftskrise unserer Geschichte gelitten – und es ist legitim zu sagen, daß wir weiterhin darunter leiden und noch eine Weile leiden werden. Wir sind gezwungen worden, unseren Goldstandard aufzugeben, weil sich – so erscheint es mir und anderen, die es sehr wohl verdienen, daß die Öffentlichkeit ihnen Gehör schenkt – eine unzureichende Menge Geldes in den Händen der Verbraucher befand. Nun gut. Ich bin der Auffassung, daß unsere gegenwärtigen Ängste nicht völlig in der Frage der Zahlungsbilanz begründet sind, das heißt, wenigstens nicht, was ihren augenblicklichen Stand angeht; und ich gebe euch zu bedenken, daß gewisse Personen, die es vielleicht besser hätten wissen sollen, verantwortlich sind für diese unglücklichen, ja katastrophalen Kapitalbewegungen durch eine rücksichtslose und unzulässige Kreditpolitik.«

Ich erinnerte mich plötzlich daran, daß Monsieur Dubuisson genauso geredet hatte, als Widmerpool und ich zusammen in La Grenadière waren.

»... wo unsere Schwierigkeiten begannen«, sagte Widmerpool. »Nun, wenn wir eine auf ein Stück Papier gezogene Kurve nehmen, die ein durchschnittliches Entwicklungsverhältnis repräsentiert, dann werdet ihr mir zugeben, daß die authentische Entwicklung durch eine Eintragung demonstriert werden muß, die die Ebene unserer ursprünglichen Kurve homogener Entwicklung wechselweise über- und unterschreitet. Solch ein Bild, oder wenn euch das lieber ist, solch eine geometrische Figur folgt dialektisch einfach aus dem – für sich genommenen – Begriff eines durchschnittlichen Entwicklungsverhältnisses. Niemand würde das bestreiten wollen. Wenn nun eine Regierungspolitik, die auf eine Regulierung der Inlandspreise abzielt, in diesem oder irgendeinem anderen Land erfolgreich sein soll, muß der Augenblick, der für die Zusammenstellung der Indexzahl, die den Nennwert von Erträgen und Preisen festsetzt, bestimmt ist, offensichtlich derjenige sein, in dem sich die internen wirtschaftlichen Bedingungen in einem Zustand relativen Gleichgewichts befinden. So weit, so gut. Ich brauche euch nicht daran zu erinnern, daß der allgemein akzeptierte Prozeß im Zusammenhang mit den täglichen Verbrauchsgütern der ist, daß ihre Produktion systematisiert wird durch das Verhältnis zwischen ihrem Marktwert und der Durchführbarkeit ihrer Produktion, wobei ein scharfer Anstieg im Wert, im Gegensatz zu einer verminderten Durchführbarkeit der Produktion, proportional stimulierend, ein parallel verlaufender Wertverlust dagegen entsprechend abschwächend auf die Produktion wirkt. All das ist völlig klar. Die Tatsache, daß die Indexzahl ungeachtet der Veränderungen in den in ihr enthaltenen relativen Preisen der absetzbaren Verbrauchsgüter bei ihrem Nennwert bleibt, ist notwendiger Ausdruck der unausweichlichen Wahrheit, daß

Wertanstieg oder Wertverlust eines bestimmten Verbrauchsgutes kompensiert werden durch analoge Angleichungen in entgegengesetzter Richtung bei den Preisen der restlichen Gebrauchsgüter...«

Wie lange Widmerpool noch weiter über diese Themen gesprochen hätte, ist unmöglich zu sagen. Ich glaube, er hatte sich fest vorgenommen, eine längere Rede zu halten, ob das irgendeinem der Anwesenden nun gefiel oder nicht. Warum er sich entschlossen hatte, auf diese Weise zu unserer Gesellschaft zu sprechen, war mir nicht klar. Möglicherweise wünschte er nur, einige seiner Ansichten zu Wirtschaftsfragen probeweise vorzutragen, sie vor einem gleichgültigen, ja verhältnismäßig feindseligen Publikum zum Ausdruck zu bringen, um sich ein Urteil bilden zu können, welche geringfügigen Änderungen er vornehmen müsse, wenn er die Rede bei einer weit wichtigeren Gelegenheit halten würde. Ein solches Vorgehen hätte durchaus im Einklang gestanden mit der exzentrischen, verbissenen Art seiner Lebensführung. Andererseits war es aber sehr gut möglich, daß er die ehemaligen Schüler Le Bas' – jene früheren Schulkameraden, die ihn so sehr mißachtet hatten – durch die Tatsache beeindrucken wollte, daß er ihnen zum Trotz Erfolg hatte in der Welt, daß er bereits eine Person war, mit der gerechnet werden mußte.

Widmerpool mag sich dieses Motivs nicht einmal bewußt gewesen sein, es nur instinktiv gefühlt haben; denn es konnte kein Zweifel daran bestehen, daß er nun über seine Schulzeit mit ganz anderen Begriffen sprach, als irgend jemand sonst von seinen Mitschülern sie gebraucht hätte. Ja, wenn immer er sich über seine Zeit in der Schule geäußert hatte, etwa während unseres gemeinsamen Aufenthalts in Frankreich, hatte er zu verstehen gegeben, daß er sich als einen Schüler sah, der beim Unterricht und beim Sport weit über dem Durchschnitt lag. Daß seinen Anstrengungen auf diesen Gebieten nie Gerechtigkeit widerfahren war, hatte seinen Grund in der unbefriedigenden Art, in der diese beiden Seiten des Lebens von den Verantwortlichen gehandhabt wurden – die gleiche Ansicht übrigens, wie sie auch mein Onkel Giles vertrat. Widmerpool hatte mir das einmal in fast genau diesen Worten gesagt.

Die Wirkung auf die, die um den Tisch herum saßen, war unterschiedlich. Fettiplace-Jones' langes, hübsches, bläßliches Gesicht nahm einen ernsthaften, sogar besorgten Ausdruck an, der weder Zustimmung noch Widerspruch zu dem Gesagten erkennen ließ: nur einen öffentlichen Hinweis darauf, daß ihm, als einem Mitglied des Parlaments, nichts entgehe. Es war, als ob er auf eine Mitteilung seines Fraktionsgeschäftsführers wartete, wie er abzustimmen habe. Parkinson stieß ein Stöhnen des Gelangweiltseins aus, das ich deutlich hören konnte, obwohl Templer zwischen uns saß. Tolland dagegen beugte sich nach vorn, als fürchte er, auch nur eine einzige Silbe zu verpassen. Simson sah sehr finster drein. Whitney und Brandreth begannen, sich flüsternd miteinander zu unterhalten. Maiden, der seinen Platz direkt neben Widmerpool hatte, warf beunruhigte, fast irre Blicke um sich. Ghika lehnte sich nach vorn wie Tolland. Seine großen schwarzen Augen auf Widmerpool geheftet, war er völlig auf dessen Worte konzentriert; doch ob aus Interesse oder aus einer Langeweile von einer Intensität, die ihn zu Tätlichkeiten hinreißen mochte, war unmöglich zu sagen. Templer hatte sich auf seinem Stuhl zurückgelehnt, offensichtlich jeden Satz voll auskostend. Auch Stringham zeigte seine Anerkennung, allerdings nur durch ein äußerst schwaches Lächeln, als ob er alles durch eine Wolke sähe. Dann kam die Szene zu einem plötzlichen, abrupten Ende.

»Sieh dir mal Le Bas an«, sagte Templer.

»Es ist ein Schlaganfall«, sagte Tolland.

Wenn ich später – ich meine Wochen oder Monate später – zufällig einen der bei der Gesellschaft Anwesenden traf oder Gespräche über den Zwischenfall hörte, gab es immer spaßhafte Kommentare, die behaupteten, Le Bas' Schwächeanfall sei eine direkte Folge von Widmerpools Rede gewesen. Es stimmt, niemand war in der Lage, kategorisch abzustreiten, daß irgendeine Verbindung zwischen Widmerpools Verhalten und Le Bas' Befinden bestanden hatte. Ich kenne Le Bas und zweifle nicht, daß er dort auf seinem Stuhl gesessen und bitterlich bedauert hatte, nicht länger in der Lage zu sein, Widmerpool zu befehlen, sich sofort hinzusetzen. Das wäre nur natürlich gewesen. Ein plötzliches Aufwallen ohnmächtiger Wut mag sogar zusammen mit anderen Elementen dazu beigetragen haben, den Anfall hervorzurufen. Aber das hieße, eine ziemlich melodramatische Ansicht zu vertreten. Es ist viel wahrscheinlicher, daß die Atmosphäre in dem Zimmer, so voll von Zigarrenrauch und den Dünsten der Speisen und des Weins, zuviel für ihn gewesen war. Außerdem war im Verlaufe des Abends das Wetter fühlbar heißer geworden. Le Bas ist immer ein großer Freund von offenen Fenstern gewesen. Er pflegte in jedem Klassenraum, in dem er lehrte, auf viel frischer Luft zu bestehen, auch während der ersten Unterrichtsstunden an den kältesten Wintertagen. Sein normales Leben hatte ihn sicher nicht an Zusammenkünfte dieser Art gewöhnt, denen er sich nur einmal im Jahr aussetzen mußte. Ohne Zweifel hatte er immer enthaltsam gelebt, trotz der von Templer in der Schule vertretenen Theorie, daß unser Hausdirektor ein heimlicher Trinker sei. An jenem Abend hatte er möglicherweise mehr Wein getrunken, als er gewohnt war. Er war inzwischen auch älter geworden, war allerdings noch in seinen Sechziger Jahren. Den genauen Grund für seinen Kollaps habe ich nie erfahren. Wahrscheinlich haben all diese verschiedenen Elemente eine Rolle gespielt.

Le Bas lag zurückgelehnt auf seinem Stuhl, seine Wangen waren gerötet und seine Augen geschlossen, eine Seite seines Gesichts war leicht verzerrt. Fettiplace-Jones und Maiden müssen die Lage sofort überschaut haben, denn ich hatte mich kaum in Le Bas' Richtung gewendet, als die beiden ihn auch schon hochhoben und ins Nachbarzimmer trugen. Widmerpool folgte dicht hinter ihnen. Es entstand jetzt ein leichtes Durcheinander, denn alle erhoben sich von der Tafel. Ich folgte den übrigen durch die Tür in das Vorzimmer, wo Le Bas lang ausgestreckt auf dem Sofa lag. Jemand hatte ihm den Kragen geöffnet.

Das war wahrscheinlich Brandreth gewesen, der nun die Dinge in die Hand nahm. Brandreth, dessen Vater für seine Verdienste als Ohrenarzt in den Rang eines Baronets erhoben worden war, war selbst Arzt. Er versicherte jedem sogleich, daß Le Bas' Zustand nicht ernst sei.

»Das Beste, was ihr Jungs jetzt tun könnt, ist, nach Hause zu verschwinden und das Zimmer so leer zu machen wie möglich«, sagte Brandreth. »Ich will nicht, daß ihr euch alle hier herumdrängt.«

Wie die meisten erfolgreichen Mediziner unter solchen Umständen sprach er, als ob sich die Sache jetzt automatisch von der Ebene von Le Bas' Indisposition zu der weit wichtigeren von Brandreths eigenem professionellen Komfort verschoben hätte. Offensichtlich sprach einiges dafür, seinem Rat zu folgen. Brandreth schien die Angelegenheit kompetent zu handhaben, und so verließen nach einer Weile alle außer den besonders Hartnäckigen das Zimmer. Tolland machte ein letztes Angebot zu helfen, aber Brandreth fauchte ihn wild an, und er verschwand – zweifellos, um im folgenden Jahr wieder zu erscheinen. Ich fragte mich, wie er wohl die Zeit zwischen den Ehemaligentreffen ausfüllen mochte.

»Ich muß jetzt gehen, Nick«, sagte Templer. »Ich muß heute abend noch zurück aufs Land.«

»Dieses Treffen ist ein ziemliches Fiasko gewesen.«

»Wahrscheinlich meine Schuld«, sagte Templer. »Le Bas hat mich nie gemocht. Dennoch, diesmal war es wohl Widmerpool. Wo ist er übrigens geblieben? Ich habe gar nicht mit ihm über Bob reden können.«

Widmerpool befand sich nicht länger im Zimmer. Maiden

sagte, er sei weggegangen, um die Leute anzurufen, bei denen Le Bas wohnte, um ihnen zu erklären, was passiert sei. Inzwischen saß Le Bas wieder aufrecht und trank ein Glas Wasser.

»Nun, diese Sache für den guten Bob muß dann halt noch warten«, sagte Templer. »Ich möchte es Jean zuliebe tun. Es tut mir leid, daß du dir heute abend all das Zeug über meine Eheprobleme anhören mußtest.«

»Was sind deine Pläne?«

»Ich hab' keine. Ich ruf' dich mal an.«

Templer verließ das Zimmer. Ich sah mich nach Stringham um, denn ich hätte gerne mit ihm gesprochen, ehe ich selbst ging. Wir hatten uns seit langem nicht mehr gesehen, und ich wurde erst später von Jean erwartet. Stringham befand sich nicht in der kleinen Gruppe, die noch dageblieben war. Ich nahm an, daß er schon gegangen sei; wahrscheinlich war er auf dem Weg zu irgendeiner anderen Unterhaltung. Das überraschte mich gar nicht. Wir hätten wohl sowieso kaum mehr als ein paar konventionelle Sätze gewechselt, selbst wenn er geblieben wäre, um für ein paar Minuten mit mir zu sprechen. Ich wußte so gut wie nichts darüber, wie er seit seiner Scheidung lebte. Bilder von seiner Mutter erschienen noch von Zeit zu Zeit in den Illustrierten. Ohne Zweifel bot ihm ihr Haus auf dem Land so etwas wie einen dauerhaften Hintergrund, in den er sich zurückziehen konnte, wenn er es wünschte.

Auf dem Weg nach draußen warf ich zufällig einen Blick durch die Tür, die in das Zimmer führte, in dem wir gespeist hatten. Stringham saß dort immer noch auf seinem Platz am Tisch. Er rauchte eine Zigarette und trank Kaffee. Sonst befand sich niemand mehr in dem Eßzimmer. Ich ging durch die Tür und setzte mich auf den Stuhl neben ihm.

»Hallo Nick.«

»Willst du die ganze Nacht hier sitzen bleiben?«

»Das ist genau der Gedanke, der mir auch schon gekommen ist.«

»Wäre das nicht ein bißchen trübe?«

»Nicht so schlimm, wie wenn sie alle hier wären. Sollen wir noch eine Flasche bestellen?«

»Laß uns etwas in meinem Club trinken.«

»Oder in meiner Wohnung. Ich will jetzt keine Leute mehr sehen.«

»Wo ist deine Wohnung?«

»In der West Halkin Street.«

»Gut. Aber ich kann nicht lange bleiben.«

»Auf dem Pfad der Sünde?«

»Genau.«

»Ich hab' dich seit einer Ewigkeit nicht gesehen, Nick.«

»Ja, seit einer Ewigkeit.«

»Weißt du, meine Frau, Peggy, konnte es nicht ertragen. Ich nehme an, du hast es gehört. Kam vielleicht nicht überraschend. Sie hat jetzt einen schrecklich netten Mann geheiratet. Peggy ist jetzt ein wirklicher Glückspilz. Ein wirklich reizender Mann. Vielleicht nicht der amüsanteste Mann, dem man je begegnet ist, aber ein wirklich *netter Mann*.«

»Ein Verwandter von ihr, nicht wahr?«

»Richtig, ein Verwandter von ihr ist er auch. Er wird bereits mit all diesen köstlichen Familiengeschichten der Stepney-Familie vertraut sein, diesen schrecklich amüsanten Geschichten. Niemand wird ihm die Pointen erklären müssen. Wenn er bei ihnen auf Mountfichet wohnt, wird er wissen, wo all die Toiletten sind – wenn es dort wirklich mehr als eine gibt, eine Frage, die ich nicht mit Sicherheit beantworten kann. Wie auch immer, er wird nicht dauernd den Butler bemühen müssen, ihm zu zeigen, wo diese eine ist – und sich dann verirren in diesem schrecklichen Niemandsland zwischen dem Zimmer der Dienstboten und der Gewehrkammer. Was für ein Haus! Adelskronen auf den Servietten, aber kein gütiges Herz zwischen den Laken. Er wird in der Lage sein, über wichtige geschichtliche Ereignisse mit meinem Ex-Schwiegervater zu diskutieren, wie zum Beispiel über die Tatsache, daß *Red Eyes* und *Cypria* im Cesarewitch-Rennen von 1893 ein totes Rennen gelaufen sind – oder war es 1894? Ich werde nächstens noch meinen eigenen Namen vergessen. Er wird mit meiner Ex-Schwiegermutter über damals sprechen können, als Königin Alexandra ihrem Onkel gegenüber dieses *double entendre* machte. Das einzige, wozu er nicht imstande sein wird, ist, mit meiner Ex-Schwägerin Anne über Braque und Dufy zu reden. Aber das ist nicht weiter schlimm. Es gibt heutzutage viele Leute, die mit Mädchen über Braque und Dufy reden können. Ich hab' übrigens gehört, daß Anne inzwischen ihren eigenen Maler hat, also sind vielleicht sogar Braque und Dufy Dinge, die der Vergangenheit angehören. Wie dem auch sei, er ist ein richtig netter Mann, und Peggy ist ein wahrer Glückspilz.«

»Anne hat Dicky Umfraville geheiratet.«

»Nicht *den* Dicky Umfraville?«

»Doch.«

»Nein, so was!«

Selbst das machte keinen großen Eindruck auf ihn. Daß er nicht bereits von Anne Stepneys Heirat gehört hatte, deutete an, daß er Wochen hindurch in einem Zustand verbringen mußte, in dem er so gut wie nichts von dem aufnahm, was um ihn herum vorging. Nur so war zu erklären, daß er nichts von einem Ereignis wußte, zu dem er eine solch enge Beziehung hatte.

»Sollen wir dann gehen?«

»Wo ist Peter Templer? Ich hab' während dieses schrecklichen Essens sein Gesicht gesehen – manchmal doppelt oder dreifach. Wir könnten ihn mitnehmen. Ich fühle mich immer ein wenig schuldig im Hinblick auf Peter.«

»Er ist nach Hause gegangen.«

»Ich wette, er ist nicht nach Hause gegangen. Er läuft

irgendeinem Mädchen nach. Er jagt immer hinter den Frauen her. Laß uns ihm nachgehen.«

»Er wohnt in der Nähe von Maidenhead.«

»Zu weit. Er muß verrückt sein. Ist er verheiratet?«

»Seine Frau hat ihn gerade verlassen.«

»Da siehst du es. Die Frauen sind alle gleich. Meine Frau hat mich verlassen. Hat deine Frau dich verlassen, Nick?«

»Ich bin nicht verheiratet.«

»Du Glücklicher. Wer *war* Peters Frau, wie man so sagt?«

»Ein Modell namens Mona.«

»Klingt wie der Anfang von einem Gedicht. Nun, das hätte ich nicht von ihr gedacht. Einer dieser langhaarigen Maler-Burschen muß sie vom rechten Weg abgebracht haben. Seinen Mann zu verlassen, also wirklich! Sie hätte Peter nicht verlassen dürfen. Ich mochte Peter immer sehr. Es waren seine Freunde, die ich nicht ausstehen konnte.«

»Laß uns gehen.«

»Hör mal, laß uns noch was trinken. Was ist mit Le Bas passiert?«

»Er wird mit einem Krankenwagen nach Hause gebracht.«

»Ist er zu betrunken, um zu laufen?«

»Er hatte einen Schlaganfall.«

»Ist er tot?«

»Nein – Brandreth kümmert sich um ihn.«

»Welch ein schreckliches Schicksal. Warum Brandreth?«

»Brandreth ist Arzt.«

»Ich hoffe, ich werde nie krank, wenn Brandreth in der Nähe ist, sonst kümmert er sich vielleicht auch noch um mich. Ehrlich gesagt, ich fühl' mich nicht besonders gut im Moment. Am besten ist, wir gehen, sonst behandelt mich Brandreth schließlich auch noch. Es war natürlich Widmerpools Rede. Sie hat Le Bas umgehauen. Hat ihn völlig umgehauen. Hätte mich auch fast umgehauen. Erinnerst du dich noch, wie wir dafür sorgten, daß Le Bas verhaftet wurde?«

»Laß uns zu deiner Wohnung gehen.«

»West Halkin Street. Wo ich vor meiner Heirat gelebt habe. Du bist doch sicher mal dagewesen.«

»Nein.«

»Ich hätte dich einladen sollen, Nick. Ich hätte dich einladen sollen. Ich bin in diesen Dingen sehr nachlässig gewesen.«

Er war äußerst betrunken, seine Beine schienen ihn aber noch ziemlich gut zu tragen. Wir gingen die Treppe hinauf und traten auf die Straße hinaus.

»Taxi?«

»Nein«, sagte Stringham. »Laß uns etwas zu Fuß gehen. Ich möchte mich abkühlen. Es war fürchterlich heiß da drin. Ich wundere mich gar nicht, daß Le Bas einen Schlaganfall hatte.«

Der Himmel über dem Piccadilly war tiefblau. Die Nacht war erstickend heiß. Stringham schritt mit fast übertriebener Nüchternheit dahin. Angesichts der Menge, die er getrunken hatte, war das bemerkenswert.

»Warum hast du heute abend so viel getrunken?«

»Ach, ich weiß nicht«, sagte er. »Ich tu' das manchmal. Eigentlich ziemlich oft in letzter Zeit. Ich hatte das Gefühl, ich könnte Le Bas und seinen Ehemaligen nicht ohne eine gewisse alkoholische Grundlage gegenübertreten. Doch aus irgendeinem unerklärlichen Grund wollte ich hingehen. Deshalb hab' ich ein paar genommen, ehe ich kam.«

Er streckte seine Hand aus und berührte im Laufen das Gitter des Green Parks.

»Du hast gesagt, daß du nicht verheiratet bist, nicht wahr, Nick?«

»Ja.«

»Hast du ein nettes Mädchen?«

«Ja.«

»Hör auf mich und heirate nicht.«

»Gut.«

»Wie steht es mit Widmerpool? Ist der verheiratet?«

»Nicht daß ich wüßte.«

»Das überrascht mich. Widmerpool ist die Art von Mann, die Frauen anzieht. Ein guter, vernünftiger Mann, nüchtern und ohne Flausen im Kopf. In diesem Mantel, den er mal getragen hat, wäre er unwiderstehlich. Ganz unwiderstehlich. Kannst du dich eigentlich noch an diesen Mantel erinnern?«

»Das war vor meiner Zeit.«

»Es ist eine fürchterliche Schande«, sagte Stringham. »Die Art, wie sich Frauen aufführen, ist eine fürchterliche Schande. Sie sind alle gleich. Sie verlassen mich. Sie verlassen Peter. Wahrscheinlich werden sie dich verlassen... Du, Nick, ich fühle mich jetzt ungewöhnlich komisch. Ich glaube, ich setze mich hier mal für einige Minuten hin.«

Ich dachte, er würde zusammenbrechen, und ergriff seinen Arm. Doch er ließ sich in einer sitzenden Stellung auf dem Rand der kleinen Steinmauer nieder, auf der das Gitter angebracht war.

»Lange, tiefe Atemzüge«, sagte er. »Das ist das Richtige.«

»Komm, laß uns versuchen, ein Taxi zu kriegen.«

»Ich kann nicht, alter Junge. Ich fühl' mich einfach viel zu schläfrig, um ein Taxi zu kriegen.«

Zufälligerweise waren in diesem Augenblick keine Taxis in Sicht. Obwohl die Stelle, auf der er saß, äußerst unbequem sein mußte, schien Stringham im Begriff einzuschlafen. Er schloß seine Augen und lehnte seinen Kopf zurück gegen das Gitter. Ich wußte nicht recht, was ich tun sollte. In diesem Zustand war er wohl kaum in der Lage, zu Fuß seine Wohnung zu erreichen. Wenn ein Taxi erschien, konnte er sich aber leicht weigern einzusteigen. Ich erinnerte mich, daß er sich einmal in der Schule auf die Treppe gesetzt und sich geweigert hatte weiterzugehen – mit der Begründung, es seien an diesem Nachmittag so viele ärgerliche Dinge passiert, daß ihm ein weiterer Kampf gegen das Leben nutzlos erscheine. Das hier war genau solch eine Situation. Selbst in nüchternem Zustand besaß er diese völlig rücksichtslose Unbesonnenheit, die gewissen übersensitiven Menschen eigen ist. Während ich noch auf ihn hinabblickte und überlegte, was ich als nächstes tun könne, sprach plötzlich direkt hinter mir jemand.

»Warum sitzt Stringham da so?«

Es war Widmerpools belegte, vorwurfsvolle Stimme. Sie hatte bei dieser Frage einen autoritären Ton angenommen, so als läge es in seiner persönlichen Verantwortung, dafür zu sorgen, daß niemand nachts im Piccadilly herumsitze.

»Ich bin noch geblieben, um sicherzustellen, daß in bezug auf Le Bas auch alles getan wurde, was zu tun war. Ich glaube, Brandreth versteht sein Fach. Für den Fall, daß Schwierigkeiten auftreten, habe ich ihm meine Adresse gegeben. Daß das passieren mußte, war eine unangenehme Sache. Die Hitze, vermute ich. Es hat die wenigen Worte ruiniert, die ich zu euch sprechen wollte. Schade. Ich dachte, ich sollte nach dem, was wir durchgemacht haben, etwas frische Luft schöpfen, aber die Nacht ist selbst hier im Freien sehr warm.«

Er sagte das alles mit einem immens wichtigtuerischen Gehabe.

»Das gegenwärtige Problem ist, wie Stringham in seine Wohnung kriegen.«

»Was fehlt ihm? Ich frage mich, ob es das gleiche wie bei Le Bas ist. Vielleicht etwas an dem Essen –«

Widmerpool war immer schnell beunruhigt gewesen, wenn es um eine Frage der Gesundheit ging. In Frankreich hatte er eine Menge der gängigen Pillen und Tropfen geschluckt. Er blickte nervös auf Stringham. Ich sah, er befürchtete, daß es sich hier um den Anfall einer geheimnisvollen Krankheit handelte, von der er selbst bald infiziert werden mochte.

»Stringham hat 'ne Unmenge getrunken.«

»Wie töricht von ihm.«

Ich war im Begriff, ihm etwa zu antworten, daß die Reden doch wohl nach etwas verlangt hätten, mit dem man sie hinunterspülen konnte, verzichtete aber auf einen solchen Kommentar, denn offensichtlich brauchte ich Widmerpools Hilfe, um Stringham nach Hause zu kriegen; und so hielt ich es für besser, es nicht zu riskieren, ihn zu beleidigen. Ich murmelte deshalb etwas, das Zustimmung andeutete.

»Wo wohnt er?«

»West Halkin Street.«

Widmerpool handelte schnell. Er trat an den Straßenrand. In diesem Moment schien ein Taxi aus dem Erdboden emporzuwachsen. Vielleicht ist alles Handeln, selbst das Herbeirufen eines Taxis, wenn keines da ist, im Grunde eine Frage des Willens. Ohne Zweifel war eine Sekunde zuvor kein Fahrzeug in Sicht gewesen. Widmerpool machte eine seltsame, pumpende Bewegung mit der ganzen Länge seines Arms, so als zöge er das Taxi mit einem Seil herunter. Es hielt vor uns an. Widmerpool wandte sich Stringham zu, dessen Augen noch immer geschlossen waren.

»Nimm den anderen Arm«, sagte er in einem gebieterischen Ton.

Stringham leistete zwar keinen Widerstand, aber diese Aktion hatte ihn wachgerüttelt. Er begann, in einem sehr leisenTon zu sprechen:

»Mit der Traube mein schwindendes Leben verseht
Und wascht meinen Körper, wenn das Leben
verweht ...«

Wir schoben ihn auf den Rücksitz, wo er zwischen uns saß, noch immer vor sich hin murmelnd:

»Und legt mich gehüllt in das lebende Laub
In einen Garten, der oft wird besucht ...

Ich glaube, das ist eine sehr gute Beschreibung des Green Parks, Nick, meinst du nicht auch? ... ›einen Garten, der oft wird besucht‹ ... Ich wünschte, ich säße öfter hier ... Wirklich toll ...«

»Ist ein solcher Zustand üblich bei ihm?« fragte Widmerpool.

»Ich weiß nicht. Ich hab' ihn seit Jahren nicht gesehen.«

»Ich dachte, du wärest ein enger Freund von ihm. Du warst es doch – in der Schule.«

»Das ist lange her.«

Widmerpool schien betrübt über die Nachricht, daß Stringham und ich uns nicht länger regelmäßig sahen. Wenn er sich in seiner Vorstellung einmal ein festes Bild davon gemacht hatte, wie ein bestimmter Aspekt des Lebens beschaffen sei, wehrte er sich gegen jede Veränderung dieses Musters. Er besaß eine absolut starre Auffassung von menschlichen Beziehungen. Die Phantasie kam dabei nur selten ins Spiel, und was ihm auf diese Weise an Verständnis der Feinheiten der Charaktere verlorenging, wurde mehr als wettgemacht durch eine Vereinfachung der praktischen Seiten des Lebens. Gelegentlich traf diese Auffassung zu. Ich hatte Widmerpool in Situationen verwickelt gesehen, die hauptsächlich deshalb außergewöhnlich waren, weil er sie völlig mißverstanden hatte; aber im allgemeinen gewann er durch diese Beschränkungen mehr, als er verlor – wenigstens auf den Ebenen, die ihn anzogen. Stringham lag jetzt zwischen uns, als sei er fest eingeschlafen.

»Wo arbeitet er im Augenblick?«

»Ich weiß es nicht.«

»Es war richtig, daß er Donners-Brebner verlassen hat«, sagte Widmerpool. »Seine Anstellung dort war weder für ihn noch für die Firma von irgendeinem Nutzen.«

»Bill Truscott ist auch gegangen, nicht wahr?«

»Ja«, sagte Widmerpool und sah dabei gerade vor sich hin. »Truscott hatte ein großes Interesse an den Nebenprodukten der Kohle entwickelt und hielt es für vorteilhaft zu wechseln.«

Als wir ankamen, kriegten wir Stringham ohne große Schwierigkeiten aus dem Taxi. Den Wohnungsschlüssel fanden wir in einer seiner Westentaschen. Das Innere der Wohnung erinnerte mich sofort an sein Zimmer in der Schule. Da waren die Drucke von den Rennpferden, Trimalchio und The Pharisee, aus dem 18. Jahrhundert und dieselbe große, sehr dekorative Photographie seiner Mutter. Ein Schnappschuß von seinem Vater steckte noch immer in der Ecke des Rahmens. Doch dieses Bild von ›Boffles‹ Stringham – wie ich ihn nach meiner Begegnung mit Dicky Umfraville im stillen nannte – zeigte einen entschieden älteren Mann als jene pfeiferauchende Gestalt im offenen Hemd, die ich von dem früheren Schnappschuß her in Erinnerung hatte. Stringham Senior, der leicht gehetzt aussah und eine Krawatte trug, saß neben einer kleinen, energischen, ein wenig keck wirkenden Dame, vermutlich seine französische Frau. Er war augenscheinlich beträchtlich gealtert. Ich fragte mich, ob seine Freundschaft mit Dicky Umfraville etwas damit zu tun gehabt hatte. Diesen Photographien gegenüber hingen eine Zeichnung von Modigliani und ein im Stil Wenceslaus Hollars ausgeführter Kupferstich eines Herrensitzes aus dem 17. Jahrhundert. Dies war Glimber, das Haus der Warringtons, das Stringhams Mutter von ihrem ersten Mann für die Dauer ihrer Lebenszeit geerbt hatte. An einer anderen Wand hing eine Gruppe von Buntdrucken, die ein Hindernisrennen darstellten, bei dem Affen auf Hunden ritten.

»Was sollen wir mit ihm tun?«

»Wir stecken ihn ins Bett«, sagte Widmerpool in einem Ton, als sei irgend etwas anderes völlig undenkbar.

Widmerpool und ich begannen also, Stringham seiner Kleidung zu entledigen, ihm dann seinen Pyjama anzuziehen und ihn ins Bett zu legen. Das war schwieriger, als man vielleicht denken mag. Sein steifes Hemd schien wie angenietet. Schließlich gelang es uns aber doch, ihn davon zu befreien – allerdings nicht, ohne es einzureißen. Während dieser letzten Phase kam Stringham wieder zu Bewußtsein.

»Also hört mal«, sagte er, sich plötzlich im Bett aufsetzend, »was geht hier vor? Man scheint mich rüde zu behandeln. Werde ich irgendwo rausgeschmissen? Wenn ja, woraus? Ich bin gern bereit, Vernunft anzunehmen und zuzugeben, daß ich im Unrecht war, und für alles zu bezahlen, was ich zerbrochen habe. Vorausgesetzt natürlich, daß ich wirklich im Unrecht war. Nick, warum läßt du zu, daß dieser Mann mich herumschubst? Aus irgendeinem Grund scheine ich mitten am Nachmittag im Bett zu liegen. Also wirklich, meine Gewohnheiten werden immer schlimmer. Ich bin jetzt auch voller guter Vorsätze, jeden Morgen um halb acht aufzustehen. Aber wer ist dieser Mann? Ich kenne sein Gesicht.«

»Es ist Widmerpool. Erinnerst du dich an Widmerpool?«

»Erinnere ich mich an Widmerpool ...«, sagte Stringham. »Erinnere ich mich an Widmerpool... Ob ich mich an Widmerpool erinnere?... Wie könnte ich jemals Widmerpool vergessen? ... Wer könnte je Widmerpool vergessen?«

»Wir dachten, du brauchtest Hilfe, Stringham«, sagte Widmerpool mit einer sehr sachlichen Stimme. »Also haben wir dich ins Bett gesteckt.«

»Ach wirklich, ja?«

Stringham legte sich ins Bett zurück und sah starr vor sich hin. Sein Betragen war ohne Zweifel seltsam, aber seine Äußerungen waren nicht länger verworren.

»Du brauchtest etwas Fürsorge«, sagte Widmerpool.

»Diese Zeit ist vorbei«, sagte Stringham.

Er machte Anstalten aufzustehen.

»Nein ...«.

Widmerpool tat einen Schritt nach vorn. Er tat, als ob er Stringham davon zurückhalten wollte, das Bett zu verlassen, und hielt dabei seine kurzen, dicken Hände vor sich, als wärme er sie an einem Feuer.

»Also hör mal«, sagte Stringham, »es muß mir doch gestattet sein, in mein eigenes Bett zu gehen und wieder aufzustehen. Das ist ein Grundrecht des Menschen. Wenn es sich um die Betten anderer Leute handelt, mag das eine andere Sache sein. Bei denen ist noch eine weitere Partei betroffen. Aber eines Menschen Zugang zu und Ausgang aus seinem eigenen Bett sind unantastbar.«

»Es wäre viel besser, wenn du bleibst, wo du bist«, sagte Widmerpool mit einer Stimme, die besänftigend klingen sollte.

»Nick, stehst du auf seiner Seite?«

»Warum läßt du es nicht gut sein für heute.«

»Hör auf meinen Rat«, sagte Widmerpool. »Wir wissen, was am besten für dich ist.«

»Unsinn.«

»Es ist zu deinem eigenen Vorteil.«

»Mein eigener Vorteil liegt mir nicht am Herzen.«

»Wir holen dir alles, was du willst.«

»Geh zum Teufel mit deiner Nächstenliebe.«

Stringham versuchte wieder aufzustehen. Er hatte gerade das Bettzeug beiseite geschoben, als sich Widmerpool auf ihn stürzte und ihn mit seinem Körper im Bett hielt. Während sie miteinander rangen, stieß Stringham einen lauten, gellenden Schrei aus.

»Das sind also Widmerpools berühmte gute Manieren, ja?« rief er. »Das ist also Widmerpools gefeierte Höflichkeit, von der wir immer so viel gehört haben. Hier ist der Mann, der den Anspruch erhebt, ein neuer Lord Chesterfield zu sein. Laß mich los, du Pharisäer, du Schlange, du Westentaschen-Judas, der unter dem Vorwand, einem Mann einen Höflichkeitsbesuch zu machen, in sein Haus kommt und ihn dann auf seinem eigenen Bett festhält.«

Die Szene war so grotesk, daß ich zu lachen begann – zwar kein völlig frohes Lachen, aber doch wenigstens eines nervöser Erleichterung. Die beiden Ringer waren bald schweißnaß, besonders Widmerpool, der sich als der Stärkere erwies. Er muß sehr kräftig gewesen sein, denn Stringham kämpfte wie ein Rasender. Das Bett knarrte und schwankte, als wollte es unter ihnen zusammenbrechen. Und dann, ganz plötzlich, begann auch Stringham zu lachen. Er lachte und lachte, bis er nicht länger kämpfen konnte. Das Gefecht war zu Ende. Widmerpool trat zurück. Stringham lag japsend auf den Kissen.

»Na gut«, sagte er, sich noch schüttelnd vor Lachen. »Ich bleibe liegen. Um die Wahrheit zu sagen, ich fühl' jetzt selbst langsam das Bedürfnis nach etwas Ruhe.«

Widmerpool, dessen Binder sich in dem Kampf verdreht hatte, strich seine Kleidung glatt. Sein Smoking sah ungewöhnlicher aus denn je. Er keuchte schwer.

»Hast du noch einen Wunsch?« fragte er in einem formellen Ton.

»Ja«, sagte Stringham, dessen Stimmung sich völlig gewandelt hatte. »Zwei von diesen kleinen Pillen in der Schachtel auf der linken Seite des Toilettentisches. Die werden mich endgültig umhauen. Ich hasse es, um vier aufzuwachen und über alles nachzugrübeln. Drei der Pillen wäre vielleicht klüger, wenn ich es mir recht überlege. Halbe Sachen taugen nie was.«

Er wurde wieder schläfrig und sprach mit einer klanglosen, mechanischen Stimme. Seine ganze Erregung war vorüber. Wir gaben ihm die Schlaftabletten. Er nahm sie, wandte sich von uns ab und rollte sich auf die andere Seite.

»Gute Nacht, allerseits«, sagte er.

»Gute Nacht, Charles.«

»Gute Nacht, Stringham«, sagte Widmerpool ziemlich streng.

Wir beseitigten oberflächlich die Unordnung in der näheren Umgebung des Bettes und häuften Stringhams Kleidung auf einen Stuhl. Dann machten wir uns auf den Weg nach unten und traten auf die Straße hinaus.

»Es ist sehr schade, wenn ein Mann so trinkt«, sagte Widmerpool.

Ich antwortete ihm nicht, hauptsächlich deshalb, weil ich an andere Dinge dachte: vor allem daran, wie seltsam es doch war, daß ich an einem physischen Konflikt teilgehabt hatte, der darauf angelegt gewesen war, Stringhams Bewegungsfreiheit zu beschränken – an einem Konflikt, in dem Widmerpool sich als die treibende Kraft erwiesen hatte. Das deutete auf eine völlige gesellschaftliche Umwälzung: auf einen geradezu kosmischen Wandel im System des Lebens. Widmerpool, der einst so von uns allen Verlachte, war auf eine geheimnisvolle Weise zu einer Autorität geworden. In einem gewissen Sinne war er es jetzt, der über uns lachte; oder zumindest war aus seiner Mißbilligung etwas weit Mächtigeres geworden als die bloß defensive Waffe, die sie früher einmal gewesen zu sein schien.

Ich erinnerte mich jetzt, daß wir uns ganz in der Nähe der Stelle befanden, an der Widmerpool früher, nämlich in der Nacht des Balls bei den Huntercombes, mit Mr. Deacon und Gypsy Jones zusammengestoßen war. Damals war er auf seinem Weg zu einer Wohnung in Victoria gewesen. Ich fragte ihn, ob er dort noch immer mit seiner Mutter lebe.

»Immer noch dort«, sagte er. »Obwohl wir dauernd von einem Umzug sprechen. Es hat große Vorteile, weißt du. Du mußt uns besuchen kommen. Du warst doch früher schon da, nicht wahr?«

»Ich hab' einmal mit dir und deiner Mutter zu Abend gegessen.«

»Natürlich. Miß Walpole-Wilson war auch bei dem Essen zugegen, nicht wahr? Ich erinnere mich, daß sie hinterher sagte, offenbar seiest du ein nicht sehr ernsthafter junger Mann.«

»Ich hab' ihren Bruder neulich auf der Isbister-Retrospektive getroffen.«

»Ich lege keinen großen Wert auf die Gesellschaft von Sir

Gavin«, sagte Widmerpool. »Ich hasse Versagen, besonders Versagen bei jemandem, der eine offizielle Position bekleidet. Es bedeutet einen Rückschlag für uns alle. Aber wie gesagt, wir werden einige Zeit lang ziemlich in Anspruch genommen sein von meiner neuen Stellung, so daß ich annehme, daß wir kaum noch Gäste empfangen werden. Wenn wir uns eingearbeitet haben, mußt du uns wieder besuchen kommen.«

Ich war mir nicht sicher, ob sein ›wir‹ die erste Person Plural der Könige und Redakteure war oder ob er damit seine Mutter einschloß, so als ob Mrs. Widmerpool bereits eine Partnerin in seinem Geschäft als Wechselhändler sei. Wir sagten uns gute Nacht, und ich wünschte ihm Glück in der Welt der Akzeptanz. Es wurde Zeit, daß ich mich zu Jean auf den Weg machte. Sie kam an diesem Abend mit einem späten Zug nach London und würde wieder in der Wohnung hinter dem Rutland-Tor logieren.

Auf dem Weg dorthin nahm ich die Postkarte, die sie mir geschickt hatte, um mir zu sagen, wann ich kommen sollte, aus meiner Tasche. Ich las sie wieder – wie schon so oft an diesem Tag. Alles hatte seine Richtigkeit. Ich würde zu der angegebenen Zeit dort sein. Bei der Aussicht, sie wiederzusehen, schienen die Ereignisse des Abends bereits ins Unwirkliche zu verschwimmen.

Die Karte, die sie mir geschickt hatte, war französischer Herkunft und in Farbe. Sie zeigte einen Mann und eine Frau, die auf einem mit karmesinrotem Plüsch bezogenen Sessel buchstäblich übereinandersaßen. Die beiden wechselten innige Blicke. Sie hatten offensichtlich ein glänzendes Verhältnis zueinander, denn der junge Mann, blond, doch gleichwohl mit eher semitischen Gesichtszügen, preßte den Arm der Frau kurz über ihrem Ellbogen. Er trug einen Anzug aus schwerem, braunem Stoff, einen Binder mit einem Schottenmuster und einen Diamantring am dritten Finger seiner rechten Hand. Wie er so eine Reihe blendender Zähne zur

Schau stellte, erinnerte mich sein Gesicht an das Profil Prinz Theodorics – wie der Prinz vielleicht von Isbister gemalt worden wäre. Die Frau auf seinen Knien lächelte zustimmend zurück.

»Sieht sie nicht aus wie Mona?« hatte Jean auf die Rückseite geschrieben. Dunkelhaarig und mit Korkenzieherlokken, war die Frau unbestreitbar hübsch. Sie trug ein rosa Kleid mit kurzen, rüschenbesetzten Ärmeln. Das gesamte Kleidungsstück, einschließlich der Rüschen, war von einem Muster kleiner schwarzer Punkte bedeckt. Die Grenzen der Photographie ließen die Beine der Frau plötzlich aus dem Bild verschwinden – eine unerwartete Veränderung des Entwurfs, hier eher durchgeführt, um den Eindruck des Gedrungenen zu verbergen oder vielleicht, um einen rein visuellen Effekt – den der perspektivischen Verengung – zu erzielen, als deshalb, weil diese unteren Glieder in den Augen des Photographen nicht den geforderten Maßstäben der Eleganz entsprochen hätten. Was auch immer der Grund, der verbleibende freie Raum am Fuß der Postkarte gewährte Platz genug, den Titel der Bildunterschrift in langen, geschwungenen Großbuchstaben zu drucken:

SEX APPEAL

Ton regard et ta voix ont un je ne sais quoi . . .
D'étrange et de troublant qui me met en émoi.

Obwohl eine gewisse Leere des Hintergrunds in anderer Hinsicht an einen Korridor oder an eine Diele denken ließ, schienen die verschwommenen Reflexionen eines über einem weißgestrichenen Bord angebrachten Spiegels zu einem Toilettentisch zu gehören – zu einem Möbelstück also, das folglich ein Schlafzimmer andeutete. Auf der linken Seite hingen Zweige künstlicher Blumen, rot und gelb, aus dem Mund einer großen Vase herab, deren Fuß nicht sichtbar war. Dieses gigantische Gefäß schien auf den ersten Blick die Ausmaße eines Weinfasses oder einer Graburne zu haben, oder die eines jener Krüge des Märchens, in denen Morgiana in *Tausendundeine Nacht* siedendes Öl nacheinander auf die vierzig Räuber schüttet – ein eher, wie man annehmen mochte, öffentliches als privates Zierstück, das vermutlich das Schlafzimmer, wenn es ein Schlafzimmer war, eines Hotels schmückte. In der Tat, der Stil der Einrichtung erinnerte an das Ufford.

Während ich die ineinander übergehenden Rosa- und Brauntöne betrachtete, die der bogenförmige Goldrand der Postkarte einrahmte, kam mir unwillkürlich der Gedanke, wie außerordentlich verschieden von der ›Wirklichkeit‹ diese Darstellung eines Liebespaares doch war; ja, wie ungenau, auf fast allen Ebenen außer der höchsten, die Ekstasen und die Bitterkeit der Liebe durch die Kunst vermittelt werden. So viel von der Wahrheit entzieht sich schließlich der Darstellung, trotz der Tatsache, daß die meisten verliebten Menschen bemerkenswert ähnliche Erfahrungen durchleben. Die Aussagen dieses Bildes zum Beispiel waren irreführend, wenn nicht gar eindeutig falsch. Die Sache war als etwas allzu Leichtes dargestellt, die Zwillingsflamme zweifacher Ichbezogenheit fast auf ein Nichts reduziert, so daß da kein Schmerz existierte, aber eigentlich auch fast keine Freude. Das Gefühl besorgter Unruhe, das doch ein wesentlicher Teil dieses Zustandes ist, fehlte völlig.

Und dennoch, selbst das krude Bild der Postkarte beschrieb mit zumindest einem gewissen Grad von Wahrheit eine Seite der äußerlichen Erscheinung der Liebe. Das mußte ich zugeben. Etwas in der Liebe war wie das Bild. Ich selbst hatte mit Jean solche Szenen dargestellt; Templer mit Mona; Mona stellte sie nun mit Quiggin dar; Barnby und Umfraville mit Anne Stepney; Stringham mit ihrer Schwester Peggy; Peggy jetzt in den Armen ihres Cousins; Onkel Giles sehr wahrscheinlich mit Mrs. Erdleigh; Mrs. Erdleigh mit Jimmy Stripling; Jimmy Stripling, was das betraf, mit Jean; wie auch Duport.

Das Verhalten der Liebenden in dem Plüschsessel neben den kärglichen Köpfen jener traurigen Blumen war völlig normal; und man konnte auch von dem Wortlaut des reimenden Zweizeilers nicht sagen, daß er besonders weit hergeholt oder sonstwie unhaltbar sei. ›D'étrange et de troublant‹ waren Attribute, die eigentlich vollkommen angemessen jene undefinierbaren, geheimnisvollen Gefühle beschrieben, die die Liebe erzeugt. An sich lag nichts Widersinniges in solchen Bezeichnungen. Ja, man konnte sie für sehr treffend halten. Es war kaum zu leugnen, daß ich selbst in diesem Moment etwas Ähnliches durchlebte.

Schon allein daß eine Frau auf den Knien eines Mannes statt in einem Sessel saß, suggerierte ohne Zweifel das Templersche *milieu*. Einem Denkmal für Templer selbst, in Marmor oder Bronze – falls je ein öffentliches Verlangen nach einer so unwahrscheinlichen Gedenkstätte aufkommen sollte –, würde wohl die angemessene Form eines so gruppierten Paares gegeben werden. Aus irgendeinem Grund, vielleicht wegen einer verschwommenen Erinnerung an *Le Baiser,* kam mir der Stil Rodins in den Sinn. Templers eigene Anschauungen schienen jener früheren Periode der darstellenden Künste zu entsprechen. Ungehemmte Gefühle waren damals die Mode gewesen, eine Ausdrucksform, die eher auf seiner Linie lag als einige der kalt intellektuellen Plastiken unserer eigenen Generation.

Selbst wenn man bei dem Bild Zugeständnisse machte hinsichtlich seines ziemlich begrenzten Charakters als eine Art volkstümlichen Motivs – eine ewig junge Frau, die auf den Knien eines ewig jungen Mannes sitzt –, so blieb doch die Tatsache bestehen, daß unendlich viel relevantes Material bei dieser Vignette der Liebe in Aktion absichtlich weggelassen worden war. Die beiden vermutlich gutaussehenden Menschen durchlebten in Wirklichkeit den Prozeß der Liebe in einer solchen Weise nur, um andere, die für den Kampf vielleicht weniger gut ausgerüstet waren als sie selbst, davon zu überzeugen, daß auch sie, die Betrachter, sich leicht identifizieren könnten mit einem vergleichbaren Tableau. Auch sie könnten in Umarmungen auf karmesinroten Sesseln sitzen. Obwohl sich der genaue Punkt, an dem der Bruch der Ehrlichkeit vollzogen worden war, nur schwer exakt bestimmen ließ, konnte doch kein Zweifel bestehen, daß diese Vorführung ein Element der Täuschung einschloß.

Die Nacht war jetzt um eine Spur kühler. Jean trug eine weiße Bluse oder ein Sporthemd, das am Hals offen war. Ihr Körper darunter bebte leicht.

»Wie war dein Ehemaligentreffen?« fragte sie.

»Peter war auch da.«

»Er sagte, daß er vielleicht hingehen würde.«

Ich erzählte ihr von Le Bas und auch von Stringham.

»Deshalb komme ich ein bißchen spät.«

»Hat Peter erwähnt, daß Bob wieder in England ist?«

»Ja.«

»Und daß seine Aussichten nicht allzu schlecht sind?«

»Ja.«

»Das könnte Schwierigkeiten bereiten.«

»Ich weiß.«

»Laß uns nicht davon sprechen.«

»Nein.«

»Nick, Liebling.«

Draußen schlug eine Uhr die volle Stunde. Obwohl bedrohlich, hatten die Dinge doch noch immer ihren Zauber. Im Grunde stimmte, was St. John Clarke bei den Huntercombes gesagt haben sollte: »Alle Freuden sind gemischte Freuden.« Vielleicht konnte man, trotz allem, das Paar auf der Postkarte doch nicht so einfach abtun. Es war seine Welt, in der ich mich nun zu befinden schien.